007（第二辑）典藏系列

On Her Majesty's Secret Service

女王密使

伊恩·弗莱明◎著

焦文婷◎译

时代出版传媒股份有限公司
安徽文艺出版社

图书在版编目（CIP）数据

女王密使/(英)伊恩·弗莱明(Ian Fleming)著；焦文婷译.—合肥：安徽文艺出版社，2018.1
（007典藏系列）
ISBN 978-7-5396-6074-5

Ⅰ.①女… Ⅱ.①伊… ②焦… Ⅲ.①侦探小说—英国—现代 Ⅳ.①I561.45

中国版本图书馆CIP数据核字(2017)第098242号

出 版 人：朱寒冬　　合作策划：原典纪文化
责任编辑：姜婧婧　　装帧设计：张诚鑫

出版发行：时代出版传媒股份有限公司 www.press-mart.com
安徽文艺出版社 www.awpub.com
地　　址：合肥市翡翠路1118号　邮政编码：230071
营 销 部：(0551)63533889
印　　制：安徽联众印刷有限公司　(0551)65661327

开本：880×1230　1/32　印张：8　字数：210千字
版次：2018年1月第1版　2018年1月第1次印刷
定价：28.00元

（如发现印装质量问题，影响阅读，请与出版社联系调换）

Ian Fleming

伊恩·弗莱明

1953年，正在牙买加太阳酒店度蜜月的伊恩·弗莱明百无聊赖地坐在打字机边，他的脑子里在酝酿“一部终结所有间谍小说的间谍小说”——这部小说的主角就是通俗文学世界里最为人知晓、商业电影范围内生命最长的詹姆斯·邦德。

和其笔下的007一样，弗莱明的现实生活中也充满了炮弹味和香水味，和詹姆斯·邦德有的一拼。弗莱明1908年出生在英国。他的性情却和英国的传统教育格格不入，1921年，在著名的伊顿公学念书的弗莱明因为行为不端而被开除。1926年，他在家庭的安排下进入了桑德赫斯特军校，弗莱明再次因为酗酒和斗殴，提前结束了自己在军校的生活。1931年，他进入了著名的路透社，成为了一名专门报道间谍案件的记者。1933年，他回到了英国，做了一个银行职员，百无聊赖的生活让弗莱明忍无可忍，好在二战的到来为弗莱明赢得了“换种活法”的机会——战争让弗莱明变成了邦德。

1939年5月，弗莱明成为英国皇家海军情报局中尉，因工作出色，弗莱明深得局长约翰·戈弗雷海军上将的赏识，后者以作风强硬著名，是007的老板——M的原型。弗莱明曾多次陪同戈弗雷上将去美国与联邦调查局局长胡佛会晤，交流情报，并作为戈弗雷上将的助理直接领导代号为30AU的间谍部队。这是一个由间谍精英组成的小分队，队员个个身怀绝技，从神枪手、化装师、武器专家到解密高手、间谍美女，一应俱全。他们的主要任务是帮助纳粹占领国的高级官员逃亡以及窃取德军重要档案。

第一次行动，弗莱明率领30AU来到葡萄牙的卡斯卡伊斯，策划阿尔巴尼亚国王索古从德国、意大利占领区潜逃。他设想的营救计划是这样的：清晨，在国王寓所门前，两名清洁工(由英国特工扮演)出现了，严密监视国王寓所的德国卫兵问了两句，就让他们进了门。待了一会儿，两个清洁工(已是国王夫妇扮演)再次出现，拖着垃圾袋正向大门走来。这时，事先安排好的一场车祸准时在街对面发生，德国卫兵赶紧召集人手灭火救人。一个蒙太奇镜头：两个"高贵的清洁工"登上垃圾车渐渐远去。待德国人发现国王夫妇失踪时，国王夫妇已化装成葡萄牙人搭乘一艘意大利游轮安全抵达卡斯卡伊斯。结果，整个行动与伊恩·弗莱明的策划一样顺利，犹如他在执导拍摄一部007电影。

二战期间，弗莱明与"疯狂比尔"——美国战略情报局局长威廉姆·多诺万将军关系密切。1941年，多诺万计划成立新的情报机关，要弗莱明策划一个蓝图。弗莱明为他撰写的计划共72页，描述了一个完美特工应具备的特质，"年龄在40岁到50岁，经过特工训练，拥有出色的观察、分析、评价能力，完美的判断力，能随时保持头脑清醒，对情报事业有献身精神，并有广博的生活经历"。这和詹姆斯·邦德的形象几乎一致。1947年中情局正式成立，很大程度上借鉴了"邦德标准"。弗莱明毫不掩饰得意之情，向多个朋友吹嘘"我创造了中央情报局"。

1945年11月4日，弗莱明离开了海军情报局，戈弗雷上将对他做出了闪光的评语："他的热情、才能和见识都是无与伦比的，他对海军情报局的战时发展和组织活动做出了巨大贡献。"

自《皇家赌场》大卖之后，弗莱明就成了一架被烟草和酒精驱动的写作机器，在他人生最后的12年里，一共写了14本007小说。在弗莱明生前，他的007系列小说就销出了4000万册，迄今为止，该系列小说在世界各地的销售量已超过1亿册。

1964年8月12日，56岁的弗莱明由于心脏病发作倒在儿子的生日宴会上。

几十年过去了，那些曾经试图抛弃他的"贵族们"早已烟消云散，他所留下的作品却享誉全球，妇孺皆知。在全世界，无数的人在阅读007小说或观看007电影，以此向这位传奇人物表达敬意和缅怀之情。

目 录
Contents

第一章　海边的神秘人

9月的一天，夏天好像永远都没有尽头。

法国北部有一条皇家城岛海滨大道，长5英里，两边是整洁的草坪，间或点缀着鼠尾草、庭荠、半边莲等植物。四处插着旗帜，五彩缤纷，迎风招展。在长长的海滩边，遮阳伞连成一片，色彩明丽。手风琴演奏的华尔兹乐曲从喇叭里传出，节奏轻快，回荡在海滨浴场的上空。一个男人的声音不时从广播室里传出，混杂在音乐声里，向人们传递着各类消息：一个七岁男孩在找他的妈妈，请他的妈妈听到广播后尽快到广播室来；一个女子在进门处的大钟下等她的朋友；有打给某位女士的电话……海滩那边，尤其是附近"生活之乐""太阳""蓝天"三个游乐场的围墙里不时传来孩子们随着游戏进而发出的时高时低的欢笑声。沙滩旁，海水开始退潮，一位教练吹哨子，在给一群年轻人上今天的最后一节课。

这是世上最美的海滩之一,这样美丽的风景只有在布列塔皮卡第海滩才能看见。一百多年前,从海滨游乐和海水浴等游乐项目出现起,海边娱乐的场景就吸引了莫奈①等知名画家。

邦德坐在一个棚里,面对着夕阳。他脑海里涌现出一些短暂但深刻的回忆。他想起了童年:阳光下的沙滩十分细软;脚踩在海滩上,被小石块扎得有点痛。很多时候,他刚走到海水边,就又不得不回去重新穿上鞋袜。他还想到了摆在自己卧室窗台上的那些童年收集的珍贵贝壳和一些好玩的船只模型("我们必须要把这些丢了,这会弄脏你的行李箱!");岩滩的海藻下面,在摸索的手指下仓促而逃的小螃蟹们;随着起伏的波浪游动的感觉。许多东西和画面在他脑海中闪过,那些孩子的游戏、孩童时期热爱的芝麻牛奶巧克力饼和柠檬汽水。现在,童年的记忆仿佛就在昨天,给他另一种感受。但现实将他拉了回来,他已经不是孩子了。邦德不耐烦起来,将那些记忆甩到脑后。他现在已经长大成人了,是一名间谍,见识广,经历过极致危险。一群穿着简陋、浑身脏兮兮的孩子从他所在的水泥棚前经过。他们身后的沙滩上出现了一串串的脚印,还有一些汽水瓶盖和棒棒糖棍散乱地躺在地上。海边的海水上漂浮着晃眼的油污,混合着城里几条大污水沟排出的臭水。其实,邦德来这儿是为了暗中监视一个女子。

太阳即将落山。白天热气腾腾,此时终于有了点9月该有的凉

① 莫奈(Monet):法国画家,被誉为"印象派领导者",是印象派代表人物和创始人之一。

意。海滩上的人们收拾着准备回家。他们收起遮阳伞，跨上台阶，穿过海滩上的小路，往城镇走去。城里咖啡馆的灯火也逐渐亮了起来。海边游泳场的播音员不断地喊着："注意了！注意了！还有十分钟就六点了。我们就要关门了。"在落日的余晖中，可以看见海面上两艘救生船正加速前进，驶向上游的港湾，船上飘扬着黄色旗帜。一艘游沙艇驶进沙丘间的一个泊位。几位管理人员整理着自己的物品，他们骑着自行车，穿过拥挤的车辆，驶向市中心。这个时候，潮水已退到1英里外了。不久后，广阔的沙滩就将成为海鸥的地盘。很快，海鸥成群地飞过来，在海滩上觅食，从人们野餐后留下的物品里找寻晚餐。橙红色的夕阳慢慢沉入大海。海滩上很快就会变得空荡荡的。等夜色降临，一些情侣会来到这里约会。

在邦德面前的沙滩上，有两个金发女郎，她们身穿鲜艳的泳衣，正在开心地玩耍。她们相互打闹着，先后来到邦德面前，还故意停在邦德面前，说笑打闹，想引起他的注意。不过后来她们发现他没有反应，只好牵着手慢慢地离开了。

海滩的救生员吹响了号角，宣布自己一天工作的结束。游泳场上方的音乐声也忽然消失了。广阔的沙滩突然变得十分寂静空荡。

而100码以外的沙滩上，有一位姑娘还趴在一条黑色浴巾上。虽然她来这已有一个小时，但她仍然一动不动地趴在浴巾上，伸开手脚，安静地躺在沙滩上。邦德视线所及之处，恰好可以看到她。她的存在使寂静和空荡的沙滩多了一丝紧张感。邦德等待着，看她会做些什么。虽然他也不知道会发生什么。准确地说，他是在监视她。他预感她会遇到危险。空气中有一丝危险的气息，但他也不太清楚，他只是觉得不能留她一人在这，特别是现在这种情况下。

橙红色的夕阳沉下海平面，姑娘仿佛觉察到了什么。她慢慢起身，用手梳理了一下头发，面朝着夕阳，向1英里外的水边走去。她到海边时，太阳都要下山了，一般人可能会觉得她想趁假期结束前，最后游一次泳。

不过邦德并不这样认为。他离开小棚，跑向沙滩，紧跟着她。咖啡店里那两位穿雨衣的人貌似也不这样认为。其中一位迅速朝桌上扔了几枚硬币，两人快速起身，穿过人行道来到沙滩，他们紧紧地跟在邦德身后，透露出一种军人的严密感。

沙滩上十分空旷，这几位行为古怪，看上去十分显眼，似乎没人能够打扰他们。几个人前后跟着，有一丝险恶和神秘的气息。穿着白色浴衣的姑娘，一位青年，两个矮胖的人，正是“螳螂捕蝉，黄雀在后”的状态，连画面也像是死神追踪的场景！咖啡店内，侍者收起硬币，看着远处夕阳余晖下的人影。他感觉眼前的场景像是警匪故事，或者别的，但他并没有过多思考。

邦德加快了脚步。他觉得在她到达水边时自己刚好能赶上她。他开始思考要怎样和她搭话。他总不能说“我感觉你想自杀，所以才跟在你后面来阻止”吧，也不能说“我在沙滩上散步时看见你。你游完泳后，我能邀请你喝一杯吗”。这些问话太幼稚了。最终，他决定先叫她的名字：“嗨，特蕾西！”然后，等她转身过来时，再说，“我有点担心你。”这样说至少不会让人产生抵触。

太阳已沉入海平面。西边的离岸风把陆地上的热气吹到海上。目光所及之处，海面上微波荡漾，在女子周围，成群的海鸥飞来飞去,叽叽喳喳地叫着。海边的细浪不停地拍打着岸边,发出啪啪的声音。黄昏的天空有丝淡蓝色,空荡寂静的沙滩和海洋增添了一丝忧郁的气息。海水仿佛远离了灯火通明的城镇。邦德希望能把这女子带回到明亮的灯光下。他紧紧注视着穿着白色浴衣的金发女子,在海鸥的叫声和大海的波涛声的干扰下,他不知道女子多久才能听到他的叫喊。临近水边时,她放慢了步伐,浓密的秀发搭在肩上,头微微低垂,像是在思考,又像是累了。

邦德加快了脚步,在她后面约十步远的地方停了下来。"嗨,特蕾西!"

女子并未立即转身。她犹豫了一下,停住了脚步。之后,一阵波浪袭来,拍过她的双脚。之后,她慢慢转身,看着邦德,她身体站得直直的,眼中泛着泪花,两人四目相对。她没有精神地问:"怎么了?你想做什么?"

"我很担心你。你来这里干什么?发生什么事了?"

女子的目光越过邦德,她把握紧的右手放在嘴边,又说了几句话,但邦德没有听清。然后一个声音从邦德身后冒了出来,那声音冷静地说道:"别动!跪下!"

邦德转过身,蹲了下去,他的枪在大衣口袋里。两个人面无表情地瞪着他。

邦德慢慢直起身子,把手放到两边,深吸一口冷气。两副死板专业的面孔和两个银色的枪眼对着他。他一下子明白了自己的处境。那两人十分冷静,脸上似笑非笑,显得轻松又满意,眼里甚至没有一丝警惕,他们看起来似乎很无聊。邦德见过这样的面孔多次了,他并不陌生,他们是职业杀手。

邦德想不出这些人到底是谁,是谁的手下,以及为什么出现在这。危急关头,人们总是担心很多。他抛开脑中的问题,有意使肌肉放松,站在那儿,等待着。

“把手放到头后面去。”一个冷静的声音传来。邦德想:他是黑手党吗?他面色焦黄,特别消瘦,面露凶恶,这样的神情一般属于秘密警察或者凶恶的杀手。邦德的脑子像一台电脑飞速思考着。他在哪些地方有什么敌人?会是布洛菲尔德的人吗?

当情况不好,看起来没有希望时,一定要冷静,要镇定自若,至少要显示出无所谓的样子。邦德笑着对那个说话的人说:“我想,你母亲一定不希望知道你今天晚上干的事。你是一个天主教徒对吗?好吧,我会按照你说的去做。”那人的眼睛闪了一下。邦德把手放在脑后。

那人站到了旁边,好让枪口对准邦德。另一个人从邦德柔软皮带上的枪套中取出他的手枪,双手熟练地顺两侧摸下,从手臂到腰间,最后是他的大腿内侧。之后他退了几步,把邦德的手枪装进自己口袋里,再掏出了自己的手枪。

邦德的目光越过他肩膀。女子不发一言,没有吃惊的样子,她站着,背对着这些人,望向大海,看起来很轻松,一点都不担心的样子。这一切是怎么回事?她是不是经常当诱饵?她在为谁效劳?一会会发生什么事呢?他会被杀,之后尸体会被抛入大海里,最后被潮水卷回岸边吗?这貌似是唯一的可能。如果这是他们的一项任务,那么他们四人绝不可能一起走过这 1 英里长的沙滩,来到城里，之后再有礼貌地在大道边道别。不会的，只有死路一条。不然又会是什么呢？在暮色中，北方传来了一阵马达轰隆的声音。邦德发现海面上一层厚浪袭来，紧接着出现了一条救生船。那是一个平底的充气橡皮船，船尾装有一个引擎。看来他们已经被盯上了。或许那是海岸警备队，有救了！太好了，他想着。等他们被带到警察局时，他一定要好好整一下这两个杀手！不过他要怎么解释这个女子的情况呢？

邦德转过身看着这两个人，一瞬间，他知道糟了。他们两人把裤腿挽到膝盖上，镇定自若地等着，他们一只手拎着鞋，一只手拿枪。根本没有人来救他，这船上的人跟对方是一伙人的。

暂时不管他们是谁，邦德弯下腰，和他们一样卷起裤腿。在脱鞋袜的过程中，他摸到了鞋子后跟上的一把小刀，他侧对着正在浅滩停下的船，将刀迅速放到右边的裤子口袋里。

他们都没有说话。姑娘先登上船，然后是邦德，最后是那两个人，那两个人上船前在船尾帮助启动引擎。开船的人看起来像在法国深海区捕鱼的渔民。船离岸快速地驶向北方，海风将女子的金发吹起，发丝轻拂过邦德的面庞。

“你会受凉的，特蕾西。穿上我的外套吧。”邦德脱下自己的外套。她伸出手，让他把衣服穿在自己身上。在穿衣过程中，她用手在邦德的手上紧紧地捏了一下。这是怎么回事？邦德慢慢靠近她。他感觉她用身体动作回答了他。他朝那两个人瞟了一眼。他们背对着风坐着，手放在口袋里，监视着他们，不过他们看起来似乎很乏了。后面皇家城岛的灯光渐渐离他们远去，最后只在海平线上留下一个金色光点。邦德右手摸到了口袋里的刀子,他用拇指试了试锋利的刀刃。

他一边思考着下一步计划,一边仔细地考虑着前面 24 小时所发生的一切。他想从中思索出一些端倪和真相。

第二章　24小时前的回忆

24小时之前，邦德正开车行驶于公路上。

他以80至90英里的时速高速向前行驶着。车上装有为赛车手安装的自动换挡器。他的全部心思都在向英国皇家情报局递交的辞职信上。

信是写给M局长的，内容如下：

尊敬的先生：

我衷心地希望您同意我的辞职请求。

很抱歉提出这样的请求，我提出辞职是慎重思考后的决定，理由如下：

一、一年以来，我一直从事着"00"组的工作。您一直很善良，对我的工作表示满意。当然，我也从工作中享受到了乐趣。

不过,使我懊恼的是,我刚顺利地完成"霹雳弹行动",就得到了您的指令,要我全力追捕布洛菲尔德及其同伙,以及魔鬼党成员,以防"霹雳弹行动"结束后他们东山再起。这些任务都没有结束时间。

二、如果您记得的话,我当时是勉强接受了这一任务。我曾说过,这完全是一件调查工作,其实可以由我局里的其他部门担任,也可以由地方警察局联合对外情报机构或国际警察机构来处理。我的建议完全没被采纳。这一年来,我在全球各地开展侦察活动,所有的线索都没放过,但一切都证明这些没有意义。我未曾发现过布洛菲尔德的任何踪迹,也没有发现任何一位复活了的魔鬼党成员。

三、我曾多次请求免去这项令人厌烦又没有意义的任务,即使我给您本人写信,我的请求最后也是被忽视或简单打发过去。我认定布洛菲尔德已经死了,追踪他只是浪费精力和时间。

四、当我执行您的命令,去追踪一只根本不存在的"野兔"时,这种不满的情绪达到了顶点。那只"野兔"是一位受人敬重的德国公民,从事葡萄栽培的工作。西西里的葡萄过去很酸,他把摩泽尔省的葡萄嫁接到西西里葡萄藤上,提高了西西里葡萄的含糖量。调查他时,我一直把他当黑手党看待。我辛苦地调查,最后却只能灰溜溜地离开了西西里。

五、尊敬的先生,尽管我很谦虚,也能吃苦,但我觉得自己的能力没有被很好发挥出来。"00"组的工作虽然有挑战性,而且薪资丰厚,但综上所述,我请求辞职,希望您能答应。

此致

敬礼

您忠实的 007

邦德在一条 S 形弯道上行驶时,他想到自己的信有许多地方需要修改。信写得夸张了一点儿,有一两处需要删减。等他后天回到办公室时,他要向秘书讲述信中的要点。就算她哭了,也不要管她,他是认真的。他烦透了追踪布洛菲尔德和抓魔鬼党的任务。魔鬼党已被击垮了。就算是布洛菲尔德那样厉害的人,也绝对没办法重振这个组织。

之后,他穿过树林中的 10 英里长的直道时,突然在他车旁传来一阵刺耳的汽车喇叭声。

一辆白色的兰西亚轿车从他的车旁驶过,驾车的是一位女子,头上扎着一条耀眼的粉色头巾。车快速地超过他的车,然后消失在视线内。只留下排气管发出的一阵突突声,在树林中回荡。

生活中邦德只对枪支感兴趣,但这位姑娘开车的速度和凌厉吸引了他的注意。直觉告诉他,那个姑娘应该很漂亮。他耳边还回荡着喇叭的尖叫声,这冲击使他不自觉地去掉了自动驾驶仪的控制,转向集中精力手动驾车。他笑了笑,把油门踩到底,牢牢握住方向盘,追赶起前面的那辆车。

100 英里……110 英里……115 英里的时速……邦德仍觉得不够。他倾在仪表盘上,拨动了一个红色的开关。突然,马达剧烈的轰鸣声震击着他的耳膜，车子飞一般地向前冲去。时速变成120英里……125英里。邦德终于觉得满足。50码……40码……30码。他已能从前面车子的后视镜中看见女子的眼睛。这段平直的公路快走完了。一个表示危险的惊叹号标志在他的右边掠过。上坡后，前面出现了一个教堂的尖顶。陡坡下有一个房屋密集的小村庄，他还看见一个表示弯路的标记。两辆车都放慢了速度。90英里……80英里……70英里……邦德看见她车后面的刹车灯闪了几下，几乎与他同一时间，她的右手伸向换挡杆，调成了低挡。然后，他们都上了S形路段，路是用鹅卵石铺成的。后轮上那根驱动轴使她的车顺利地通过那不平的路面，而他只能生气地看着，不停地刹车，左右转动方向盘，他的车在路上蹦蹦跳跳。然后，开出村子后，还可以看见她飘扬的头巾一角。她开出S形路段，像一只得到自由的小鸟，驶上笔直的坡路。他的车又被甩开了50码。

这场赛车再次开始了。邦德在直路上将距离缩短了一点，但在穿过村子那条粗糙路面时又落后了许多。他不得不佩服起她的驾车技术，以及那镇定自若的本事。现在，前面的指示牌上写着"至蒙特勒伊5英里；至王泉小镇10英里；至巴黎海滨15英里"。他不知道她要去哪里，心里犹豫是否该一直跟着那姑娘，直到知道她是何方人物，而不管皇家城的事和那晚在娱乐场所做的许诺。

最终，他决定继续追踪。蒙特勒伊这个城镇比较危险，弯曲的街道用鹅卵石铺成，道路上行驶着许多农用车。在郊外时，邦德和她只隔50码远，可是他的汽车较大，在通过马车停车场时，没法追上那灵活轻巧的兰西亚车。出城后，在交叉路口，她就不见踪影了。

左边是通往王泉小镇的拐弯。邦德看见,蜿蜒的路上尘土飞扬。于是他转弯追了上去。他总感觉自己会再次见到她。

他又一次倾身,拨下红色的开关。增压器的轰鸣声消失了,车内一片寂静,车子继续朝前驶去。他放松一下紧张的肌肉,担心这样增压会把马达毁了。他已经违背了罗尔斯的警告,他记得在总部车库时,他的教练罗尔斯再三警告过:曲轴的负荷不能额外增加。当邦德承认自己做过这事后,教练深感难过,并生气地表示不再管他了。这次是他第一次打破125英里的纪录,计数器已经超过4500的红色警戒线。还好温度和油都还可以,机器也没有多大噪音。而且,刚刚的确很有趣。

邦德在路上慢慢行驶着,穿过了一片海滩和一片香味浓郁的松林后,他开始盼望着夜晚的到来,并记起了上次在此地,还是多年前与拉契夫的一场打斗。从那以后,他走过了很长的一段路,经历过许多枪林弹雨,爱上过一些姑娘。但他总有种强烈的冒险情怀,使他每年都回到王泉小镇和那里的赌场。

现在,在这美丽的九月傍晚,皇家城意味着什么呢?一次重大胜利?一场惨败?还是那位美丽的姑娘?

他首先想到了那儿的赌博。今天是周六。今夜,皇家赌场将进行此季节最后一晚的活动。这总是件大事,到时甚至会有比利时和荷兰的旅游者以及巴黎和里尔的老顾客到场。另外,赌场会按传统为所有的合同签订人和赞助者敞开大门,提供免费的香槟酒和丰盛的大餐,以此酬劳在这个季节工作的城里人。那将是一个盛大的狂欢宴,往往持续到次日早晨。那时桌子将会围满了人,人们也会兴致高昂地参与赌博游戏。

邦德现在有100万法郎。由于是旧法郎,大概值70万英镑,但他喜欢以旧法郎来统计自己的私有资金,这会使他觉得自己很富有。可是在填写工作支出时,他喜欢使用新法郎统计,这样能让数字显得小些,不过总部的会计可能不这样认为。100万法郎！今天晚上他可以当一次百万富翁了,希望他明天早晨也依然是百万富翁!

现在他在英国大道上行驶着,金豪饭店就在这条大道上。突然,他发现那辆小小的白色兰西亚轿车就停在台阶旁边。有一位搬运工人身穿着条纹背心和绿色围裙,正把两个手提箱从台阶搬到入口。

邦德把车开进了停车场里,放在百万富翁的停车区,叫来那个搬运工,那个搬运工刚从兰西亚车主那儿收到了一笔可观的小费。邦德让他提着包,自己朝接待处走去。大堂经理走过来,向邦德问好,说话间可以看见他的金牙。他想给邦德留下一个好印象,使他对这里产生好感,以便他以后能在巴黎国防部情报处美言几句。

邦德问:“莫里斯先生,随便问一句,刚才那位驾驶白色兰西亚来的女士是谁？她住在这里吗?”

“是的,先生。”他微笑回答,又露出了边上另外两颗金牙,他说,“这位女士可是我们这里的常客。她父亲是南方的一位大企业家。她是特蕾西·迪·文森佐伯爵夫人。先生可能在报上看见过关于她的文章。伯爵夫人是一位——该怎样说呢?”经理的笑容变得神秘起来,“可以说,她是一位生活得很充实的女士。”

“哦,谢谢你。这个季节生意还好吗?”

经理和邦德继续聊着天,同时亲自陪邦德上了电梯,把他引进一间灰白色豪华套房,床上铺有玫瑰红被罩。然后,他礼貌地同邦德寒暄了几句,就告辞了。房里只有邦德一人。

邦德有些失望。对他来说,这姑娘太出众了。他不喜欢这类像电影明星的女生。他想要一个只属于自己的女孩,他能对她敞开心扉,让她成为自己一个人的。他承认也许是因为他与常人的眼光不同,他不虚荣。也许是因为这姑娘名声太大,不容易追到,而且不真心交往的话就没什么意义。

他的两只旧皮箱被送来了,他悠闲地打开,然后叫客房服务送了瓶他经常点的白葡萄酒过来。他一下子喝下了四分之一,然后走进浴室冲了一个冷水澡。然后,他穿上深蓝色裤子、白色棉织衫、袜子和黑色休闲鞋,走到窗边坐了下来,眺望着大海,思考着在哪吃和吃什么。

邦德对吃并不挑剔。在英国,他经常吃烧烤、鸡蛋和土豆沙拉。出国旅行时,他一般都是自己一人,吃饭对他来说就相当于休息,是一件令人期待的事,可以缓解长时间驾驶的疲劳。

他在窗边思考了一阵,最终决定选择自己最喜欢的一家法国酒店。酒店在铁路站对面,装饰朴实简约。他打电话给老朋友贝科德先生,请他为自己订了一张桌子。两小时后,他开车回到赌场,他刚喝了比目鱼汤,吃了中东风味料理和半个烤鹌鹑,他以前从未吃过如此美味的烤鹌鹑。

喝了半瓶53度的罗斯柴尔德酒、一杯贮藏十年的苹果酒和三杯咖啡后,他顿感精神倍增,充满活力。他兴致勃勃地走上拥挤的赌场台阶,确信这个夜晚将会很难忘。

第三章　赌场之遇

汽船逆流而上，浮标被水撞击，发出悲鸣。停泊船只的地方灯光通明，照亮了右岸的道路。邦德的脑子里闪过一个想法，当船靠近那里的时候，他用小刀划破橡皮船的侧部和底部，然后跳进河里游走。不过他已经可以想象子弹在耳边呼呼擦过，最后射入水里的声音了。可是，水流湍急，那女子能游得过去吗？现在，邦德感到一丝凉意。他靠近女子，努力思索着昨夜发生的事，想要找出点线索。

邦德走进了门厅，路过了一些柜子，上面陈列着赫耳墨斯①等希腊神话人物或一些名人的塑像。他在长桌子前停了下来，桌子后

---

① 赫耳墨斯(Hermes)：希腊奥林匹斯十二主神之一，罗马名字墨丘利(Mercury)，八大行星中的水星。宙斯与迈亚的儿子，既是商人的庇护神，也是雄辩之神。

是公文柜，他拿出身份证给前台的人看，然后付了门票钱。在入口处的电脑前进行了快速检查。站在门边的侍者身穿华丽的制服，对邦德点头示意。邦德走进了这个辉煌的赌厅中。

他在钱柜处停了一会，看了一眼大厅里激动的人们，然后，又慢慢走过门边的一张牌桌，来到装饰华丽的酒吧。在那里，他看见了波尔。波尔是负责赌博大厅的总管，他吩咐一名侍者两句，然后邦德被带到了一张牌桌的七号座位。这里的侍者是根据口袋里的机器显示来安排座位的。侍者很快把名贵的桌子擦了一下，然后又擦亮了烟灰缸，为邦德拉出椅子。邦德坐下后，他感到愉快又轻松。兑换货币的人来后，将他的10万法郎换成十枚各1万的红色筹码。邦德在这期间顺便观察了其他玩家的脸。邦德将筹码整齐地堆成一摞，放在身前。邦德看见桌子上方挂着的牌子上的金额，绿色的光影下，他明白一局的赌金至少是100新法郎或1万旧法郎。不过他注意到每局开始每个玩家都是先下注500法郎，也就是说开局的赌金需要40英镑。

这里的玩家来自不同的国家。在牌桌周围，除了邦德外，还有三位身着夹克的纺织界巨头；几个胖妇人，戴着许多钻石首饰，好像是比利时人；一位小个子英国妇人，她不怎么说话，牌技倒是不错；两个中年美国人，穿着黑色上衣，他们看起来很高兴，不过有一丝醉意，可能从巴黎来。旁观者和偶尔下注的人把桌子围了两层。可是里面并没有一个年轻女子！

赌局很平静地进行着。楔形置牌器慢慢地绕着桌子移动，每个庄家都很紧张，不知道第三张牌是什么，如果想掌握主动权，一定要慎重抉择。每次轮到邦德时,他都纠结是否要顺应情形。最后,每次第二张牌过后,他就会压下赌注。赌局进行了将近 1 小时,每一次他都坚定地告诉自己情况会变好,如果有人要赢,那一定是他。纸牌没有记忆,不会认人。和别的玩家一样,每次他会抽第三张牌。楔形置牌器停了下来。邦德把钱留在桌子上,去赌场中其他牌桌转了两圈,希望能看到那个姑娘。那天傍晚她驾驶着兰西亚车超过他时,他只瞥到了她美丽的秀发和清纯却又冷漠的侧脸。不过他知道如果有缘再看见她,自己一眼就可以认出她。然而,赌场上却没有她的身影。

邦德回到赌桌前。荷官正把六摞牌洗到椭圆形区域内,从那里牌会滑进楔形置牌器。由于邦德离荷官最近,荷官便给了他一张普通的红牌,让他来开牌。邦德把牌放在指间揉着,看起来小心过头了,显得有点好笑,他将那张红牌滑出,差不多落在他预测的区间里。荷官看他那么谨慎,对他微笑了一下,将红牌投入楔形置牌器。之后,他看了看结果,清楚又大声地宣布:"先生们①,本场赌局结束。获胜的是六号。"侍者将在远处观战的赌客叫回座位,赌局再次开始。

现在下注时,邦德和坐在他左边的纺织界巨头一样有底气。他用一点小钱赢了一笔可观的资本。他现在已有 2000 新法郎了,也就是 20 万旧法郎。

---

① 先生们:在维多利亚时期,人们一般认为女性是不会赌博的,因此习惯上主持人只提"先生们",而不会加上"女士们"。

邦德后来几场也赢了,他慢慢提高赌注,由于手气好,他连赢好几盘。他想赢笔大钱,于是将赌注加到 100 万,这是笔不小的赌注,赌桌上的人开始警惕起这个英国人,他很安静,表情冷酷而又自信,一副似笑非笑的样子。他究竟是谁?从哪儿来?是做什么的?桌子周围的其他人开始激动地交谈。他们在想,这个英国人会否继续赌下去,还是先收手,守好已经进入口袋里的钱呢?邦德也同样在思考这个问题。手气这种事不好说,现在赢,待会可能会输,谁也拿不准。他三次选择跟牌了,每次都赢了 100 万。这时,那位一直选择不跟牌的小个子英国女人要了牌。邦德对她笑了笑,知道她想赢,她最后也做到了,她这盘用一张一点打败了邦德的花牌。

桌子周围的人长吁一口气。情况终于有了变化!邦德面前堆了一堆筹码,差不多高 1 英尺,约值 460 万法郎,即 3000 多英镑。邦德递给了荷官一个值 1000 新法郎的筹码。荷官礼貌道谢:“谢谢,先生。”赌局接着进行。

邦德点燃一支烟,没有注意置牌器顺着桌子已从他面前闪开了。他已经赢了一大笔。现在他必须要十分谨慎,但也不必过于小心翼翼。今天晚上过得很尽兴!已经过了十二点,但他还不想回去。牌局越来越紧张,还会有别的竞牌。

楔形置牌器来到一位纺织界巨头的五号位上,他坐在邦德左边,两人相隔两个位子。那个人举止粗鲁,赌博时大喊大叫,用一个琥珀金烟斗抽着烟。他手指粗短,抽出牌后又啪地再扔出去,不一会,他就过了第三张牌。邦德按照自己的计划,没有跟牌。等到第六张牌时,赌本上升到 2 万新法郎,即 200 万旧法郎,赌客们再次谨慎起来。每个人都想守住自己的钱,不随意加注。

主持人高声喊道:"赌金 2 万! 先生们,别错过了! 一次 2 万法郎!"

就在这时她出现了! 她不知从哪里来,就站在主持人旁边。她很美丽,一双迷人的蓝色眼睛闪闪发亮,嘴唇是亮丽的粉色,穿着白色裙子,一头金发披在肩膀上。她突然喊:"跟牌!"

人们都看向了她。场内有一瞬间的寂静。然后荷官说道:"应牌。"这时,邦德注意到里尔来的巨头从楔形置牌器中抽出了牌,而主持人则将她的牌递给她。

她弯下腰,说道:"再来一张。"

邦德的心一沉,她肯定拿不到比 5 点更好的牌。而那位纺织巨头亮出牌,7 点。他摸出一张牌,给她弹了过去。那是一张 Q!

主持人翻开另外两张牌。一张 4 点! 她输了!

邦德暗自抱怨了两声,想看她会怎么办。

他看到的令他紧张起来。姑娘靠近荷官,着急地朝他耳语着什么。荷官摇着头,脸颊上冒出几滴汗。桌子周围一片安静,大家感觉情况有点不对劲,气氛紧张起来。邦德之后听到荷官坚定地说:"这不可能。女士,你应该先准备好钱。"

赌场里有人说:"天啊,真丢人!"

哦,天啊! 邦德想:她怎么做出这种事! 她竟然没带钱! 这里又不能赊账!

里尔的纺织巨头知道最后他总能拿到钱的,他靠在椅子上,低着头,抽起雪茄。

可是邦德知道这姑娘一生都将会逃不开这件事的影响。法兰西赌场是一个强大的商业集团,这是它的行业性质使然。明早电报就会发出:“特蕾西·迪·文森佐女士,护照号码……列入黑名单。”这样的话,这姑娘的赌场生涯就会结束,无论是法国、意大利、埃及、德国还是英国,甚至是美国的赌场,她都可能被赶出来。可以预料,在她的生活的圈子里,她将会被视作扫把星,她将面临的是整个社会对她的排斥。

除去那些问题,邦德只是想着那位出色的姑娘之前超过他车,还有那块粉色头巾。他轻轻往前倾,往桌子中央甩了两块筹码。然后,他带着一丝不解的口气,说道:“你忘了吗,女士?我们说好今晚合伙的。”他没看那姑娘,而是对荷官说,“抱歉,我刚才走了会神。接着开始吧。”

桌子周围的紧张气氛缓和了下来。或者说,人们把注意力从女子身上转到了邦德身上。这个英国人说的是真的吗?一定是的!否则他没理由为素不相识的姑娘花200万法郎。不过在他们看来,这两人之间之前毫无关系。他们站在桌子不同边,也没有交流。那女子倒没表现什么情绪,她直直地看了他一下,然后安静地离开了桌子,往酒吧走去。这里面肯定有什么旁人理解不了的东西。牌局继续进行。荷官悄悄用手绢擦去脸上的汗,抬起头。桌上的格局又回到最初那样变化无常了,他喊道:“牌局继续。赌金4万!”

邦德瞥了一眼桌上的那一排筹码,筹码安静地待在原地,给人一种忐忑的感觉。如果能弄回那200万法郎就好了。在本钱足够叫相应价钱的牌之前,可能需要好几个小时。算了,反正这些是在赌场赢的钱。就算输了那 200 万,他也赢了一小笔,也够付他今晚在王泉小镇的费用了。里尔来的那个纺织巨头就像怪物一样,他讨厌这个怪物。如果把古老寓言里的故事顺序颠倒一下就有趣了——先救出姑娘,再杀死怪物。现在,这男人的好运该到头了。毕竟,牌桌千变万化,牌不认人。

邦德的钱不够拿到全部叫牌,他只要了一半,即"半桌牌",意味着另一个玩家愿意的话,可以要剩下的一半。德邦将之前一直坚守的保守战略抛到脑后,他向前倾了一下身子,说道:"打半桌牌。"然后,他把 2 万新法郎推过线。

有人跟着他押注。人们觉得这个英国人手气比较好。那位体型娇小的英国老妇人也跟着下了 1 万赌金,邦德很开心。这是个好兆头!他看了看那位里尔的巨头,他的烟斗已经熄灭了,双唇发白。里尔巨头满头大汗,内心剧烈挣扎,他已经赢了很多,是就此收手,还是再来一把?他那尖锐、贪婪的目光扫视了桌子四周,想估摸一下情况。

荷官想要赌局进行得快些,他坚定地说:"先生,快拿主意吧。"

里尔来的怪物终于下定了决心。他狠狠击了下楔形置牌器,擦了擦手,用力抽出一张牌。之后他一张,邦德一张,第四张又是他的。邦德没有越过六号去拿牌。他等主持人把牌推过来。他摸起牌,然后小心翼翼打开牌看了看,再把牌合拢,放在牌桌上。是 5 点!现在输赢还不确定,既可以再抽一张,也可以不抽。邦德手上的牌接近 9 点或远离 9 点的概率一样。他说了声"完了",声音很小,然后看向对面拿着两张未知牌的玩家。男人抓起牌,厌恶地把牌甩到桌子上。那是两张杰克,零点!

现在只有四张牌能赢过邦德,只有5点和他一样大。邦德紧张起来。那人摸了一把楔形置牌器,拿出牌亮了出来。是9点!最大的牌!

此时邦德再亮5点不过是虚张声势罢了。桌子周围响起抱怨声。有人说:“应该再抽牌。”但如果他刚才抽牌的话,他可能抽到9点,最后得到四点。这一切都取决于下一张牌,但只有楔形置牌器才知道答案。邦德没等结果。他给四周的人一个略带苦涩的笑容,来表达对那些跟着他下注而输了的人的歉意,他把剩余的筹码揽进大衣口袋,给旁边的侍者一笔小费,这侍者几小时来一直忙于为他倒烟灰缸。他离开牌桌,朝酒吧走去。与此同时,荷官胜利般地宣告:“先生们,赌金8万!一次8万新法郎。”可恶!邦德心想:半小时前,他口袋里有一小笔财产。而现在,由于他自以为浪漫的行为,都输回去了。算了,他耸了耸肩,至少这是个难忘的夜晚。而且这只是前半夜,后半夜还不知会发生什么呢。

那个姑娘一个人坐在桌边,面前放着半瓶汽水,她的眼神忧郁而空洞。就是邦德坐到她旁边的椅子上,她也没抬头。邦德和她说:“哎,我怕是也失败了。我本想赢回来的,才选择玩半桌牌。我真不该理那个怪物的。我抽了5点,而他抽了花牌,接着拿到了9点。”

她无情地说:“你是该抽到五点。我经常这样。”她想了想,问,“不过你之后抽到4点就可以了,下一张牌是什么?”

“我没看下张牌,直接来找你了。”

姑娘瞟了邦德一眼,问:"你之前为什么要帮我?"

邦德耸了耸肩:"想要英雄救美呗。再说,傍晚在阿布维尔至蒙特勒伊的路上我们已经交上朋友了。你开起车来就像一个天使。"他笑了笑,"不过如果我那时注意点的话,你是不会超过我的。我的时速是 90 英里,也不想总是盯着后视镜。并且我那时在想别的事。"

话题打开了,女子的脸色和声音变得活泼起来:"总之,我怎样都会赢的。我在那个村子里就超过你了。而且,"她的声音里透着一丝痛苦的语调,"我将永远赢过你。你可得小心了。"

天啊,邦德想,对他来说,这个姑娘就像天使一样。这时,他要的半瓶克鲁格酒到了。侍者给他倒了半杯,他自己把杯子斟满,又举起杯子,对她说:"我叫邦德,詹姆斯·邦德。我想,要小心的应该是你,今晚你可要保持警惕。"他说着,一口气饮尽杯中的酒,随后又把杯子倒满。

她严肃地看着他,然后也喝了一口酒。她说:"我叫特蕾西。你在接待处问过我的名字。旅馆的经理很浪漫,他告诉我你打听了我的事。我们可以走了吗?我对谈话不感兴趣,你也该得到一些回报。"

她突然起身。邦德不解,也跟着站了起来:"现在我要一个人回房了。如果你想来,可以跟来,45 号房。你愿意的话,我们可以做一些愉快的事。"

第四章　进一步的了解

邦德来到特蕾西的房间,他想了解她的情况,他不明白为什么她没带钱还要赌博。她开车十分疯狂,好像想寻死,对生活已经没有眷恋。“特蕾西,听着……”他说道,有很多问题想问。

特蕾西立刻捂住了他的嘴,不让他问出来,因为她不想回答。他们一起度过了奇妙的夜晚。后来邦德回了自己的房间。

第二天早上八点钟,他去她的房间把她叫醒。邦德本觉得他们相处得很融洽,她对他很热情。但当他想和她讨论一天的安排,像是在哪儿吃午餐,什么时候去游泳时,她却回避了,变得不耐烦起来。

“滚开！你听见了吗？滚出去!”

“你不喜欢我吗?”

“不。滚出去!”

邦德觉得这是歇斯底里的表现,至少可以看出她很绝望。她在抽泣和发抖,邦德想:这太糟了! 从某种程度上说,这姑娘怕是已经到极限了。邦德心中忽然升起一种感情,他想为她解决问题,给她幸福。他把手放在门把上,轻声说:“特蕾西,让我帮助你吧。你一定是遇到了什么困难,但这不是世界末日,每个人都会遇到困难,我也一样。”

这间寂静却充满阳光的房间被沉闷的气氛笼罩。

“滚出去!”

邦德开门后要带上门的瞬间,不知该干脆地关门,好将她带出那种情绪,还是轻轻地把门带上。他想她也许受过不少刺激。他担心刺耳的声音对她不好,后来还是轻轻地把门带上。他走下楼梯,人生中第一次不知道该怎么办。

汽船向上游行驶,剧烈摇晃着。已经过了系船池,随着两岸越来越窄,水流更加湍急。船尾那两个人沉默地盯着邦德。而在船头,女子在风中站着,背影高傲,就像一尊雕塑。只有接触她的背或者手碰到那把刀时,邦德才会感到温暖。奇怪的是,邦德觉得和昨夜相比,现在离她更近。也许是由于他觉得她倒和他一样,也像个囚犯。怎么会这样呢? 为什么? 岸上灯火通明,不过用不了几年,这些灯都会被拆掉。将在更靠近河口的地方建一个深海捕鱼船码头,为王泉小镇提供海鲜,如龙虾和螃蟹等。在有灯光的地方,偶尔有私人船主在造码头。岸后面是许多别墅。邦德抚摸着刀子,他闻到一丝香味,夹杂在河岸飘来的泥土气息和水草气味中。他哆嗦起来,这是以前从未有过的情况。他控制住自己不这样,接着努力回忆起来:

邦德通常很重视早餐,但他今天吃得有点心不在焉。他匆匆吃完,坐在窗前,眺望远处的大道,抽起烟,想着那姑娘。他不了解她,甚至不知道她是哪国人。从名字看她有点儿像地中海人,不过邦德感觉她不会是意大利人或西班牙人。她的英语很流利,穿着华丽,有点瑞士风。她既不抽烟,也不怎么喝酒,也不像吸毒的样子。她的床边和浴室里也没有放安眠药。她看起来不过 25 岁左右,但好像已经有过几次恋爱经验。她不曾大笑过,连微笑都很少。

她似乎十分忧郁,对生命没有留恋,有自杀的倾向。但是她看起来那么迷人优雅,很难让人联想到精神病患者。相反,她看起来有冷静的自制力,她清楚自己想要什么,要去哪里。那么问题出在哪里?在邦德看来,她有点绝望,好像想要自杀,这从昨晚的事情就可以看出来。

邦德从窗口注视着停车场里不远处的那辆白色小车。不管如何他必须得紧跟着她,看着她,至少要等他感觉自己的结论是错的为止,他才能放心。首先,他给守门人打了一个电话,租了一辆自驾车。车应该马上送达,停在停车场里。他得带上国际驾驶证和绿色保险卡去守门人那里,那人会帮忙办理好手续。

邦德刮完胡子,穿上衣服,带上证件和保险卡,回到房间。他等在那儿,注视着入口和那辆白色小车。直到下午四点三十分,她终于出现了,穿着一件黑白色条纹的浴衣。邦德跑过楼道,下了电梯。

跟上她并不难,因为她沿着大道行驶。同样,想紧跟邦德也不难,这不,一辆没有标志的小型雪铁龙汽车就跟在他后面。有一种“螳螂捕蝉,黄雀在后”的感觉。

星光下,汽船沿皇家城河向神秘的上游驶去。

到底是怎么一回事? 她是一个诱饵吗? 是自愿的还是迫不得已? 这算是绑架吗? 是的话,绑架对象是一人,还是两人? 这是勒索吗,还是她的丈夫或另一个情人的报复,或者说是谋杀?

邦德的脑子飞快地思考着,想找出一丝线索。这时,船夫忽然一个急转弯,将船驶过湍急的河流,朝破旧泥泞的码头开去。船停靠下来。一道强光穿过黑暗,射到他们身上。一条绳子甩了过来,船被拖到一个泥泞的木梯下。船上的一个恶棍先爬了出去,然后是那女子,接着是邦德,最后是另一个恶棍。然后汽船迅速掉头,接着向上游驶去。邦德想,船可能是去正规港口停船。

有另外两人等在码头上,和把邦德他们带过来的两人的打扮很像。他们一句话也没说,围了上来。女子和邦德被带离码头,押上了一条泥泞的小路。他们经过了几座沙丘,来到距河岸 100 码的地方,高高的沙丘间有一条沟,里面透出一丝光亮。走近时,邦德才看到那里行驶着许多大卡车。那些车发出刺耳的噪音,朝公路干道驶去。光亮就是其中一辆车发出的,车子很亮,好像最近被打磨过,看起来挺新,应该是维护得不错。他们走近后,一个拿信号灯的人发出某种信号,接着后面大篷车式的门打开了,里面射出一柱黄色的灯光。邦德的手暗暗摸着刀把。这些事太奇怪了,到底是怎么回事? 在爬上梯子进到车里前,他扫了一眼车下的牌照。牌照上面写着:“马赛—罗纳河。德拉科电子仪器公司。397694。”这是什么情况?他更加不解了。

幸好车子里很暖和。过道两边放着一排排纸箱,上面标有几家著名电视机制造厂的名字。走道中间是一些折好的椅子和散乱的纸牌。这之前大概是用作警卫室。走道两边有几扇小舱门。特蕾西在一个门边等着。她把他的衣服脱下来还给他,淡淡地说了声“谢谢”。之后,她就进门把门带上了。邦德恰好瞟到了里面,里面装饰豪华。邦德慢慢地穿上衣服。跟着他的那个人不耐烦地拿枪抵着他,催促他:“走!”邦德犹豫着是否向他扑过去。但是另外三个人站在那儿盯着他。邦德小声骂了一句,向铝门走去。这个铝门似乎连接着这辆奇怪车子的前面一节车厢。这扇门的后面应该就有答案。他们的领头可能就在门后。这可能是唯一的机会了。邦德的右手放在口袋里,握着刀把,左手则迅速推开门,用脚把门踢关上,伏下身子,随时准备把刀甩出去。

邦德感觉到跟着他的警卫猛地撞门,他把背靠在门上,顶住门不让他们进来。屋里有一张桌子,一个人坐在桌子后面10英尺处。刀子可以轻易甩到那个地方。那人喊了一声,似乎是一个命令,语气听起来很愉悦,邦德从未听过那种语言。邦德不再感觉得到推门的力量。那个人满脸皱纹,他给了邦德一个大大的笑容。他站起身,慢慢地举起双手:“我投降。你现在要攻击我很容易。不过别杀我,我求你。至少让我们先一起喝点威士忌和汽水,之后你再决定,好吗?”

邦德直起身子,不禁回了那人一个微笑。那人的脸看上去令人愉快,风趣幽默,有点老顽童的样子,很有魅力。至少从他现在的样子来看,邦德下不了手,而且邦德觉得他不会杀死特蕾西。

那人旁边的墙上挂着一本挂历。邦德想要发泄一下情绪。他说了声“9 月 16 号”,然后将右手的刀子投了出去。刀子穿过屋子,在离那个人仅一码之处的地方飞过,钉在了挂历中间。

那人转过身,好奇地看了眼挂历。他大笑出来:“确切地说,你打中的是 15 号,不过这也很了不起了。我得找一天让你和我的那帮人会会。我会赌你赢,你会把他们打个落花流水的。”

那个人从桌子后站了起来,他是个中年人,个子矮小,古铜色的脸上满是皱纹。他穿着一件舒适的深蓝色外衣,胸肌和背肌很发达。邦德注意到他腋下的衣服剪裁得很宽松。是为了藏枪吗?邦德猜想。那人伸出手握住邦德的手,他的手温暖干燥,坚定有力。“我叫马克昂杰,你听说过这个名字吗?”

“没有。”

“啊哈!不过我听过你的大名。詹姆斯·邦德,对吗?你获得过圣·乔治勋章。是英国皇家情报局的重要一员。你刚完成了一些常规工作,暂时来国外完成某项任务。”他笑了笑,问道,“对吗?”

为了解开一点疑惑,邦德走向挂历。发现刀子的确是插在 15 号上后,他拔下刀子,并放回裤子口袋中。他转过身,问道:“你为什么这么说?”

那人没有回答。他说:“过来坐下。我有很多话想和你说。不过我们先喝点威士忌和汽水,怎么样?”说着,他指了指桌子对面的另一把舒适的扶手椅,示意邦德坐下,他在桌子上放上一只大银盒,里面装有各式香烟,然后他走到墙角的一个金属文件柜旁,打开柜子。柜子里面没有文件,完全是一个坚实的冰箱。他快速拿出一瓶黑格酒和一瓶威士忌,还有两个玻璃杯、一盒冰块、一瓶苏打汽水,还有一壶冰水。他把这些东西依次地放在桌上。然后,邦德给自己倒了一杯威士忌,兑了点水,还加了些冰块。马克昂杰坐在邦德对面,拿过黑格酒瓶,直直地看着邦德,说道:"我是从巴黎国防部情报处的一个朋友那了解你的情况的。他给我情报,我付给他一笔费用。今天早上我已经摸清了你的情况。我们在敌对的阵营,不过也不是直接为敌。我们坦诚地聊一聊吧。"他停了一下,往杯子里倒了点酒,十分认真地说,"我想和你建立信任关系。这是我想到的唯一方法。我把生命交付到你手上。"

他喝了口酒,邦德也喝了一口。柜子里的冰箱发电机突然发出一阵嗡嗡声,邦德感到一丝肃穆的气氛,他知道接下来的事会很重要,但他不知道未来会怎样发展,不过他觉得可能不坏。他不知不觉对这个人产生了敬意和感情,他感觉接下来他要说的事和自己将会有很大关联。

冰箱的发电机停了下来。

马克昂杰胡桃核般满是皱纹的脸对着邦德。

"我是'科西嘉联盟'的首领。"

第五章　科西嘉联盟

科西嘉联盟！至少现在一些疑惑解开了。他看着桌子对面那双棕色眼睛,对方正看着他的反应。邦德在脑海里搜寻起和科西嘉联盟相关的文件。联盟的名字听上去很正派,但其实它甚至比西西里联盟更加危险,历史也更久。他知道,这个组织控制了许多犯罪机构,遍布法国各大都市及法国殖民地,这个组织经营着保镖、走私、妓院业务,还从事镇压敌对团伙的任务。就在几个月前,一个叫罗西的人在尼斯的一家酒吧里被射死。在那之前的一年,一个叫让·朱迪切利的人几次杀人未遂,之后终于被杀。这两人都曾经想当上科西嘉联盟的首领。现在这个安静坐在他面前的人就掌管着这个组织,而他看起来却那么令人愉悦。前段时间发生了一起神秘案件——罗梅尔宝藏案。据推测宝藏就藏在巴斯蒂亚的海底。1948 年,一个捷克潜水员表示发现了宝藏的踪迹,他曾在德国反间谍机构工作过。科西嘉联盟警告他离开,然后他就在地球上消失了。最近,人们在巴斯蒂亚附近的路边发现一名年轻的法国潜水员的遗体,他的尸体上全是枪眼。他曾在当地的酒吧里傻傻地吹嘘自己知道宝藏所在之处,并扬言要下水去取。邦德想:马克昂杰是否知道这笔宝藏的秘密?他和这两个人的死是否有关?巴拉尼有个叫卡兰扎纳的小村,由于村里出来的暴徒比科西嘉任何一个村子的都多,加上它也是最繁荣的村庄之一,因此小村很出名。当地的市长任职长达五十六年之久,是法国任职最长的市长。马克昂杰一定是从那个村里出来的,很可能知道那位著名的市长的秘密。他也应该知道那位在美国大赚一笔,近来引退回村的美国黑帮大佬的秘密。

如果邦德在这个安静的小空间中随口说出一些罕见的名字将会非常有趣。他想对马克昂杰说,他知道加莱尼亚村附近的那个废弃的克罗瓦尼码头;他还知道那里一座山后有个古代银矿,那里的地下隧道像迷宫一样,是世界上最大的海洛因交易场所,说出来一定能吓唬他一下,以弥补自己前面受到的惊吓。不过,最好还是等他知道更多的事情后再说,能发现这里是马克昂杰的秘密据点已经很有趣了。马克昂杰还没说为什么将邦德和那女子绑来。租用警卫队的救生船只需要花一点钱就行,也许再另送一瓶酒以引开他们的注意力。那些警卫都是科西嘉人。邦德想了想,觉得事实应该就是如此。这件事对于科西嘉联盟这样强大的组织来说简直易如反掌,特别是在法国,他们办事简单得就像黑手党人在意大利办事一样。他喝了一小口饮料,充满敬意地看着马克昂杰。他可是世界上的大人物之一!

邦德想起,科西嘉的大人物也总是取天使的名字。他记得另外两位有名的科西嘉恶棍叫作格拉西厄和图森——都是圣徒的名字。马克昂杰的英语很标准,但偶尔也会有点磕磕绊绊,仿佛曾经学过英语,只是没有机会用。马克昂杰说:"亲爱的先生,我待会和你讲的每件事都请你留在你的'赫科斯奥敦通'后面。你知道这个词吗?不知道吧?"他露出开心的笑容,"我这样说希望你不要介意,其实你受的教育不够全面。这是个古老的希腊词汇,字面意思是'牙齿上的篱笆',在希腊语中相当于你们的'绝密'的意思。我这样说,你听懂了吗?"

邦德耸了耸肩:"如果你说的秘密会影响我的职业。那我怕是不能保密。"

"这一点我完全可以理解。我想要讨论的是私人问题,和我女儿特蕾西有关。"

事情越来越复杂了!邦德隐藏起自己的吃惊。"那我同意保密,"他微笑着说,"就让它留在'赫科斯奥敦通'后面吧。"

"谢谢,你是个值得信赖的人。你的职业要求你是这样的人,我从你的脸上也能看得出来。现在,我开始说了。"他点燃了一根香烟,坐回椅子上。他盯着邦德头上方墙上的一点,只有在想强调某一点的时候,他才会看着邦德的眼睛。"我曾娶过一个英国姑娘。她是一位女教师,十分浪漫,她是来科西嘉寻找恶棍的,"他笑了笑,"就像一些英国女子到沙漠里探险找部落族长一样。然后,"他的笑容隐去,"她在大山中找到了我。警察当时正在追捕我,我的一生大多时候都是这样。那姑娘当时对我来说是个很大的累赘。但她不愿离开我。她的身上有一种野性,她喜欢非同寻常的生活。天知道为什么她喜欢和我一起过颠沛流离的日子,我们从一个洞躲到另一个洞,在夜间才能吃一顿。她甚至学会了像土著一样剥羊皮和煮羊肉,羊肉和鞋皮一样硬,勉强能吃。到在那些疯狂的日子里,我爱上了她,我悄悄带她离开了那座岛,来了马赛,并和她结婚了。”他停了一下,看着邦德说,“亲爱的先生,后来特蕾西出生了,她也是我们唯一的孩子。”

原来如此,邦德心想。这解释了为什么那姑娘身上有一种气质,神奇又令人困惑,既有女士的优雅,又包含着一种野性。她的身上流着不同种族的血液,混合着不同的脾性。她说的是科西嘉英语。难怪他判断不出她的国籍。

“我妻子十年前去世了,”马克昂杰举起一只手,示意不需要同情,“我女儿在瑞典完成了学业。我当时很富有,而且被推选为联盟首领。先生,我利用各种方法,变得无比富有。我的女儿是我的掌上明珠,她要什么我都会满足她。但是她就像一个野人,一只野鸟,没有一个真正的家。或者可以说是因为我居无定所,没有给她适当的管教所致。在瑞士读书期间,她加入了一个不好的国际组织,报纸上有登过。里面鱼龙混杂,有南美的百万富翁,印度的王子,来自巴黎、英国和美国的富人,还有法国的花花公子。她总是陷入困境和丑闻之中,每次我限制她,削减她生活费时,她就会做出更傻的事,我猜这是为了故意气我。”他停了一下,看着邦德,那张愉快的脸上出现极度痛苦的神情,他接着说,“然而,她表面上那样,但她母亲的血统使她厌恶自己,并越来越看不起自己。我感觉到,她的灵魂有种自我毁灭的倾向。”他看着邦德,“你知道的,我的朋友,这种事在谁身上都会发生,无论男女。他们太堕落,等他们突然审视起自己的时候,会觉得没有活下去的价值。他们得到了所有想要的东西,他们在一次盛宴上就将食尽生活中所有的美食,什么都不剩了。现在看来,她之前是拼命地想让生活重归正轨。她没说一声就离开了,找个人嫁了,也许是想安定下来。她的丈夫是一个没用的意大利人,人称文森佐伯爵,他卷走了她所有的钱,然后抛弃了她,留下她和他们的一个女儿。我购买了一张离婚证,在法国西南部多尔多涅省买了一幢小别墅,把她安顿在那里。由于照料小孩子和拥有一个美丽花园,她暂时看上去平静了。可六个月前,那孩子死了,死于所有儿童疾病里最可怕的疾病——脑膜炎。”

金属房间里一片安静。邦德想着走道不远处的那位姑娘。原来如此,他心中的疑团一点点解开。那个姑娘平静的外表下原来是这样的悲剧。她的确是绝望了!

马克昂杰慢慢地从椅子里起身,他往自己和邦德的杯子里都倒了些威士忌。他说:“请原谅,我不过是可怜人。但是这故事一直压在我的心里,讲给另一个人听,我感到轻松很多。”他把一只手放在了邦德的肩上,“你能理解我,对吗?”

“是的,我能理解。不过特蕾西是一位好姑娘,她一直努力地生活。你考虑过对她进行精神分析治疗吗? 或者去教堂? 她是天主教徒吗?”

“她不是。她母亲不会允许的。她是个长老会教徒。不过,先听我把这个故事讲完。”他走回椅子，重重坐下，“之后，她就消失了。她带着珠宝，驾着自己那辆小汽车走了。我偶尔才能得到她的一些消息。她卖了珠宝，在欧洲各地过着纸醉金迷的日子，就和过去一样。当然我一直跟着她，尽力看着她，但她总是拒绝和我见面或谈话。之后，我听我的一个代理人说她在帝国酒店订了房间，于是我从巴黎赶了过来。”他挥了一下手，“因为我有一种不祥的预感。她童年时我们经常来这里避暑，她一直很喜欢这里。她游泳很厉害，天生就喜欢大海。当我得知消息时，我突然想起过去一件可怕的事。她当时因为调皮，整个下午都被关在房间里，不让她出去游泳。那天晚上她对着她母亲，用十分平静的语气说：‘你们把我和大海分开，我很不开心。如果有一天我真的特别难受，我会游进海里，向着月亮或太阳一直游，直到我沉下去为止。’她母亲告诉我这事时，我们都大笑起来，觉得这孩子傻傻的。现在再想起来，怕是她还深深地留着孩子气的幻想，决定结束自己的生命，决定要实施这个想法。所以，从她到这开始，我一直紧紧盯着她。他们刚刚和我汇报了您在赌场的仗义相助，还有您在海边阻止她的事，对此，我十分感激。”想起自己昨晚与他的女儿有了肌肤之亲，邦德感到有点尴尬。马克昂杰握起邦德的手，说道：“昨天晚上的事，你不必道歉。你是个正常的男人，而且你们也是两相情愿，待会我们再说这些。”

邦德想起他在汽船上靠向她的时候，她尖叫了一声。虽然反应不大，但却比之前晚上两人相处时包含了更多感情，也更有亲近感。现在，他忽然明白自己为什么在这儿，他忍不住打了一个哆嗦。

马克昂杰继续说道：“今天早晨六点，我在法国国防部情报处的那位朋友打听关于你的情况。八点钟他到达资料室,九点钟前,他告诉了我关于你所有的情况,用无线电传播的。我这车里有一个高强度的无线电站。"他笑了笑,"这是我告诉你的另一个秘密。可以说,他告诉我的都是对你的赞扬,不仅仅是在工作方面,更重要的是,你是个男子汉,我认同的那种男子汉。因此我思考了整个早上。最后,我命令他们把你们俩都带过来。"他右手比出一个让这些事都随风而去的手势,接着又说道,"我不需要告诉你所有细节。在你来的路上应该都知道了。给你造成了不便,对此我很抱歉。你可能以为自己陷入了危险之中。请原谅。"

邦德笑了笑:"很高兴见到您。如果我们不是以这种方式认识,会更值得纪念。整个事情都处理得非常干净利落。"

马克昂杰的神情显得有点可怜:"你是在讽刺我吧。但请相信,我的朋友,有时过激的手段是必要的。我知道这样把你绑来过分了些。"他伸手拉开最上层的抽屉,拿出一张信纸,然后递给邦德,"现在,等你读了它,就会理解我了。今天下午四点三十分,她把信交给了帝国酒店的门房,请那个人把信寄给在马赛的我。之后特蕾西出门了,你跟着她。你是不是也怀疑着什么?你也在担心她,对吗?请你读一读信。"

邦德拿起信。他回答:"是的,我当时很担心她。她值得别人为她担心。"他举起信,信上只有几句话,简单明了。上面写着:

亲爱的爸爸:

我很抱歉,可我已经活够了。只是今晚我遇见一个人,他可能令我改变了主意。他是个英国人,叫詹姆斯·邦德。我欠他两万新法郎,请您找到他并还给他。顺便代我谢谢他。是我自己不好,不能怪别人。

再见了,请您原谅我。

特蕾西

邦德把信从桌子上递回给马克昂杰,没有抬头看他。他喝了一大口威士忌,又拿起酒瓶。他说:“是的,我明白了。”

“她喜欢叫自己特蕾西,我们给她取名特蕾莎,她不喜欢,觉得那个太端庄了。”

“嗯。”

“邦德先生,”马克昂杰的声音透出一丝急切,语气像是命令,又像乞求,“我的朋友,你已了解了整个故事,也看到了证据。你愿意帮我吗?你愿意救救她吗?这是我的唯一机会,你能带给她希望。你能给她活下去的希望。你愿意吗?”

邦德低着头看着面前的桌子。他不敢抬头,不敢看马克昂杰脸上的表情。他猜对了,之前他担心会卷入这些私人麻烦中。他暗骂了一声。这个主意吓到他了,他不是一个无私奉献的好人,也不是治疗心理创伤的医生。她需要的不是自己,他坚定地告诉自己,她需要的是一个心理医生。他与她之间的确互相吸引。他知道马克昂杰会请求自己接纳这个姑娘,这就意味着自己下半辈子都得带着她。如果他抛下她,就相当于杀了她。这样的请求根本就是敲诈。

他低沉地说："我不觉得我能帮上什么忙。您究竟是怎么想的?"他拿起杯子看了看。为了有勇气看马克昂杰的脸,他喝了一口酒来给自己打气。

由于紧张,马克昂杰那双褐色的眼睛闪动着,他嘴角边黑色皮肤上的皱纹更深了。他看着邦德的眼睛,说道："我希望,你能向我女儿求爱,并和她结婚。婚礼那天,我会给你价值 100 万英镑的黄金做嫁妆。"

邦德生气地回复他："这根本不可能。特蕾西病了。她需要的是一名心理医生,不是我。而且我不想结婚,不管对象是谁。我也不想要那 100 万英镑。我的钱够我自己花销,我有工作养活自己。"邦德努力让自己忽视那封信上的内容,让自己不要夹带私人感情,"希望你能理解我。"马克昂杰不禁流露出痛苦的神情。邦德于心不忍,柔声说道："她是一个好女孩。我愿尽全力帮助她,但这得先等她病好了。那时我一定会经常来看她的。即使她有点喜欢我,您也觉得我不错,她得首先自己主动恢复过来,这是唯一的办法。不管是哪位大夫,他都会这样告诉您的。她应该去医院,瑞士好像有最好的相关诊所。她需要忘记过去,重新开始新生活。只有这样,我们才有机会再见。"他恳求马克昂杰,"马克昂杰,你知道,我是一个无情的人,这点我承认。而且我没耐心去照料别人。您想给她治病的主意可能会令她更绝望。不管您的女儿对我有多大吸引力,我都无法承担这个责任。"最后,邦德无奈地表示,"我就是这样的人。"

马克昂杰只好妥协,他说："我能理解你。那就不再多说了,我会尝试下你的建议。你能再帮我一个忙吗？现在是九点钟,你今晚带她一起去吃晚饭行吗？随便聊些什么,只是表示下她被人需要着,你对她有好感。她的车和衣服都在这儿。我叫人送来了。只要你能让她觉得你想再见到她,我想我就能搞定剩下的事了。你能帮我吗?”

邦德心想,今晚可要难熬了。不过他还是忍住并微笑地说:“当然可以。我愿意帮这个忙。不过,我订了明天第一趟早班机,在图盖机场起飞。之后就麻烦您照顾她了。”

“这是当然,我会照顾好她的。”马克昂杰用手抹了下眼睛,说道,“请原谅我。还好,你给了我最后一丝希望。”他伸直手臂,忽然靠向桌子,将两手放在桌上说,“感谢的话就说到这,朋友,告诉我,现在有没有什么我能帮上你的地方？我路子广,消息灵通,这些都可以为你所用,有没有什么我能为你做的?”

邦德脑海中忽然闪现一件事,他展开笑容,问:“我想打听一个叫布洛菲尔德的人。您应该听说过他。我想知道他是不是还活着。如果还活着的话,在什么地方能找到他?”

马克昂杰的脸色忽然变了。他好似一个复仇者,眼里露出僵直、冷酷的光芒。“啊!”他若有所思地说道,“布洛菲尔德啊。嗯,他当然还活着。就在不久前,他还从我的联盟里收买了三个人。这不是他第一次对我做这种事了。原来老魔鬼党里的三个成员已经被挖走了。好吧,我会尽量打听一下的。”

桌上有一部黑色电话。马克昂杰拿起话筒,邦德立刻便听见里面接线员温柔的声音:“请稍等。”马克昂杰放下话筒,“我在打给法国阿雅克修的地方总部,五分钟后就能联系上他们。不过我得讲快点,否则警方会发现我的通话频率,尽管我们每周都会改一下频率。好在我们科西嘉人的方言能帮上忙。"电话响了起来。马克昂杰拿起话筒,邦德听不清里面在说什么,不过他觉得这种声音听起来很熟悉。然后,马克昂杰用命令的语气对着电话里说了一些别人难以听懂的话。

之后,马克昂杰放下话筒。他摊开双手抱歉地说:"我们只知道他现在在瑞士,但不知道确切地址。不知道这个消息对你是否有用。当然,如果瑞士的情报机构愿意帮你,你们在那里的人就能找到他。不过,如果涉及公民隐私,他们可能会拒绝你,尤其是在这个公民还很有钱的情况下。"

邦德的脉搏随心脏快速跳动,终于知道这个家伙的消息了!邦德激动地说:"太好了,马克昂杰。知道他在哪儿后,剩下的事就应该不难了。我在瑞士有好朋友,我找他们帮忙。"

看见邦德的反应,马克昂杰展露笑颜。他认真地说:"答应我,以后万一遇到问题,不管是这件事还是别的事,都第一时间来找我,行吗?"他将抽屉拉开,递给邦德一张记事纸说,"这是我公开的通讯地址。你可以给我打电话或者发电报,不过有重要请求或消息最好不要用电子设备,无线电不太安全。你可以照着这时间和地址去找我的手下。你懂的对吗?总之,"他狡黠地笑着说,"我知道你和一家国际出口公司有联系,通用出口公司,对吗?"

邦德笑着,心想:他是怎么知道的?他会告诉瑞士保安部吗?不会的。他们现在是朋友。而且之前他们说过这里发生的所有事都会保密。

马克昂杰换了个话题,说道:“那么,我现在把特蕾西叫进来了?她不知道我们讨论了什么。我们就说是法国南部珠宝抢劫案的事吧,你假装是保险公司的员工。我们做了一笔私人交易。怎么样?”他站起身,向邦德走去,把手搭在他的肩膀上,说道,“不管怎样,真的谢谢你。”然后,他走出了房间。

天啊! 邦德心想,现在换我履行诺言了。

第六章　邦德街的邦德?

两个月后,伦敦。邦德懒洋洋地离开公寓,开车去总部。

时间是早上九点,天气很好。只是从海德公园飘来了烧树叶的烟味,示意着冬天即将来临。邦德一心思考着怎样让瑞士保安部门松口,好得到布洛菲尔德的详细地址。他在苏黎世的朋友显得很迟钝,近乎固执。他们坚定地认为整个瑞士根本就没有一个叫布洛菲尔德的人,也没有证据说明瑞士有重生的魔鬼党。他们很清楚北大西洋公约组织联盟下的各国政府紧急通缉布洛菲尔德。他们仔细地将所有和这个人相关的文件存档。这个人的名字去年一直在所有的边防岗位的监视名单上。他们抱歉地表示,除非英国秘密情报局还有更多关于此人的消息或证据,否则他们只能断定英国秘密情报局得到的线索有误。英国情报处要求苏黎世站的人查看所有银行的秘密账户,检查匿名的账户,世界上大部分赃款就在这些账户里。不过这一要求却被瑞士国家安全机关果断拒绝了。他们认为，布洛菲尔德固然是一个重犯，但只有当他在瑞士的国土上犯了罪，并按联邦法律可以起诉他时，瑞士国家安全机关才能合法地搜集他的这些账户信息。的确，布洛菲尔德曾利用自己非法获取的原子武器向英美两国勒索金钱，但是，在瑞士的法律下，尤其是根据银行法的相关条款，这一行为不构成犯罪。不管这钱是从哪来的，只要没有违反瑞士法律，就都不能随意调查。

邦德想着是否要联系马克昂杰。他把科西嘉联盟看成自己的情报来源之一，不过目前，他也只是利用过一次。他尽量避开这一方法，因为马克昂杰最后一定会谈到特蕾西的事。他想把那段记忆放在心里的某个角落，先不去触碰它。他俩最后在一起度过了一个祥和宁静的夜晚，仿佛他们相恋多年。邦德告诉她，通用出口公司派他去国外一段时间。等他回到欧洲后，他们一定会再见面。特蕾西答应了，她自己也决定外出放松一下。她太累了，快撑不住了。她想等他回来。也许到时他们能在圣诞节一起滑雪。邦德那天晚上很热情，他们在一家小餐厅里吃了美食。之后，他们一起度过了美妙的夜晚，和上次不同，这次没有隐隐的悲伤。邦德很开心自己能帮助特蕾西忘记伤痛。他特别想好好保护她，但是他明白，他们的关系还很脆弱，她的平静也很容易被打破，他需要十分注意才行。

就在这时，他裤子口袋里的信号机响了。邦德赶紧开出海德公园，在大理石拱门附近的公用电话亭旁停车。这种信号机是最近引进的，总部的所有职员都带在身上。这是一种小型无线电接收机，由塑料制成，和怀表差不多大。拿着它，只要工作人员在伦敦总部

10 英里范围内,就可以接到信号机的召唤。一旦自己的信号机响了,就表示有急事找他,他就得立刻到最近的电话机边上,联系自己的办公室。

邦德拨了他唯一能使用的外线号码,说"007 有事报告",之后,电话很快被转接到他的新秘书手中。洛丽亚嫁给了一个波罗的海交易所的无趣的富人,最后离开了办公室。她会寄温情的圣诞卡片或生日卡片给原来的同事,就这样保持着联系。新来的人叫作玛丽·古德奈特。她有一头深黑色的头发,一对蓝色的眼睛,三围分别是 37 英寸、22 英寸和 35 英寸,曾在英国妇女海军服务队工作过,十分可爱。情报局里的男孩子们暗自打赌,看谁能先追到她,赢的人可以得到 5 英镑。原来,邦德和代号为 006 的前皇家海军指挥官不相上下,是最有希望的人选。但由于特蕾西的出现,邦德退出了,他现在只当自己是局外人。不过,他还是会与玛丽打趣调情,但是会掌握分寸。这时,他在电话里对玛丽说:"早上好,古德奈特。我有什么能帮上你的吗? 过得还好不?"

玛丽咯咯地笑了,说:"最近还好,只是楼上传来一个急电,需要你立刻去纹章院,找一个叫格利芬·奥的人。"

"什么?"

"找一个叫格利芬·奥的人。他是一位纹章院官员。纹章院那边可能有'疯子'的消息。"

"疯子"是邦德为了追踪布洛菲尔德而给他起的代号。邦德激动地问:"真的吗? 那我还是快点去好。再见,古德奈特。"放下话筒前,邦德还能听到电话里玛丽在咯咯笑。

究竟是怎么回事？邦德回到汽车里，快速驶向纹章院，他将车开得很快，但是没有超速。真是怪事，邦德想：纹章院怎么会插手此案？据他对纹章院的了解，它的工作主要是查寻研究家庭宗族脉络、解释家族纹章，以及组织各种皇家大典。

纹章院位于伦敦城边的维多利亚女王大街。它是座美丽的小建筑，由古老的红砖砌成，装有白色框格窗，四周庭院地上铺着鹅卵石，邦德就把车停在庭院里。庭院到大门前有一条马蹄形石阶，大门上方挂着一条旗帜，旗帜是淡蓝色的，上面画着一个巨大的金色的半狮半鹫纹章。邦德走进大门，进入一间幽暗的大厅，大厅墙面上的嵌板是黑色的，上面挂着绅士画像，他们的衣服上都有白色轮状皱领和花边。画像的边框已经有点发霉了。看门人穿着一身铜扣樱桃红制服，面色和蔼，说话温和。他问邦德需要什么帮助。邦德表示要见格利芬先生。

“啊，是，先生。”看门人神秘地说，“格利芬先生等你一个星期了。因此我们才把旗帜挂在外面。请这边走，先生。”

邦德跟着看门人穿过走廊，走廊上挂着闪闪发光的盾形纹章，纹章放置在雕花的木框里。他们走上一座潮湿且布满蜘蛛网的楼梯，最后来到了一扇厚厚的门前，门上有一个金色的半狮半鹫的怪兽形象，下面写着几个金色的大字“纹章院官员格利芬·奥”。看门人敲了敲门，然后禀报邦德来了，之后就离开了。邦德面前的书房很不整洁，里面到处堆着书、报纸和一些看上去很重要的羊皮纸文稿，其中冒出了一个圆圆的秃头，头上仅有几根灰色卷发。屋里有一股教堂地下室的气味。一条长长的毯子，毯子两边的东西堆得乱七八糟。邦德沿着毯子走了过去,站在一把椅子旁,面朝着被桌子上一堆书挡住的那个男人。邦德清了清嗓子。那人抬起头来,戴着夹鼻眼镜的脸上露出一丝没有灵魂的笑容。他起身简单鞠了个躬。"邦德先生。"他的声音有点粗,就像旧箱子盖打开的声音,而他的手指一直放在一本摊开的书上,"詹姆斯·邦德先生,邦德,邦德,邦德,嗯,我想是我叫你到这儿来的。"他坐了下来,邦德也跟着坐了下来,"是的,是的。确实十分有趣。但是我恐怕会让你感到失望,亲爱的先生。你的爵位很特殊。实际上这是个从男爵爵位。很多人都想要这个爵位。不过,我们可以通过建立一种旁系亲戚关系……那个……"格利芬先生扶了扶夹鼻眼镜,凑近书,"据我估计,邦德这个姓氏下大约有十大家族。托马斯·邦德爵士是其中最著名的,此人很有名望,住在佩卡姆。可惜的是他没有子女,"格利芬先生透过夹鼻眼镜看向邦德,"也就是说,他没有法定继承人。当然在那个时候,道德观念没那么严。现在如果我们能和佩卡姆建立某些联系……"

"我和佩卡姆没什么联系。现在,我……"

格利芬·奥抬起手。他严肃地问:"请问一下,你的父母来自哪里? 这是寻根溯源的第一步。之后,我能从以前的萨默塞特宫[①]、流浪者记录册和旧墓石上研究。毫无疑问,你有一个古老又著名的

---

① 萨默塞特宫(Somerset House):原是一座巨大的都铎王朝宫殿,到了18世纪它已经是英国一些重要的团体组织的总部,如英国皇家美术学院、英国皇家学会、英国文物学会,它也是英国海军的摇篮。

英国姓氏,我们最后肯定能找到你的家谱。”

“我父亲来自苏格兰,母亲来自瑞士。可问题是……”

“等一下。你是在思考调查这个要花多少钱吗?亲爱的伙计,我们可以之后再谈这个问题。不过,现在你得告诉我,你父亲来自苏格兰哪个地方。这很重要。苏格兰人的记录没有南边英格兰人记录册那么全。我不得不承认那时候那边的人还有些野蛮。”格利芬·奥轻轻地敲了下自己的脑袋,他瞥了邦德一下,观察了他的眼神,笑着说,“我说他们野蛮并非批评他们,他们其实非常勇敢。只是很遗憾他们的民族记录不多。不过,剑大多时候比笔有用些。不过,可能你的父母和他们的祖先是从南方过去的吧?”

“我父亲是高地人,在格伦科附近。但是,我想说的是……”格利芬又将另一本厚书推到邦德面前,用手指在书上找着什么,“嗯,嗯……我看恐怕找不到什么。《伯克氏纹章学通论》上和你的姓氏一样的家族有十多个。可惜没有苏格兰的。但这也并不是说就没有苏格兰的分支了。你还有其他亲戚在世吧?一般总有远房亲戚的……”格利芬·奥把手放进身上那件丝质紫花西服马甲的口袋里,马甲的扣子钉得很高,几乎都到他的领结了。他掏出一个小巧的银鼻烟盒,他先递给邦德,然后自己吸了两大口。接着,他拿出一条华丽的印花丝质大手帕,对着手帕打了两个喷嚏。

邦德趁这个机会,身子前倾,清楚明白地表示:“我来这不是为了家谱的事,我来这是因为布洛菲尔德的事。”

“什么?”格利芬·奥吃惊地看着他,“你对你的家谱不感兴趣?”他伸出一根手指,指责邦德道,“你知道吗?亲爱的伙计,如果我们成功了,你就可以说自己是直系后裔了。”他犹豫了一下,“哪怕不是直系,不管怎样也可以算是一个著名古代从男爵的旁系后代。”他回到最开始拿出的那本书,对着书说,“世界上最著名的一条街就是以这个从男爵的名字命名,这条街就是邦德街,那个从男爵就是托马斯·邦德爵士。他可能就是你的祖先。你不觉得很激动吗?他是萨里郡佩卡姆的从男爵。你应该知道,他曾是玛丽娅王后家的审计员。邦德街建于1686年,这在英国是条著名的街道。圣奥尔班斯的第一个公爵——妮尔·格温①的儿子——曾经就住在邦德街。劳伦斯·斯特恩②也在那里住过。鲍斯韦尔③在这条街上举行过著名的晚宴。当时赴宴的有雷诺兹④、哥德史密斯⑤和加里克⑥。还有一件有趣的事,纳尔逊勋爵⑦住在141号,同时,汉密

---

① 妮尔·格温(Nell Gwynn):英王查理二世的情人。

② 劳伦斯·斯特恩(LaurenceSterne):18世纪英国最伟大的小说家之一,也是世界文学史上一位罕见的天才。

③ 鲍斯韦尔(Boswell):英国家喻户晓的文学大师,传记作家,现代传记文学的开创者,出生于苏格兰的贵族家庭。

④ 雷诺兹(Reynolds):18世纪英国伟大的学院派肖像画家。

⑤ 哥德史密斯(Goldsmith):18世纪著名英国剧作家。1730年生于爱尔兰,毕业于都柏林圣三一学院(Trinity College),曾于爱丁堡就读医科。

⑥ 加里克(Carrick):英国演员,剧作家,戏剧导演。大卫·加里克是那个时代享有盛名的演员,也是有史以来最著名的英国演员之一。

⑦ 纳尔逊勋爵(Lord Nelson):18世纪后半叶至19世纪初的著名英国海军中将,世界著名海军统帅,被誉为“英国皇家海军之魂”。

尔顿夫人①就住在145号。还有其他一些名人也在这条街上住过。尊敬的先生,你的姓名与他们有不少联系。难道你不想有底气地宣称和这些十分杰出的人有关联吗?”格利芬一脸吃惊,他浓密的眉毛扬起,“亲爱的邦德先生,这段历史十分复杂。”他拿起桌上另一本翻开的书,很明显那是事先就准备好给他看的。

“来,你看看这个盾形纹章。你一定很关心,至少,为了你的家庭和孩子,你也会关心一下的。”他举起书,给邦德看里面的纹章,“一枚拜占庭帝国时的金币上有一个金色小球,我猜你一定听过的。看,共三个小球。”

邦德冷冷地回答:“那可要一大笔奖金啊!可是,我仍旧不感兴趣。我没有亲戚,也没有孩子。好了,我们谈谈那个……”

格利芬·奥没有听出他话里的冷淡,他激动地打断邦德:“书上有一句特别好的格言:‘世界不够大。’你喜不喜欢这句话?”

“这句格言很不错,我一定会记下来的。”邦德草草打发过去,说道,“好了,我想我们真的得谈谈正事了。我还要向局里报告。”

格利芬·奥真挚地说:“还有一个叫诺曼·邦德的人,于1180年出生。虽然这个姓名最开始的主人出身低贱,但是它仍然是一个古老而优秀的英国姓氏。《英国姓氏辞典》上明确地解释这个姓名为‘丈夫、佃户、乡下人’。”格利芬先生看了看邦德,他发现邦德无动于衷,只好放弃接着说下去,他问邦德,“好吧,既然你对你的祖先

① 汉密尔顿夫人(Hamilton):曾有“英伦第一美女”之称,然而在英国历史上,在公众眼中,是一个声名狼藉的女人。

和家族起源不感兴趣,那么,有什么我能为你效劳?"

终于可以讲正事了,邦德长长地舒了口气。他耐心地说:"我来这里是为了咨询一个叫布洛菲尔德的人,他的全名是恩斯特·斯塔夫罗·布洛菲尔德。你们好像有这个人的一些信息。"

格利芬的眼神里透露出不解,他警惕地问道:"可是你的名字明明关心詹姆斯·邦德,你却提布洛菲尔德这个名字,这是怎么回事?"

邦德冷冷地说:"我是国防部的人。据说,在纹章院某处能得到一个叫布洛菲尔德的人的情报,究竟是哪里?"

格利芬先生不解地摸了摸头上的一点点卷发,说:"布洛菲尔德,对吗? 这个嘛……"他看着邦德,责备他道,"邦德先生,请原谅我说话直接,不过你真的浪费了我和纹章院的许多时间。为什么你不先说这个人的名字呢? 好了,让我想想,布洛菲尔德,布洛菲尔德,好像前两天我们部门开会时有人提过这个名字。对了,是谁负责的来着? 好吧,嗯……"他从书报堆中拿起话筒,说道,"我找萨布尔·巴西利斯克先生,请把电话转给他。"

第七章　一丝线索出现

再一次走过那有些长霉的过道，邦德的心情有点低落。萨布尔·巴西利斯克！不知道这个老家伙是什么人。

邦德来到了一扇厚门前，门上刻了金色的名字，这次名字上面是一个可怕的长着鸟嘴的黑色怪物的纹章。不过这回邦德被领进的是一间明亮干净的房间，屋子的装饰令人舒服。墙上挂了一些迷人的图片，书也摆放得整整齐齐。屋里有一丝土耳其烟的气味。一个年轻人站起来，穿过屋子向邦德走来，他看上去比邦德还小几岁，人比较清瘦，但不会让人觉得太瘦弱。他神情自若，嘴角有几丝皱纹，眼里偶尔闪过一丝讽刺的目光。

“你是邦德先生吧？”他有力而简短地握了握邦德的手，“我一直在等你。你怎么会到我们亲爱的格利芬先生那里？我猜他一定很热情。当然，这里的人都很热情。不过他有点太热情了，你看，他在一些事上太认真了。”

邦德感觉这地方很像学院，这里的气氛会让人联想起大学里的高级会议厅。格利芬·奥无疑只把萨布尔·巴西利斯克当成一个资历不足的年轻人。邦德说：“他好像非常想把我和邦德街联系到一起。我花了好长时间才和他讲明白，告诉他我很满意做一个平凡的邦德，用他的话来说就是一个粗鄙的乡下人。”

巴西利斯克大笑出来。他在桌子后坐下，拿出一份文件递给邦德，示意邦德坐在他旁边的椅子上。“好了，现在咱们谈正事吧。首先，”他直直地盯着邦德的眼睛，“我猜你来这是为了情报局的事。我在英国驻西德情报局工作过，你不用担心安全的问题。第二，在这栋楼里，我们的机密可能和政府部门一样多，可能还要更广一些。我们的工作之一就是给上了荣誉名单的贵族封位。有时上面也任命我们找人接受一些无人认领的或原主人已去世的爵位。一些势利、虚荣的人总是想得到封位。在我来之前，有一个不知从哪儿来的绅士，好像在轻工业品或别的生意中赚了几百万，为政府和公共事业——比如党派和慈善——捐了一大笔钱。他表示自己应该得到皇家本特利勋爵的封位，本特利这个名字取自埃塞克斯的一个村子，我们向他解释说‘皇家’这个词只能用于皇族，而暂时还没有设立普通的本特利勋爵。”巴西利斯克笑着说，“明白我的意思吗？如果这件事传出去了，这个人就会变成全国的笑柄。有时候，我们还得去追回财产。比如说，某个人认为自己的确是布兰克公爵，应该领自己的钱，而他不过是恰好姓布兰克，他的祖先不知道早移居到美国还是澳大利亚或别的什么地方去了。经常有些势利、虚荣的人来纹章院。当然，”他补充道，“这只是我们工作的一小部分。我们其余的时候主要与政府和大使馆的职员打交道，例如安排时间和处理协议书的事、参与举行勋章授予仪式等等。纹章院在英国从事这些事已有五百年左右，因此我认为我们机构在国家还是有一席之地的。”

“的确如此。”邦德表示认同，“这一点毋庸置疑。既然不用担心安全性，我想我们可以坦诚地谈一谈。现在我们谈谈布洛菲尔德这个人。他无疑是世界上最大的诈骗犯。还记得一年前的霹雳弹行动吗？虽然报纸上只登了几个罪犯的名字，但实际上这件事的领导者是布洛菲尔德。好了，你是怎么知道他的？请把详细情况一一告诉我。每一点都十分重要。”

巴西利斯克看向文件里的第一封信件。“好吧，”他若有所思地说，“昨天，这一切要从昨天说起，外交部和国防部给我打了好几次紧急电话。之前我并没有意识到这件事和布洛菲尔德有什么联系，不然我会早一点联系你们。去年6月10号，我收到一封信，是苏黎世一位受人敬重的律师发给我的。信上落款处的日期是6月9号。我现在读给你听一下。”

尊敬的先生：

我处有一尊贵的客户，名为恩斯特·斯塔夫罗·布洛菲尔德。这位先生自称巴尔塔扎尔·德·布勒维勒伯爵，并宣称自己是这个爵位的合法继承人。我们一直以为这个爵位已经没有人继承了。这位先生的信念完全建立在他小时候父母给他讲的故事。事实上,法国大革命时期,他的家族离开了法国,定居在德国,并改名叫布洛菲尔德,目的好像是逃避法国革命政府和保护家里的财产,这笔财产之前一直保管在德国的奥格斯堡。在19世纪50年代,他们又举家搬到了波兰。

这位先生现在急着找到证据,以便能合法继承德·布勒维勒之爵位,该爵位的证明书必须要得到巴黎司法部的审批。

同时,这位先生还建议暂时继续用该爵位及其家族徽章。他告诉我们该家族徽章是“四支银色燧火枪,红色底”,而布勒维勒家族的箴言是“为了我们的壁炉和家园”。

邦德忍不住插嘴说道:“太好了!”巴西利斯克笑了下,继续读道:

尊敬的先生,我们知道世上唯一能查出这些情况的只有你们纹章院。我们收到命令,要秘密联系上你们,以免让外界知道,因此请你们保密。

该客户的资金状况很好,费用不是问题。一旦你们同意调查,我们会先支付一部分酬金,数目为1000英镑,可以转到你们指定的任一银行账户。

亲爱的先生,希望能早日得到您的回复。

哥布吕德·刚波尔德·莫斯布鲁格

苏黎世

巴西利斯克抬起头，邦德的眼里闪出激动的光芒。巴西利斯克笑了笑。“对这件事，我们可能比你更感兴趣。告诉你一个秘密，我们的薪水特别低，因此，我们每个人都有一些赚外快的方法，我们通过接这些特别的活来弥补我们收入的不足。这些事得到的钱很少能超过50个基尼①。有些是困难的调查研究任务，有些是在萨默塞特宫的跑腿活，还有帮助教民登记或者调查墓地的人的身份。这个看起来对纹章院是个挑战，恰好这封信到的时候，我没事，也可以说我在观望有没有新活，于是这个工作就归我了。”

邦德急忙问道：“后来呢？你和对方保持联系了吗？”

“当然，不过是很隐秘地在进行。我立即回信表示接受这个委托，而且答应保密。”他笑了笑说道，“你现在可能要以《国家机密法》逼我说出来了，否则就说我违反条例，对吗？我只能依照不可抗拒的力量行事了，是吗？”

“没错。”邦德坚定地回答。

巴西利斯克小心地在文件的第一页上做了个记号，接着说道：“当然我所需要的第一样东西就是这个人的出生证。拖了一段时间，那边告诉我出生证书丢了，并表示出生证书没有必要。他们说伯爵事实上于1908年5月28日在波兰的格丁尼亚出生，父亲来自波兰，母亲来自希腊。问我能否从德·布勒维勒的祖先开始往现在推导。我顺势答应了。目前为止，在调查纹章院图书馆的资料后，

① 基尼：英国旧时货币名。

我发现的确有一个叫德·布勒维勒的家族,需要追溯到 17 世纪,住在叫卡尔瓦多斯的地方,他们的纹章和箴言与布洛菲尔德所说的一样。”萨布尔·巴西利斯克停顿了一下,“他自己肯定清楚,捏造一个德·布勒维勒家族是没有用的,无法瞒过我们。我把我的发现告诉了那位律师。夏天的时候,法国北部或多或少算是我研究纹章的重要地点,这些地区也和英国联系紧密。同时,我按常规给驻华沙大使写了封信,请求他联系一下在格丁尼亚的领事,让他雇一名律师简单调查一下他的出生登记册以及可能给布洛菲尔德洗礼过的教堂。9 月初我得到了答复,调查结果令人吃惊,不过现在看来倒没什么好吃惊的了。所有关于布洛菲尔德出生日期的记录都被整齐地裁掉了。我把这个情况记在心里,没有告诉瑞士的律师,因为我接到过明确的指令,不能在波兰查询任何事情。与此同时,我通过一位在奥格斯堡的律师做了相同的调查。那里有一些关系布洛菲尔德的记录,但是那儿有很多叫布洛菲尔德的人,这个姓名在德国十分常见,但其中没有一位能和卡尔瓦多斯的德·布勒维勒联系到一起。我不知道要怎么进行下去了。不过,我还是给瑞士那边写了一封信,表示我还在继续研究中。然后,”巴西利斯克将文件啪地合上,“就在昨天,我的电话响了。可能是在检查华沙的文件附件时,外交部的北方部门有人注意到了布洛菲尔德这个名字,就想起了什么。后来,你就从我的同事格利芬的屋子里不耐烦地出来了。”

邦德搔了搔头,若有所思地问:“事情还没有调查出来吧?”

“哦,是的,的确还没有。”

“你能继续调查吗?我想你还没有布洛菲尔德现在的住址

吧?”邦德问道。巴西利斯克摇了摇头。“能不能找一个合适的借口让纹章院派个人去?”邦德笑了笑,说道,“比如说,派我以纹章院的名义去和布洛菲尔德见一面,就说有些复杂的问题用信件说不清楚,有些问题需要当面咨询布洛菲尔德。”

“这个嘛——貌似有一个办法可行,”巴西利斯克看上去不是很确定,“有些家族有一种明显的生理特征,是代代相传的。比如说,哈布斯堡家族嘴唇突出,波旁的后代常常患有血友病,而美第奇家族的鹰鼻也是一个例子……有些皇族有一些微小的、退化了的器官。迈索尔家族的后代生下来每只手都有六个手指头。我还可以说出很多例子,只是这些都是最有名的。当我在布勒维勒教堂的墓地里到处晃悠时,我看到了古老的布勒维勒的墓碑。我用手电筒在石碑上照了下,发现了一个奇怪的事。这事一直记在我的脑海里,刚才你那么一问,我就想起来了。据我所了解,一百五十年以来,德·布勒维勒家族的人都没有长耳垂。”

“啊,”邦德若有所思,在脑海里搜寻布洛菲尔德的典型相貌特征,以及自己在记录上看到他的全身像,“所以这个布洛菲尔德也应该没有长耳垂。或者说,如果他没有的话,这就是一个有力的证据。”

“没错。”

“不过,假如他的耳朵上有耳垂,”邦德说,“也可以说确定有耳垂的话,会怎样?”

“首先,以我所了解的,他可能不是德·布勒维勒家族的人。”巴西利斯克狡黠地说,“不能告诉他我们面见想调查他的生理特征。"

"你是说我们可以尝试一下?"

"为什么不?不过——"巴西利斯克显得有点抱歉,"你介意我向纹章院的院长说明一下情况吗?他是我的上司诺福克公爵,世袭宫廷典礼大臣,担任这个职位的人也一直兼任纹章院院长。我印象中我们以前没参与过这种机密行动。实际上,"他无奈地摆了下手,"我们这次已经参与进来了,必须谨慎行事。你能理解我的,对吗?"

"我十分理解。而且我相信不会有问题的。不过,即使布洛菲尔德同意见我,那我要如何扮演这个角色?我对你们的工作完全不了解。"邦德笑了笑,说道,"我分不清金色纹章和金币,我根本弄不懂从男爵是个什么爵位。我要对布洛菲尔德说些什么?我到底是什么角色呢?"

巴西利斯克变得激动起来,他高兴地说:"哦,这没关系。我会把德·布勒维勒家族的事都告诉你。你只要读几本与纹章学相关的经典书籍就行,都不难记。很少人了解纹章学的。"

"可能吧。但布洛菲尔德很聪明又狡诈。除了他的律师和银行家,见任何人前,他都会看一大堆资料。我以什么身份出现好呢?"

"你之所以这样觉得,是因为你只看到了他的这一面。"巴西利斯克故作高深地说,"我在伦敦城里见过上百个聪明的人,有企业家,也有政府官员。他们踏进这间屋子前,我曾很害怕见他们。他们若想有个好名声,受人尊敬,不论是来选爵位也好,还是来弄个盾形纹章挂在家里的壁炉上也好,在你面前,他们都会变得越来越渺小,"巴西利斯克用手在桌子上方做了个下降的动作,说道,"直到比侏儒还小。女人的情况就更差了。她们特别想要在自己的小圈子里突然变成一位高贵的女士,她们甚至会毫无保留地把一切都告诉你。"巴西利斯克皱了皱他高高的浅色眉毛,想要找出一个比喻来,"邦德,那些本来日子过得不错的人,那些姓史密斯、布朗或琼斯的人,"他朝桌子那边的邦德笑了笑,"他们把变成贵族的过程看作摆脱单调乏味生活的一种手段,一种他们摆脱卑微出身的方法。别担心布洛菲尔德了,他已经吞下了诱饵。据我了解的情况来看,他确实是一个可怕的恶棍。他冷酷无情,行为残忍。不过如果他想要证明自己就是德·布勒维勒伯爵的话,有很多事你都不必担心。显然他想改名换姓,他想拥有贵族身份,变成一位可敬的人。不过,他最想的是当上一名伯爵。"巴西利斯克把手抵在桌子上,强调说,"邦德先生,这一点非常重要。不管他从事的是哪一行,他在那一行里,已经是个富有又成功的人了。他不再那么看重物质、金钱和权力。他现在有 54 岁了,他想要改头换面。邦德先生,我向你保证,如果我们的行动不出差错的话,他会见你的。"巴西利斯克的脸上流露出一丝厌恶,"就像是得了见不得人的病,需要请医生看一样。"巴西利斯克的眼神很有魄力。他坐回椅子上,点燃第一支烟。土耳其烟的气味飘向邦德。"就是这样,"他自信地说,"他知道自己身家不干净,遭社会唾弃。现在他想要给自己买一个新身份。如果要我说些什么,我建议我们把这个诱饵弄得更迷人,让他深陷进去。"

第八章　奇特的伪装

“你到底是以什么身份去的?”

那天傍晚,M 局长看完邦德花了一个下午口述给玛丽·古德奈特的报告后,抬起头来问了这个问题。即使 M 局长的脸不在明亮的光线下,邦德也能察觉出他脸上的表情。M 局长时而不解,时而恼怒,时而又显得急躁,天知道邦德为什么能感觉到。M 局长很少生气,当他生气想骂人的时候,看起来近乎笨拙。M 局长明显认为邦德的计划很傻。考虑到自己对生僻的纹章学知识还一窍不通,邦德也不敢肯定 M 局长是不是对的。

“先生,我是以纹章院特使的身份去的。巴西利斯克建议我去弄个头衔,就是那种比较夸张的头衔,可以给人留下深刻印象。布洛菲尔德显然已经被诱惑了,否则他不会把自己的行踪暴露给别人,即使是像纹章院这种与世隔绝、按理说是很安全的地方。我觉得巴西利斯克说的话有道理,追名逐利是人们的一个致命弱点。布洛菲尔德明显已经对此着迷了,我觉得我们可以利用这一点找到他。”

“好了,我觉得这简直是瞎扯。”M局长暴躁地说。

(邦德想起上一次他听说M局长很烦躁的事情。那是几年前,由于工作出色,M局长被授予皇家十字勋章。局长的秘书莫尼彭尼小姐曾向邦德透露过,对于收到的贺信和贺卡,M局长一封都没有回复过。后来,他甚至不愿读那些贺信和贺卡,还让莫尼彭尼小姐把这些东西扔进垃圾桶里,不用给他过目。)

“好吧!那要用什么可笑的头衔?有了头衔之后呢?”

听到这样的话,邦德并没有感到不好意思。他说:“先生,我在巴西利斯克有一个朋友叫希拉里·布雷爵士。和我差不多大,就是长得和我不像。他家本来在诺曼底的某地。他的家谱和您的家谱一样有历史,有征服者威廉那样的祖先。他的家徽看起来像七巧板,晚上看起来像皮卡迪利[①]马戏团的标志一样。巴西利斯克说他可以和这个人谈妥这件事。这个人立过战功,听上去是个靠得住的人。他现在住在苏格兰高地一个偏远的幽谷里,每天看看鸟儿,光着脚爬爬山,与世隔绝。瑞士肯定没有人听说过他。”邦德的语气变得坚决又固执,“先生,我想说的是我可以装成他。这种伪装有些奇特,但我觉得行得通。”

“希拉里·布雷爵士?”M局长忍住笑意,“然后你打算怎么做?

---

① 皮卡迪利:伦敦最繁华的大街之一。

挥着他家族的盾徽围着阿尔卑斯山跑一圈吗?”

邦德保持镇定,耐心而固执地说:“首先,我要让护照管理局给我做一本假护照。然后,我会去研究布雷的家谱,直到我完全熟记为止。之后,我还会刻苦攻读纹章学的基本原理。如果布洛菲尔德上钩,我就会带上所有相关书籍去瑞士,建议他和我一起研究德·布勒维勒的家谱。”

“之后呢?”

“之后,我想办法带他离开瑞士,把他带过边境,带到一个我们有权逮捕他的地方。不过我还没有想好所有细节,这需要先得到您的批准。之后,萨布尔·巴西利斯克会制订一个特别棒的计划对付苏黎世的律师。”

“为什么不给苏黎世的律师施加压力,让他们透露布洛菲尔德的地址?然后我们可以考虑来个突袭什么的?”

“先生,你知道瑞士人是什么样的。天知道那些律师从布洛菲尔德那儿拿了多少辩护费,也许我们能逼问出地址,但律师为了拿到一点钱,再暗中通知布洛菲尔德,他就能跑掉。有钱能使鬼推磨,在瑞士尤其如此。”

“007,谢谢,不过我不需要你在这儿给我讲瑞士人的人品,至少他们能管好自己的事,并且能应付‘垮掉一代[①]’的那些人(M 局长

---

① 垮掉一代:第二次世界大战之后出现于美国的一群松散结合在一起的年轻诗人和作家的集合体。这一名称最早是由作家杰克·凯鲁亚克于 1948 年前后提出的。“垮掉一代”实际上是“迷惘一代”的对照。海明威在小说《太阳依旧升起》中塑造了“迷惘一代”(Lost Generation)。

正因为这些人而感到烦心)。但我得说你的话也有点道理。那好吧,"M局长疲惫地把手中的文件递给邦德,"拿去吧。这计划看起来还是有点乱,不过我认为可以试试看。"M局长怀疑地摇了下头,"希拉里·布雷爵士!哎,好了,告诉参谋长我勉强同意了。告诉他,你有权请求协助。记得向我汇报,让我了解情况。"M局长拿起电话打给内阁。他的声音透露着满满的不情愿,"看样子我得告诉首相,我们已经想出了办法来对付那家伙。至于有争论的地方,我就不告诉他了。就这样吧,007。"

"谢谢,先生。晚安。"当邦德跨出门口时,他听到M局长对着绿色话筒,用低沉的声音说着:"我是M,我想找首相亲自听电话,谢谢。"邦德走出去,轻轻地把门从外面带上。

狂风送走了11月,12月随之来临。邦德不情愿地回到纹章院,背诵纹章学资料,他的桌子上放的也不再是机密的报告,他得学习一部分中世纪的法语和英语,将自己浸泡在古老的学问和神话中,向萨布尔·巴西利斯克学习。他偶尔会学习到一些有趣的事实,比如迦马地方的创始人来自诺曼底,而沃尔特·迪士尼是法国同名地方的德·斯尼家族的后代。这些都是考古荒漠上的珍闻。一天,他和玛丽小姐聊天时,他对她说了句俏皮话,玛丽则称呼他为"希拉里爵士",他真有种揍人的冲动。

与此同时,萨布尔·巴西利斯克和格布吕德·莫斯布吕格尔之间极其微妙的通信联系却进展颇慢,慢得几乎像蜗牛爬一样。对方提出了无数的问题,巴西利斯克表示这些问题虽然恼人,但是不得不承认问得十分有水平。当然,问题也可能是他们背后的委托人布洛菲尔德提出的,每个问题都与纹章学相关。之后,对方问了很多关于这位希拉里·布雷爵士的问题,还要求看照片,邦德把照片处理了一下,寄了过去。从他学生时代起的所有经历都经过详细调查,再从苏格兰寄来,里面有一张真正的希拉里·布雷爵士的保险证明。为了了解情况,巴西利斯克要求更多的资金,没过多久,对方就寄来了 1000 英镑。12 月 15 号支票到了巴西利斯克手里,他愉快地打电话给邦德,告诉他:"我们找到他了,他上钩了。"果然,第二天收到一封信,信是从苏黎世寄来的,表示他们的当事人同意见希拉里爵士,问希拉里爵士能否乘坐 12 月 21 号瑞士航空公司的 102 班机,航班终点是苏黎世中央机场。按照邦德的指示,巴西利斯克回信说,那天希拉里爵士恐怕没时间,因为他那天要和加拿大高级专员见面,商量有关哈德海湾公司的徽章问题。不过,希拉里爵士 22 号有空。对方用电报回复,表示同意,邦德由此确信,这条鱼不仅吞下了鱼饵,还吞了鱼线和鱼钩。

出发前的几天邦德一直在总部开会,参谋长也参与主持了会议。最后他们的决定是:邦德见布洛见菲尔德时必须像普通人一样,不能携带枪支或其他武器,情报局也不能以任何方式监视或跟踪他。他只能和巴西利斯克联系,尽量用纹章学的双语来传递信息(巴西利斯克第一次与邦德会面后,英国安全局就对他进行了彻底调查)。巴西利斯克将在国防部作为中间人,为邦德与情报局联系,这一切都是按邦德在几天之内就能与布洛菲德接触为前提设想的。要尽可能多地了解布洛菲尔德以及他的活动和同伙,这十分重要,目的是展开下一步计划——将他引出瑞士并逮捕他。而这中间可能不需要武力交锋。在奥格斯堡中央档案馆,巴西利斯克准备了一份布洛菲尔德家族的文件,文件都需要布洛菲尔德亲自验证。为了安全起见,这件事将会对苏黎世工作站保密,总部每天会有专门文件报告当日执行的任务,邦德此次的任务不会记录在里面。邦德得到了一个新的代号“科罗纳”,只有少数高级官员知道。

最后,会议谈论了邦德本人的安全问题。总部里的人都很畏惧布洛菲尔德,没人怀疑他的能力和残忍程度。一旦邦德的真实身份被布洛菲尔德发现了,邦德就会有性命之忧。最危险也最可能发生的是,一旦布洛菲尔德发现邦德所了解的纹章学知识十分浅显,或者邦德查出了布洛菲尔德是否是德·布勒维勒家族后人,那么希拉里·布雷爵士的利用价值就没了,他可能会“遇到一场事故”。邦德必须得直面这些问题,而且尤其要注意后者。他和巴西利斯克不得不费心留一手,动点心思,让布洛菲尔德感到希拉里·布雷爵士活着对他来说很重要。最后,参谋长总结道,他认为执行任务需要“一大笔金币”,因此相比“科罗纳”这个代号而言,用“金币”好一些。然而这并没有得到大家响应。参谋长之后热心地祝邦德好运,并对他表示他会让技术处准备一批用来炸开雪块的炸药,只要他需要,随时可以运到瑞士去。

12 月 21 号傍晚,快要出发了,邦德感到很激动。他回到办公室,想最后和玛丽·古德奈特一起整理一遍要带的文件。

他坐在办公桌边上,望着窗外,外面银装素裹,可以看见公园里昏黄的灯光。玛丽坐在他对面,整理着物品:“这是《伯克氏绝嗣与隐匿的从男爵名册》,纹章院的书。上面印着‘请勿带出图书馆’的章;还有这本印刷版《探秘纹章院》,也印着这个章。那本《系谱学者入门书》里面夹着一张单据,是巴西利斯克从别的地方借来的。还有一本纹章学书上面印着'伦敦图书馆所有'。希拉里·布雷爵士的护照上有很多最近的边境检查印章,是往来于法国、德国和其他国家时盖的。由于护照已经用了很久,护照的角有点折起来了。这是奥格斯堡和苏黎世互相往来的文件,纸张是纹章院的信纸,落款地址也没问题。就是这些了。衣服都准备好了吧?"

"是的,"邦德懒懒地回答,"我买了两套新西服,带袖扣,前面有四颗扣子的那种。还有一块金表和一条表链,上面都有布雷家的标志。这下可有点从男爵的样子了。"邦德转过身来,看着桌子对面的玛丽,"玛丽,你觉得这次行动怎么样?你觉得我会顺利完成吗?"

"肯定会啊。"她坚定地回答,"我们把所有可能遇到的问题都考虑到了。不过,"她犹豫地说,"我可不想你和那个人见面时连枪都不带。"她指了下桌上的一堆资料,"这些书都和纹章学相关,不是你擅长的。照顾好自己,好吗?"

"嗯,我会的。"邦德向她保证,"好了,要乖乖地听话,帮我叫一辆的士来'通用出口公司'门口,然后把这堆资料放进去,好不好?我很快就下去。今晚我得待在公寓里,"他笑了笑,"我得收拾下我那些有纹饰的丝质衬衫。"他站起身来,"再见,玛丽。可能这时候说晚安更恰当,晚安。我回来之前,可不要惹上什么麻烦哦。"

她回答道:"你自己才是,不要惹上麻烦。"她弯下腰捡起地上的书和公文,她的脸避开邦德,不让他看到。她走出门,用鞋跟把身后的门踢上。不过过了一会儿，她又把门打开。她的眼里闪着亮晶晶的泪光："对不起，詹姆斯。祝你好运！还有，圣诞快乐！"之后，她把门轻轻带上。

邦德看着办公室那扇光净的乳白色的门。玛丽真的是一位可爱的姑娘，但现在他有了特蕾西，在瑞士，他就离她近了。是时候再次联系她了。他一直在想她，担心着她。他收到过从达沃斯的诊所寄来的三张明信片，虽然没写什么实际内容。邦德调查过这个诊所，他查明了这是奥古斯特·科默尔教授开的诊所，这位教授担任着瑞士精神病心理学研究协会的主席。在与神经专家莫洛尼爵士在情报局约见时，他告诉邦德，科默尔在这一行是世界有名的。邦德给特蕾西写过几封热情的信，在信里鼓励她，并让人把信从美国寄出去。他之前说过他快回家了，马上就能见到她了。之后他要怎么做呢？他自己一人担负着这么复杂的任务，他忽然对自己感到抱歉。之后，他灭掉香烟，把门从身后带上，离开了办公室，他乘电梯下楼，来到"通用出口公司"的一个不起眼的侧门边。

出租车在外面等候着。已经是七点钟了。出租车发动后，邦德想着要先仔细地整理好他那个箱子，他那个唯一没有暗格的箱子，再喝两杯伏特加，配一些安古斯图拉树皮滋补剂，再吃一大盘 5 月的特色菜香椿炒蛋，然后再喝两杯伏特加，等他微醉后再服用点速可眠安眠药就睡觉去。

用这种自我麻醉的方法，邦德想给自己打气，暂时甩开脑子里那些问题。

第九章　宾特小姐

第二天，在伦敦机场，邦德头戴圆顶高帽，拿着雨伞，带着一份叠得很整齐的《泰晤士报》和行李，看上去有点可笑。当他由于头衔在起飞前被领进贵宾室时，他自己也觉得有点好笑。在票台，服务员称他希拉里爵士，他还往后望了一下，想看看那位姑娘在和谁讲话。他应该振作精神，让自己融入希拉里·布雷爵士这个角色。

邦德点了两杯白兰地和姜汁汽水。他避开金碧辉煌的休息室里其他享有特权的乘客，努力让自己看起来像个从男爵。之后，他想起了真正的希拉里·布雷男爵，他现在可能正在峡谷里打猎，他可一点都不像个男爵！他放下了很多英国人固有的势利和偏见！他要做他自己，如果连真正的男爵都是这样平易近人，那么邦德又为什么要假装有这种绅士风度呢？他也要做他自己，以一种更自然的粗鲁的男爵形象出现。邦德放下《泰晤士报》，那本来是他用来彰显上层人身份的,他拿起《每日快报》,又点了一杯白兰地和姜汁汽水。

飞机开始起飞,邦德思索起苏黎世律师说的会面地点。在机场,德·布勒维勒伯爵的一位秘书将会来接他。他可能当天或者第二天就可以见到伯爵。邦德有一点担忧,见到伯爵时,他要怎么称呼他?喊“伯爵”,还是喊“伯爵先生”?算了,他就看情况偶尔称呼他“亲爱的先生”就好。布洛菲尔德看上去会是什么样子?他会大大改变自己的模样吗?有可能,狐狸通常不会总是出现在猎狗面前。邦德吃完了美味的食物后,感到恢复了精神,飞机下方是法国冬季枯黄的方格田野,很快一闪而过了。他们经过法国孚日省的丘陵地带和积雪长年不化、河上漂着浮冰的莱茵河。飞机在巴塞尔短暂停留后继续起飞,很快就到达了苏黎世机场。飞机上用三种语言广播“请大家系好安全带”过后,开始降落,最后停在停机坪上。

瑞士航空公司大厅内,一个女人站在接待台旁边。邦德在入口出现时,她上前问道:“您是希拉里·布雷爵士吗?”

“是的。”

“我是厄玛·宾特。伯爵的私人秘书。下午好。希望您的旅途愉快。”

宾特小姐看起来像一个女典狱官,皮肤晒得黑黑的。她的脸有点方,一双黄眼睛,眼神犀利,看起来有点凶。她笑的时候嘴巴咧开,像一个长方形的洞,没有一丝幽默感和欢迎的感觉。她的舌头苍白,还不时地舔着左边嘴角上的一个晒伤的水泡。头发紧紧盘在脑袋后面,几缕棕色头发从滑雪帽下滑落,黄色帽檐上的一根帽带系在下巴上,帽檐是透明的遮阳板。她身子粗壮,裹着一条难看的紧身滑雪裤,上身穿着灰色风衣,左胸上是大大的红色字母"G"。邦德觉得她不是个简单的角色。他回答:"是的,旅途很愉快。"

"您拿行李了吗? 麻烦您跟我来。先要您的护照。这边走。"

邦德跟着她通过了入境检验,接着来到海关大厅。大厅里站着几个人。邦德注意到她轻轻地向他们点了点头。大厅里有一个人胳膊下夹着小盒子,他四处晃了下,又离开了。邦德故意装着在检查行李,但他的目光越过纸板箱,注意到那个人跑到海关区域外,进入主厅那里一排电话亭中的一间。

宾特的舌头伸出来,舔了舔嘴上的水泡,问道:"你能讲德语吗?"

"我不会。"

"那法语呢?"

"会一点,不过已经足够应付我工作了。"

"对,能应付工作就是最重要的。"

邦德的箱子在过海关时从手推车上卸下。宾特小姐向海关人员飞快地出示了一张通行证。她动作迅速,但邦德还是瞟到了她的照片以及"联邦警察"几个字。看来布洛菲尔德什么都安排好了。

海关人员恭敬地说:"请。"同时,他用黄色粉笔在邦德的箱子上写下了当天日期。一个搬运工拿起箱子,走向出口。他们刚走下台阶,一辆黑色的奔驰汽车快速开出停车场,停在他们旁边。副驾驶座上是刚才那个去大厅外打电话的人。邦德的箱子被放进了车子后面,然后,车子飞快驶向苏黎世。邦德注意到,坐在副驾驶的人一直透过反光镜监视着他,还轻轻说了句什么,好像是德语,邦德没听懂。小车转向右边的岔道,路标上面写着:“私人飞机场,禁止入内。”

邦德觉得这样的预防措施有点好笑。很明显,他仍然会受到严密监视。

汽车开进主要建筑左边的飞机坪,慢慢行驶在飞机场跑道中,最后停在一架明黄色的“云雀”直升机旁,这种飞机一般是用来进行山区救援工作的。不过这架飞机的机身上也有一个红色字母“G”。原来如此,他是乘飞机去,而不是乘车去目的地!

“你们之前是乘其中一架飞机来的?一定很有趣吧?可以欣赏到阿尔卑斯山的美景。”

宾特小姐眼里丝毫没有透露出一点兴趣。他们登上铝质梯子时,她提醒道:“请小心碰头!”邦德的箱子由司机递了上去。

里面有六把奢华的红色皮椅。飞机师慢慢启动飞机。

宾特小姐隔着一个过道和邦德并排坐着。有一个人坐在最后面,举着《苏黎世报》看着,看不到那人的脸。由于起飞时机器的声音有点大,邦德倾着身子,大声问道:“我们要去哪里?”

她装着没听见。邦德又大声重复了一遍问题。

“去阿尔卑斯山。”宾特小姐大声回答,她指了指窗子,“真的很美。你也喜欢这些山,对吗?”

“喜欢,”邦德叫道,“就像苏格兰的一样。”他靠回到椅子上,点了一根烟,看向窗外。转舵向左就是苏黎世湖,他们的航线可能是东一南一东,飞机在约 2000 英尺的高空飞行,现在是在瓦伦湖上空。邦德装作不感兴趣，他从手提箱里拿出了《每日快报》，翻到体育版面看了起来。他认真地把报纸读了一遍，时不时看一眼窗外。外面是高大的山脉，邦德研究了一会飞机的航线后，继续埋头看报。机身轻轻转向右方，眼前阳光更明亮了。是到了蓬特雷西纳吗？之后广播响了起来，提醒乘客系好安全带。邦德觉得是时候表现出感兴趣的样子了。他凝视着外面，当飞机还在阳光中飞翔时大地却几乎都笼罩在一片云雾之中，前面的高大山峰在落日的余晖中依然闪耀着光芒。他们就向着其中一座山峰直直地飞去，峰顶附近有一小块高原平地。一排电线从一群建筑物延伸到黑暗的山谷后消失。一辆缆车在落日下慢慢下滑，最后消失在黑暗中。飞机正向山峰的一侧飞去，在山峰附近盘旋，之后慢慢降落。

这里是哪里？邦德观察后发现，他们现在在兰古阿尔德山脉上空，位于瑞士东部莱茵河河谷恩加丁附近，蓬特雷西纳上方，海拔约一万英尺。他把雨衣扣子系上，预防飞机开门时会灌进来的大风。

宾特小姐笑了笑，嘴巴又张成了方形，说道："我们到了。"

门被拉开，可以听到门上冰块落到地上的声音。夕阳的最后一缕光线照在宾特小姐黄色的帽檐上，阳光透过透明的遮阳板照到她脸上，让她的脸看起来像黄种人。她的眼睛在光线下发出一种光芒，像是动物玩具的玻璃眼珠。"小心头。"她弯下腰，矮小粗壮的身子动了下，就走下了梯子。

邦德跟着她下去，屏住呼吸，以应对空气稀薄的情况。有几个男人站在一旁，他们穿得像滑雪教练，正好奇地盯着邦德，不过他们并没有打招呼。邦德紧紧跟随着宾特小姐走在被踩得有点脏的雪地上。之前在飞机最后排的那个人拎着他的箱子,跟着他们。他听见那架直升机又启动引擎,升空消失不见。

飞机之前降落的地方离建筑群大抵有 50 码。邦德慢慢地走着,想摸清方向。前面是一排矮房子,灯光亮着。在右边约 50 码以外的地方,可以隐约看到一个典型现代缆车轨道末端的形状,呈盒子状,有一块厚厚的平板从地面斜着往上立着。邦德想仔细研究的时候,灯忽然灭了。可能最后一班车已到达山谷,且到了晚上,线路也停了。右边的建筑像一座大型的瑞典农舍,里面有一个大走廊,灯光稀疏,应该是用于大型旅游贸易事业的。还有一栋典型的阿尔卑斯高山建筑。从左边走下高原平地上的一个斜坡,可以隐约看到远处一栋四层建筑,里面有灯光透出。不过除了房子的平顶,其他都看不真切。

邦德离目的地的那栋楼房只有几码的距离。宾特小姐进去后为他拉着门,一缕黄色灯柱照射出来,引着人进门。灯光照亮了一个冠状装饰红色字母"G"的标志,上面写着:"格洛里亚俱乐部,3605 米,仅对会员开放。"下面有小一些的字,写着:"皮兹·格洛里亚峰餐馆。"牌子上还画有一只手,食指懒懒地指向电缆中心附近的建筑。哦!原来这里是格洛里亚峰!邦德踩着黄色光柱走进房间。那个女人放开拉着门的手,门自动关上了。

屋里很温暖,甚至有点热了。他们走进一间小接待室。一位剃着平头、眼神犀利的年轻人从桌子后面站起来,朝他们的方向轻轻点了点头:"希拉里爵士在二号房间。"

"知道了。"宾特小姐简短地回道,接着,宾特小姐对邦德说,

“请跟我来。”语气只比对刚刚那个年轻人稍微礼貌一点而已。他们穿过一扇门,走过铺着厚重红地毯的走廊。左边墙上凌乱地开了几扇窗子,挂着几幅滑雪或山景照片。右边是一些,分别通向酒吧、餐厅和厕所的门。他们最后来到卧室区,邦德被带到二号房。房间是美国汽车旅馆式的小型房间,但十分舒适,里面有一个卫生间。放下的窗帘挡住了大大的窗子,但邦德知道,窗外的景色一定很美,从那里可以欣赏到从山谷到圣莫里兹山群峰的景色。邦德把手提箱扔在双人床上,优雅地脱下圆顶礼帽并放好雨伞,跟着他的人把行李箱放在行李架上,没有看邦德一眼,就默默退了出去,并在门外把门关上了。宾特小姐站在原地问道:“对房间还满意吗?”邦德热情回答了她,不过他发现她那双黄眼睛里只有冷漠。她又说:“满意就好。现在我可能得向你说明一下,告诉你一些俱乐部的规矩,可以吗?”

邦德点燃一根香烟说:“那可算帮了大忙了。”他礼貌地表现出很感兴趣的样子,“我想问一下,这里是什么地方?”

“在阿尔卑斯山里。在阿尔卑斯山的高峰中。”那女人含糊地说,“这座山峰——格洛里亚峰——是伯爵的领地。他在联合自治市和当局一起修建了一条缆车铁道。你已经见过缆车了吧?这是今年才开放的。它大受欢迎,也带来了不少收益。还有几条很好的滑雪道。其中的格洛里亚滑雪道已经很有名了。还有一条雪橇道,比圣莫里兹滑雪场的还大些。你听说过吗?你会滑雪吗?或者你喜欢乘雪橇?”

宾特小姐的黄色眼睛警惕地看着他。直觉告诉邦德,对于这些问题,他只能继续回答"不"。他于是抱歉地答道:"恐怕不行。我从来没接触过那些运动。可能是由于我一头埋在书里吧。"他忧伤地笑了笑,似乎在批评自己。

"这样啊,那真是遗憾。"她虽是这么说,眼里却流露出满意的神色,"这些设施给伯爵带来了丰厚的收入。这对他很重要。这能支持他研究所的工作。"

邦德轻轻抬了抬眉毛。

宾特小姐继续说道:"那是一所生理学研究所,是做科学研究的。伯爵在过敏症领域是专家。他的研究领域包括花粉病,或者不能吃海鲜一类的情况。"

"哦,真的吗?我没有过这些症状。"

"没有过吗?实验室在另一栋楼里,伯爵也住在那里。病人则住在我们现在待的这栋楼里。伯爵希望你不要打搅她们,不要问她们太多问题。治疗过程很微妙。希望你理解。"

"嗯,我明白。那我什么时候能见伯爵?我有很多事要忙,伦敦还有很多事等着我去处理。"邦德真挚地说,"对于那些刚成立的非洲国家,要设计它们的国旗、货币、邮票和奖章图案等。我们纹章院人手不足。我希望伯爵能理解,虽然他的爵位问题很有趣也很重要,但我们还是要把政府的事放在第一位。"

邦德说完后,宾特小姐立刻肯定地说道:"当然,亲爱的希拉里爵士。伯爵今晚请您原谅,他准备明天早上十一点钟见你,你看可以吗?"

"当然,没问题。这样的话,我正好可以先整理一下我的文件和书。”邦德指着窗边的一张小写字台说道,“我想多要一张书桌,好放置这些资料。”邦德不好意思地笑了笑,“我们这些读书人总是需要占很多空间。哈哈。”

“当然没问题,希拉里爵士。马上给你准备。”她走向门边,按了一下门铃。她指向门,有点尴尬地说道:“你可能已经注意到,这里的门里面都没有把手。”邦德注意到了这点,只是没说破。“你如果想出门,可以按门铃。可以吗? 这都是为了病人着想。她们需要安静。不然很难阻止她们互相串门闲聊。这都是为她们好。睡觉的时间是十点,不过也有值夜班的人,如果有需要,你可以叫他们。门自然是不会锁的,你随时都能回自己的屋子。六点钟我们在酒吧喝杯鸡尾酒,现在,你可以暂作休息。”说着,她笑了笑,长方形的嘴咧着,“我们的姑娘们都很想见你呢。”

突然间门打开了,一个穿得像卫兵的人进来了,他皮肤黝黑,粗脖短颈,有着一双褐色的眼睛,像是地中海人。邦德想,他是不是马克昂杰说过的叛离科西嘉联盟的人之一? 宾特小姐用不标准的法语快速对那个人表示还需要一张桌子,并让他在晚餐时间布置好。那人回答“好”,就走了出去。宾特小姐把门抵住,让门不自动关上,那人沿着过道走去,之后向右边转过去。卫兵的地盘难道在过道尽头吗? 邦德的思绪跟着卫兵的路线思索。

“希拉里爵士,目前就是这些了。对了,邮差每天中午会出门,如果你需要通信的话,我们也有无线电和电话。你有什么话要我带给伯爵吗?”

“请告诉他我十分期待明天和他的见面。其余的事六点钟再谈吧。”邦德突然想单独待一会儿,好整理下思绪。他指向箱子,说道:“我得先整理下东西。”

“当然可以,希拉里爵士,很抱歉耽误了你的时间。”宾特小姐说完这句客套话,就关上了门,干脆利落地离开了。

邦德静静地站在屋子中间。他轻轻地叹了一口气。真是太糟糕了!他恨不得狠狠地踢那些豪华的家具几脚。但是他发现天花板上四盏电子折射灯,其中有一盏里面是空的,难道是闭路电视监视器吗?如果是的话,那么它的监视范围是多大?不会比房间中心的直径大吧,有窃听器吗?可能天花板里就有窃听器,战争时期就是用这种把戏。他现在必须得假定自己一直处于被监视的状态,并依此行事。

邦德的脑子飞速运转,他去打开行李,洗了个淋浴,准备好和宾特小姐说的“我们的姑娘们”见面。

第十章　十个美丽的女孩子

酒吧是用皮革贴墙装修的,因为新装修没多久,里面闻起来有一股类似新车的味道。一个石头砌的大壁炉,里面木柴烧得正旺。枝形吊灯上亮着红色的电子“蜡烛”,还有很多铁质器具,像是壁灯、烟灰缸和台灯等。酒吧里的气氛很欢快,四处挂着小旗子,摆设着烧酒酒瓶。迷人的齐特琴音乐不知是从哪里的喇叭里流出。邦德心想,这里可不是个正经的地方。

邦德走进去,关上门。屋里忽然安静了下来。片刻后,可能是为了掩饰之前偷瞥来人的行为,人们又放大音量交谈。邦德发现宾特小姐和一群特别好看的姑娘站一起,显得她更难看了。她脚上红色和黑色混杂的软皮靴像是自己手工制作的,很难看。她大步从那群美女中向邦德走来。“希拉里爵士,”她抓住邦德的手,“这里很有趣,对吗? 来,见见姑娘们吧。”

屋里特别热,邦德感到额头都冒汗珠了,他跟着宾特小姐,从一张桌子走到另一张桌子,和桌边的姑娘握手。她们的手有的冷,有的温暖,有的有气无力。他听到鲁比、维奥莱特、珀尔、安妮、伊丽莎白、贝丽尔等许多名字,他眼前的姑娘都有着黝黑的皮肤,身穿着漂亮的毛衣,有点像村里的姑娘和牧羊女。最后他来到给他预留的位子上,他的位子在宾特小姐和一个美女之间,那个美女金发碧眼,身材也好。他坐了下来,感到有点累。酒吧招待员走了过来,邦德打起精神。“来一杯威士忌加苏打,谢谢。”他的声音不大,听起来有点遥远。他点上一根烟,默默观察了一下四周,想知道自己是否被人监视,桌子上方的窗子上有圆孔,适合监视,周围有嘈杂的谈话声。那十个姑娘和宾特小姐都不出生在这,他们全都是英国人,邦德没有听到她们的姓,这里也没有其他男性。她们只有 20 来岁。她们也许有工作,比如空姐或其他的,忽然来了一位男性,还是一位风度良好的从男爵,她们一下子激动起来。邦德很愿意和她们打趣开玩笑。他转向那位金发女孩,说道:“实在很抱歉,我刚刚没听清你的名字。”

“我叫鲁比。”她的声音温和而友好,“我们这么多女孩,你一个男子混在我们中间,一定不太自在吧?”

“是的,不过,这也算是个惊喜,我非常高兴。不过要把你们所有人的名字都记住很难。”邦德放低声音,神秘地说,“你能否当一回善良的天使,再给我介绍一下这些姑娘怎么样?”

邦德点的酒来了,酒调得很浓,邦德很满意。邦德小心翼翼地喝了一大口。他早就注意到女孩们喝的是可乐,里面加了一点适合女性喝的鸡尾酒。鲁比喝的可乐里掺了点酒。喝点儿酒没什么,不过他得注意不能喝酒,要表现得像个绅士。

能打开话题,鲁比感到很满足。“好的,我就先向你介绍你右边的人吧。那是宾特小姐,她有点像女舍监。你已经认识她了。然后,穿着紫色卡米洛特毛衣的是维奥莱特。下一张桌子上穿着绿金相间衬衫的是安妮,她旁边穿绿衣服的女孩叫珀尔,她可以说是我在这儿最好的朋友。”鲁比就这样继续从穿着华丽金色衣服的女孩开始逐一介绍。邦德偶尔能听到她们聊天的内容。“弗雷茨说我姿势不标准,我的雪橇总是脱离开。”“我也是。”之后是一阵咯咯的笑声。“我的屁股现在还青一块紫一块的呢。”“伯爵说我进步很快。如果我们必须要走,可就糟了。”“我在想波莉怎么样了,她已经回去一个月了。”“我认为只有斯哥尔防晒油能够防晒,其他的油和膏都没有用,不过是一些化开的油膏罢了。”她们就这样聊着天。从这些对话中,可以知道这群开朗又健康的姑娘正在学滑雪,她们偶尔带着敬畏地提及伯爵,她们也会偷偷瞥两眼宾特小姐和邦德,以确定自己的行为是否得当,是否吵到了他们。

鲁比继续小声地一个一个介绍,邦德努力想把每个人的名字与她们的脸对上,好加深对这群可爱却又独特的女孩们的印象,她们就像是被困在高高的阿尔卑斯山上一般。她们的举止言行都很一致,在英国任何一家酒吧里,都可以看到这样的女孩,她们端庄地和男朋友坐在一起,喝着一种甜味梨子汽酒,悠闲地吐着烟雾,偶尔会说一句:“什么,请再说一遍?”她们是好姑娘,如果跟她们调情,她们会对你说:“请别乱来。”“男人只想要做这些事。”或者她们会叹口气，说道："请拿开你的手。"在这里可以听到一些大不列颠不同地方的口音：兰开夏郡的人饱满的元音，威尔士人轻快活泼的调子，苏格兰人的粗喉音，还有伦敦腔等。

鲁比最后介绍道："那位戴着珍珠项链的是贝丽尔。好了，你现在能分清我们了吗？"

邦德望着她那双圆圆的蓝眼睛，她的眼睛透出活力，亮晶晶的。"说实话，还不能。我感觉自己就像混在女子学校的喜剧明星，就是圣特里连女子学院那种学校。"

她咯咯笑起来。邦德发现她笑起来总是这样慢慢地咯咯笑。她很讲究，不会张大嘴巴大笑。他发现她打喷嚏时也和别人不一样，她会拿出蕾丝手绢，端庄地捂住鼻子。另外，她吃饭也是小口吃，几乎没怎么咀嚼就咽下去了，她教养应该很好。"哦，我们完全不喜欢圣特里连女子学院的姑娘。她们太糟糕了！"

"就是随口一说。"邦德快活地回答说，"好了，再来一杯，怎么样？"

"哦，非常感谢。"

邦德转向宾特小姐："你呢？宾特小姐。"

"谢谢，希拉里爵士。既然你这么客气，那就来一杯苹果汁吧。"

维奥莱特——她们桌上的另一位姑娘——故作端庄地表示她不想再喝一杯可乐了。她说："喝了这个会放屁的。"

"喂，维奥莱特！"鲁比感觉她这样说话不好，生气地说，"姑娘家怎么能说这种话呢。"

“好吧,不过无论如何这也是事实,”维奥莱特倔强地说,“喝可乐还打嗝呢。说一说又没什么,不是吗?”

邦德想她应该是地道的曼彻斯特人。他站起来,走向柜台,思考着要如何度过今天和以后的几个晚上。他点了酒,脑子里忽然冒出了一个点子。他要打破僵局,他要设法成为这群姑娘的灵魂人物。他要了一个平底玻璃杯,在杯边沾了点水,抽了一张纸巾,回到座位上,在姑娘们的注视下坐下:“如果这些饮品要有人付钱的话,该怎么决定谁来付钱呢?我给大家展示一个办法,这是我在纹章院里学来的。”邦德把平底玻璃杯放在桌子中间,展开纸巾,用力把它绷着,贴在潮湿的杯口。他从口袋里拿出零钱,挑出一个5分的硬币,把它轻轻放在展开的纸巾上。“好了,”他记得他上次玩这个游戏是在新加坡一间肮脏的酒吧里,“还有谁抽烟?还需要三个人,每个人拿着点燃的烟。”这桌只有维奥莱特抽烟。宾特小姐拍了拍手,用命令的语气喊道:“伊丽莎白、贝丽尔,来这边一下。”姑娘们围了上来,开心地讨论着这个消遣方式。“他在干吗?”“会发生什么事呢?”“你要怎么玩?”

“现在,”邦德像是巡游船上的游戏指挥一样,说道,“用这来决定该谁付钱。你们轮流抽一口烟,抖掉烟灰,用烟头在纸上点一下,要烧出一个小洞来,就像这样。”邦德示范了下,纸上快速出现了一个小洞,“维奥莱特先来,之后是伊丽莎白,再是贝丽尔。要注意的是,把这张纸烧成蜘蛛网那样,但是得能够撑着中间这枚硬币。最后,哪个烧的洞让硬币掉了下去,哪个就付钱。都明白了吗?好了,该维奥莱特来了。”

姑娘们激动地尖叫了起来。“这游戏真有趣!”“哦,贝丽尔,小心点!”姑娘们可爱的脑袋向邦德凑了过来,美丽的秀发扫过他的面颊。不一会,三个姑娘就掌握了诀窍,她们小心翼翼地点着洞,不让纸巾断掉。邦德自己很擅长这个游戏了,他打算表现得绅士一点,故意在关键的地方点了个洞。硬币掉进杯子里发出清脆的叮当声,周围发出一阵兴奋的大笑和掌声。

“就是这样,你们都看明白了吗,姑娘们?”宾特小姐问道,语气听起来像是她发明了这游戏一样,“由希拉里爵士付钱,对吧?真是一个愉快的消遣。好了,现在,”她看了看她那个男士手表一样的腕表,“大家不能再喝了。再过五分钟就到晚饭时间了。”

有人叫道:“哦,再玩一次吧,宾特小姐!”不过邦德礼貌地起身,举着手里的威士忌,说道:“我们明天再玩。我希望这个游戏不会让你们抽起烟来。我敢说这游戏一定是烟草公司发明的!”

大家大笑起来。姑娘们围着邦德,崇拜地看着他。他这个人真不错!她们都想认识一个见多识广的人。邦德感到很自豪,他们之间已经破冰了,他只用了几分钟就让她们对他产生了好感,现在他已经融入她们的团体了。从现在起,他要找她们聊天的话,就不会吓到她们了。他跟着宾特小姐去了隔壁的餐厅,心里还在为自己打开局面的把戏感到得意。

已经七点半了。邦德忽然感到又累又乏,他觉得无聊,也对自己扮演的这个平生最难的角色感到无力,他因为谜一般的布洛菲尔德和格洛里亚雪峰感到筋疲力尽。不知道这混账到底想做什么,和刚才在酒吧里一样,邦德依旧坐在宾特小姐和鲁比中间,宾特小姐在邦德左边,鲁比在邦德右边,维奥莱特严肃地坐在他对面,郁闷地打开纸巾。邦德感觉布洛菲尔德打算在这里扎根,因为这里又大又华丽,无论是吊灯、壁画,还是别的装饰等,他肯定花了很多钱,应该不少于100万先令①。在这种标有高贵的冠状装饰字母“G”、有高档的消费设施的俱乐部里,一般人不能进入,加上里面有一个伯爵开设的神秘研究所,一般人也敬而远之。邦德之前在书报里得知,当今世界上最为广泛开展的运动是滑雪运动。听上去令人难以置信,如果由旁观者来看,这话还是有点说服力的。滑雪的人在滑雪设备上的投入比其他运动项目的投资都大,滑雪的人需要滑雪衣、靴子、雪橇、各种带子等。如果有人能像布洛菲尔德一样,用某种方式占据一座好山,就能得到不少好处。山上有雪的话,在这举办滑雪等活动,三四年就可以把钱还清,之后就能等着赚一辈子钱!来滑雪的人肯定会给他交钱的!

好了,又该开始进入角色了。邦德转向宾特小姐,问道:“宾特小姐,你能给我解释一下‘峰’‘丘’和‘山’的不同吗?”

出于对学问的热情,她的黄眼睛亮了起来:“啊,希拉里爵士,这个问题可真有趣。我之前还没想过呢。让我先想想。”她看向前方思考了一会,之后说道:“‘峰’是瑞士人的说法;人们一般认为‘丘’比‘山’小,但事实也不是这样。实际上都挺高的。”她挥了一下手,

---

① 先令:英国旧时的一种货币。

“奥地利人统称山为‘丘’,提洛尔①的人也这样。但在德国,比如说我的家乡,也就是德国的巴伐利亚,人们统称这些为‘山’。其实我也不太清楚,希拉里爵士。”她的笑容一闪即逝,“我实在帮不了你。不过你为什么忽然问这个?”

邦德回答:“在我的工作中,了解每个字的确切含义很重要。好了,喝鸡尾酒之前,由于爱好和兴趣,我在书中查了你的姓,宾特小姐。我发现在德语中宾特的含义是‘快乐’和‘幸福’。在英国对等的姓氏是邦蒂,甚至是勃朗特。因为其实姓‘勃朗特’的著名文学家族的祖先本来姓‘邦蒂’,由于觉得原来的姓氏不够有贵族气派,就改了。这一点很有意思。”邦德知道其实宾特小姐并不是那个文学家族的后代。这不过是他的一个骗术罢了,不过他觉得展示一下自己的纹章学的知识没什么坏处,“你想一下,你的祖先和英国有没有什么联系?有一个勃朗特公国,后来被纳尔逊夺取了。如果能证明他们有联系那可就有意思了。”

一个女公爵!宾特上钩了,她在回忆自己家族的祖先,其中还有一位叫格拉夫·范·宾特的远亲,他的身份令人骄傲。邦德礼貌地听着,引导她谈谈她家族近来的长辈。她说出了父母的姓名。邦德把他们的名字记在心上。他现在能够通过这些线索查出宾特小姐的底细。势利果然是一个不错的陷阱。萨布尔·巴西利斯克的确是对的!每个人都爱慕虚荣,而利用这种势利心,邦德发现了这

① 提洛尔:横亘奥地利西部与意大利北部的阿尔卑斯山脉的一个区域。

个女人的父母是谁。

邦德最后终于使宾特小姐忽然的热情安稳了下来。领班一直礼貌地等在一旁,他呈上一本用紫色墨水写的大菜单。菜单上几乎什么都有,从鱼子酱到加双倍爱尔兰威士忌的咖啡。还有许多特色菜,比如仔鸡、龙虾、腓里牛排等。虽然邦德不想吃那些"特色菜",因为他以前对"特色菜"这三个字有过不好的经历,不过他还是想试试仔鸡。他点了仔鸡后,鲁比很热情地夸他,说他选择得不错,她的这股热情使邦德感到惊讶。"啊,你太正确了,希拉里爵士。我也喜欢吃仔鸡。我真的很喜欢这个菜。宾特小姐,请问我也能点仔鸡吗?"

她的声音里有种热情,令人感到好奇,邦德于是看了下宾特小姐的表情。宾特小姐表示赞同,眼里有一种母性的光辉。好像不仅仅是她对这个姑娘口味的赞同那么简单,奇怪的是,当维奥莱特点了大盘马铃薯配酱汁嫩腓里牛排后,又出现了这种情况。

"我就是爱吃马铃薯,"维奥莱特对邦德说,她的大眼睛一闪一闪的,"你呢?"

"挺喜欢的,"邦德表示同意,"大量运动后,可以多吃点。"

"哦,马铃薯真的太美味了,"维奥莱特热情地说,"对吗,宾特小姐?"

她挤出笑容说:"亲爱的,没错,也很适合你吃。弗里茨,我只要点什锦色拉就好,加一些松软干酪。""哎,"她对邦德说,"我得注意体形了。她们这些年轻人在大量运动,而我则要待在办公室处理文件,是吧?"

邦德听见邻桌的一位姑娘在点单,她一口苏格兰口音,要求把她的亚伯丁安格斯牛排做嫩一点。“要带点血丝那种。”她强调说。

这是什么情况?邦德有点不解。难道这是一群美丽的食人女妖吗?还是说她们刚从严格的节食计划里解放出来?他完全没有头绪。好吧,他还得深入地研究一下。邦德转身对鲁比说:“你知道我所说的姓氏很有意义。宾特小姐甚至可以向遥远的英国要求一个英国爵位。举个例子,你姓什么?我来看看能不能发现点什么。”

宾特小姐严厉地插了进来:“在这儿不要提什么姓氏,希拉里爵士。这是规定。我们只叫她们的名字。这是伯爵治疗方法的一个部分。这关乎她们的转变,不去在意身份可以促进治疗。你能明白吗?”

“不,恐怕无法想明白。”邦德回答。

“明天伯爵无疑会向你说明这些事的。他有一些独特的理论。如果有一天他向世界揭示这些方法,世界肯定会为之一惊。”

“这我相信。”邦德礼貌地回答,“好了,那现在——”他快速在脑海中搜寻,看看有没有什么自己能够随意聊的话题,“和我讲讲滑雪吧。你们滑得怎么样?我恐怕不会滑。看看你们上课的话,也许我能学到点小技巧。”

鲁比和维奥莱特对这话题很感兴趣,她们一直激动地和邦德聊着这个话题,直到菜送上来。菜看上去十分美味。仔鸡是现杀现做,非常新鲜,里面还加了芥末和奶油调成的酱汁。姑娘们优雅而专注地吃完了菜。用餐时四周很安静,等姑娘们吃完又开始了交谈,邦德将话题转到餐厅的装饰上,这令他可以趁机好好观察一下侍者。目光所及之处共有 12 名侍者。不难看出,其中三个是科西嘉人,还有三个是德国人,有三个人应该是来自巴尔干半岛,可能是土耳其、保加利亚或南斯拉夫,另外三个人是斯拉夫人。此外,厨房里可能还有三个法国人。他们是前魔鬼党人吗? 在欧洲,这种最小型组织的模式由来已久,即从每个大帮团或特务组织里每三个人组成小组,按小组行动。那三个斯拉夫人以前是魔鬼党的人吗? 他们看上去很粗野,不过很沉默,这一点符合某些职业特征。其中之一就是他在机场见过的那个人。邦德还认出了接待员以及把桌子送到他房间的人。邦德听到姑娘们叫他们弗里茨、约瑟夫·伊凡和阿赫麦德。其中有些人白天还担任滑雪教练。如果邦德想的是对的,这算是一个非常不错的小型组织了。

吃完饭后,邦德借口有工作先离开了。他回到屋里,把书和文件摊开放在两张书桌上。他假装低头看资料,其实在脑子里回想白天的事。

十点钟的时候,他听到走廊上姑娘们在相互道别,之后是一阵关门声。他脱掉衣服,关上灯,躺在床上,睁着眼睛。过了一会,他不知道是否有窃听器,但他还是有意疲惫地叹了一口气,翻了个身,就睡了。

过了好一会,他被一阵轻微的声音吵醒,声音似乎是从地板下传来的,但又感觉很遥远。那声音很微弱,就像蜘蛛吐丝一般,声音不间断地响着,但是邦德一个字都听不清,他觉得那是从中央供热管道下传来的声音,最后他翻个身又睡了。

第十一章　早上听到的死讯

邦德被一声尖叫弄醒，那是个男人的声音，声音很可怕，仿佛从地狱传来。声音开始很尖锐，后来就消失了，仿佛那个男人已经跳下悬崖一般。声音从右边传来，可能源头在缆车车站附近。即使邦德的房间有两层窗子隔着，听着也觉得十分可怕。如果在外面听到，一定会不寒而栗。

邦德跳下床，拉开窗帘，他不知会看到什么悲惨的景象，也许会有人四处狂奔。不过他只看到了一个卫兵，慢悠悠走在被踩得脏脏的雪地上，在车站和俱乐部之间来回走动。木质走廊从俱乐部延伸到山那边，但是上面空荡荡的。桌上摆好了早餐，单马双轮轻马车驶过，去迎接那些日光浴者。天空透明，太阳闪着耀眼的光辉。邦德看了一下手表。现在是早上八点。这里大清早就开始工作了！人也是清早死的，因为那声音无疑是死前的尖叫。他转身走回屋里并按了门铃。

开门的是邦德觉得是科西嘉人的那三人之一。邦德展现出官员和绅士的样子问道:“你叫什么名字?”

“我叫彼得,先生。”

“彼得?”邦德真很想问“我那些魔鬼党的老朋友过得怎么样”,但他忍住了,他问道,“刚才那声尖叫是怎么回事?”

“什么?”那双冷酷无情的眼睛显得很警惕。

“刚刚有个男人尖叫了一声,在缆车站那边。到底是什么情况?”

“好像是出了事故,先生。你想用早餐吗?”他从胳膊底下拿出一大张菜单,笨拙地递给邦德。

“什么事故?”

“好像有一个教练掉下去了。”

这个人怎么会知道这么多,那件事不过才发生几分钟。“他伤得严重吗?”

“也许吧,先生。”他无疑受过很好的训练,他的眼睛毫无波动,静静地看着邦德问,“要用早餐吗?”菜单再一次被递了过来。

邦德担心地说:“好吧,但愿那个可怜的家伙没事。”他拿起菜单,开始点菜,“如果你知道究竟发生了什么,麻烦告诉我一声。”

“如果事情很严重的话,一定会告知你的,先生。”那个人说完就离开了。

那声叫喊让邦德决定以健康为重。他感觉自己之后肯定有需要用到大量体力的时候。虽然不太愿意,但他还是做了 15 分钟的下蹲运动、俯卧撑和深呼吸扩胸，这些都是滑雪前需要做的运动。他觉得自己必须尽快离开这个地方。

他洗了澡，刮了脸。然后，彼得把早餐送来了。他问："有那个可怜教练的消息吗?"

"我没有再听到什么新消息了，先生。他是户外员工，我是在俱乐部里工作的。"

邦德决定接着演戏："他一定是滑倒了，并伤了踝关节。可怜的家伙！谢谢你，彼得。"

"谢谢你，先生。"邦德感觉那双冷漠的眼睛里闪过一丝嘲笑。

邦德把早餐放在桌子上，费力撬开那扇双层窗子。他移开窗台上的板子，板子放在窗格间以挡风用，他吹去板上的灰尘和小飞虫的尸体。高原寒冷干燥的空气灌进屋子里。邦德调节恒温器，以抵御寒冷。在他吃早餐时，他听见姑娘们聚在阳台上聊天的声音，她们的声调很高，透着激动的情绪，似乎在争论着什么。邦德可以听清每一个字。

"我真心觉得萨拉不应该向上面打他的报告。"

"但是他在半夜跑进去，还骚扰她。"

"你是说他真的打算侮辱她?"

"她是这么说的。如果我是她，我也会这么做的。他就是个浑蛋。"

"这样啊，好吧。是哪一个来着?"

"叫伯蒂的那个南斯拉夫人。"

"哦，我知道他是谁了。他长得很恐怖，牙齿长得也很吓人。"

“你不该这样说一个死了的人。”

“你怎么知道他已经死了？到底发生了什么？”

“我们不是见过两个人喷洒滑行路的起跑区吗？他就是其中一个。我们每天早晨都可以看到他们，他们穿着紧身裤，还在冰上跑得很快。弗里茨告诉我他滑了一跤，失去了平衡，之后，他从滑雪道滑了下去，就像是人拉的雪橇。”

“伊丽莎白！你怎么能说出这么无情的话呢！”

“哎，这就是事实啊。你可以去问。”

“难道他没办法自救吗？”

“别傻了，那条冰道有1英里长，雪橇的时速是60英里。他甚至连祈祷的时间都没有。”

“他不是在转弯处飞出去的吗？”

“弗里茨说他直接就掉下去了，最后撞到了计时的小棚。不过，弗里茨说他肯定在滑下来的过程中就已经死了。”

“哦，弗里茨来了。弗里茨，我想要一碟炒蛋和一杯咖啡，可以吗？让他们把鸡蛋炒嫩点，就像我平常点的那样。”

“可以，小姐。你呢，小姐？”侍者记下菜单就离开了，邦德听到他的靴子在地板上发出嘎吱嘎吱的声音。

那位爱说话的姑娘又开始说了：“总之，这一定是对他的某种惩罚，谁让他企图欺负萨拉呢。恶有恶报。”

“别说这种荒唐的话。上帝是不会用那么残忍的方式惩罚人的。”接着，话题顺着这事转到了道德和《圣经》上。

邦德点燃一根香烟，坐了下来，沉思着盯着天空。是的，那姑娘说得没错。上帝是不会这样惩罚一个人的,不过布洛菲尔德会。布洛菲尔德是不是召集所有人开了个会,宣布了这个人的罪行,并做出裁决?这个伯蒂是不是被带出去抛在滑雪道上的?或者说是他的同伴接到命令杀了他,绊了这个罪人一脚,或者用适当的力度把他推了下去?这十分有可能。那声尖叫听上去像是忽然受到了巨大惊吓的样子。当那人往下滑的时候,他一定努力用手指和靴子抓住冰,但是都没有用。这种死法太恐怖了!有一次,为了证明自己的胆量,邦德从山顶滑到滑雪道的底部。他戴上头盔以抵御狂风,还在头盔里塞上皮革和泡沫橡胶,就算是那样,他还是害怕。他现在还记得,当终于到达滑雪道终点时,自己僵硬地从脆弱的小雪橇上站起来,他的腿控制不住地颤抖,那个雪道还只有0.75英里。可这个人却在雪道上滚了1英里多。他是头先着地还是脚先着地?他什么时候开始打滚的?当他还有意识,经过那个转弯处时,是否尝试用自己靴子尖或别的什么来使自己停住……不会的,才下滑几码的时候,速度就已经很快了,他根本没时间做出思考或行动。天啊,这种死亡方式太惨了!这是典型的布洛菲尔德式死亡,一个典型的魔鬼党式报复,以对付违背命令的人。这是他们这一行维持纪律的方式。邦德吃完早餐之后,他坐下看书,心想:“幽灵党”又开始行动了。不过他们要做什么呢?

十点五十分时,宾特小姐来找他。他们互相问候了一下,之后,邦德收起一大堆书和文件,跟着她从俱乐部大楼绕过去,踏上一条狭窄的小路,看样子,这条小路应该经常有人走动,他们经过一个牌子,上面写着:“私人领地,闲人勿进。”

昨晚邦德看过这栋房子的轮廓,现在房子就在他的视野里。房子有两层,看起来没什么特别之处,房子用当地大理石块修建,十分坚固。楼顶是平顶,水泥制成,楼顶的一边有一个小型的无线电天线伸出来,看上去很专业。邦德想,昨晚应该就是这玩意给飞机发布着陆指示的,这也应该是布洛菲尔德与外界联系的工具。虽然楼房临近高原的边界,并在格洛里亚群峰之下,但并没有塌方的危险。楼房下面是一条陡峭的山坡,一直延伸,最后消失在悬崖后。一条铁轨闪闪发光,一辆火车行驶着,正穿过贝尔尼纳山隘,驶向意大利。

进楼的充气门嘶地一下开了,中央的过道和俱乐部的过道很像,所不同的是过道两边有很多门,不过墙上没有图画。这里特别安静,根本看不出门的后面是什么。于是邦德向宾特小姐询问。

"实验室。"宾特小姐简略地回答,"都是实验室,当然也有教室。然后就是伯爵的私人房间。他在这工作,也在这住,希拉里爵士。"

"他可真了不起。"

他们走到路的尽头,宾特小姐敲了敲面前的门。

"请进!"

邦德跨过门槛,听见门在他身后慢慢地合上,他感到无比激动。从去年他了解的情况来看,真正的布洛菲尔德约120斤重,身材很高,肤色苍白,面无表情,黑发,平头,眼珠也是黑色的,眼珠旁眼白多,看上去很像墨索里尼,他的嘴唇扁而薄,并不好看,手脚又细又长,不过邦德不知道他的外表会有多大改变。

但是正从外面小阳台的躺椅上起身，从阳光中走进阴暗的书房，并伸出手欢迎他的那个人，绝对不是德·布勒维勒伯爵先生，甚至都不是资料里显示的德·布勒维勒伯爵的远亲。

邦德的心顿时沉了下去。虽然这个人长得很高，而且，手脚也的确又长又细，但除此之外就没有其他和资料里的人相似的地方了。伯爵的头发很长，仔细打理过，有点花哨，不过头发都是银色的。他的双耳本该紧紧贴在头上，但是却稍微向外伸出，而且他的耳朵上本该有的耳垂，现在也没有。布洛菲尔德应该重 120 斤，但眼前这个人只穿一条黑色的羊毛中裤，应该只有 80 斤，而且根本没有中年减肥应该会有的皮肤松弛的情况。他的脸上友好地扬着微笑，其实确切来说，那个笑容有点僵。他的额头上全是皱纹，他的鼻子本该又短又粗，眼前这个人却是鹰钩鼻，可怜的家伙，他右边鼻孔的周围都烂掉了，看起来像是患了三期梅毒病。至于眼睛，如果可以看见的话，人们应该能从他的眼神里看出些什么，可惜他戴着一副墨绿色的隐形眼镜，可能是为了抵御高原危险而强烈的光线。

邦德将自己的书顺手放在一张空桌上，然后握住对方温暖而干燥的手。

“亲爱的希拉里爵士，很开心能见到你。”布洛菲尔德的声音据说阴沉且平缓，这个人的声音却明朗而充满活力。

邦德生气地告诉自己，布洛菲尔德就是这种人！他收拾好心情，说：“很抱歉，我 21 号不能来。那时候有太多工作要处理。”

“嗯，是的，宾特小姐告诉过我这件事。这些新建的非洲国家肯定有很多事要你们处理。好了，你看我们是在这儿坐着聊，”他指了指桌子说,“还是去外面谈?”他指了指自己棕色的皮肤,“我就是个日光仪,太阳好像很喜欢我。因此我不得不让人给我设计了这种镜片。不然这种海拔高度的紫外线……”他停下,没再说下去。

“我之前从来没有见过这种镜片。总之,我可以把书先放在这里,等需要参考的时候过来拿。这件事的情况我都存在脑子里了,而且,”邦德笨拙地笑了笑,“如果能留下晒日光浴的晒痕回雾都,应该挺不错的。”

邦德之前在一家店买了几件他认为得体且有品位的衣服。他没有选择那种流行的柔软弹力裤,而是选择了用平滑布料制造,虽然有点过时,但穿起来更舒适的滑雪裤。他戴了一副黑色墨镜,那是他以前打高尔夫球时用的。他上面穿了一件白色海岛风的羊毛衫,另外,还穿了一条又长又丑的棉毛裤和背心。他还穿着显眼的滑雪靴,脚踝的鞋带系得紧紧的。邦德说:“我最好还是脱了毛衣。”他脱下毛衣,跟着伯爵来到阳台。

伯爵又躺回那张装着软垫的铝制躺椅里。邦德拉过一把同样材质的椅子,他把椅子放在对着太阳的地方,同时转了一下,方便看到伯爵的脸。

“现在,”德·布勒维勒伯爵问,“你要求亲自和我见面,到底是有什么事要和我说?”伯爵转向邦德,用僵硬的笑容看着他。墨绿色眼镜后面的眼睛深不可测,“当然,我不是说不欢迎你来访,我很欢迎你来。好了,现在请谈谈吧,希拉里爵士。”

邦德早就猜到第一个问题是这个,他之前就想好了两种应对方法。第一种回答方法是在伯爵的耳朵上有耳垂的情况下回答的。

第二种回答则是针对他没有耳垂的情况。思考后,他用严肃的口吻说出第二种回答。

“亲爱的伯爵,”邦德之所以这么叫他,可能是由于伯爵满头的白发和他举止中流露的魅力,“有时纹章院的工作不能仅靠研究和文本资料,那样证据不充足。你是知道的,你的事给我们的工作带来了不少困难。当然,我指的是有段时间没有可察的记录,就是法国大革命时期前后到在奥格斯堡附近兴起这段时间。另外,”邦德稍作停顿,强调道,“关于这段没有记录的空白期,我之后可能会给你提供一个方案,希望对你有用。不过我来这是为了另一个目的。你已经花了很多钱在我们的工作上,假如必须看到实质的希望才能继续研究,那样并不公平。这种希望可能存在,不过需要见面才能确定。”

“是这样吗?我能问一问到底是什么吗?”

邦德背出萨布尔·巴西利斯克教给他的那些例子,比如哈布斯堡家族的嘴唇,皇室的尾骨等。之后,他在椅子里朝前探了一下身子,强调道:“德·布勒维勒家族有一个类似的生理特征。你知道吗?”

“我没有意识到。不知道。是什么?”

“我有个好消息告诉你,伯爵。”邦德微笑着表示祝贺,“从我们已经搜集到的资料来看,所有德·布勒维勒家族的雕像或肖像画都有一个独特的部位,那是一种遗传特征。这个家族人的耳朵上似乎都没有耳垂!”

伯爵抬手摸了摸自己的耳朵,看看有没有耳垂。

“我明白了，”他慢慢地说，“是的，我明白了。难道你必须亲自来验证这件事吗？我的话，或者一张照片，难道不足够吗？”

邦德显得有点尴尬，说道：“很抱歉，伯爵。不过这是纹章院院长的规定。我只是一个地位低的自由职业的研究员，不过是替纹章院官员工作的。对于这些事，纹章院官员也只是执行上面的命令。我希望你能理解，对那些和古老而可敬的头衔相关的事情，纹章院必须严格对待，我们现在谈的这个头衔就包括在内。”

布洛菲尔德黑色的眼镜对着邦德，感觉就像枪口一样。他说：“现在你已经看到了你想看的，关于这个头衔，你还有什么疑问吗？”

这是最大的障碍。“我所看到的让我能够向上面报告说有继续调查的价值，伯爵。而且可以说成功的机会大大增加了。我带来了一些有关血缘关系的材料，几天之后就能给你。不过，就像我之前说过的，还有很多有疑问之处，对我来说，最重要的是让巴西利斯克满意，特别是要了解你的家族从奥格斯堡移居到格丁尼亚的日期。如果我能问一些和你的男性祖先紧密相关的问题，将会有很大帮助。即使是一些关于你父亲和祖父的细节也会大有帮助。当然，之后还有件最重要的事，就是请你花一天时间和我一起去一下奥格斯堡，看一看档案馆里的布洛菲尔德家的笔迹，他们的基督教教名和其他细节，看看你对它们有没有什么印象，或者能不能联想到什么。剩下的事则留给我们纹章院处理。这个工作只需要不到一周的时间。不过如果你有什么想法，我可以按你的想法去办。”

伯爵站起来。邦德也跟着他站起来，随意地走向栏杆，欣赏起风景。他想这回能逮住这只全身泥污的苍蝇吗？邦德现在急切地希望逮住他。通过这次会面，他已经得出了一个肯定的结论。伯爵外表的任何一个特征都可以通过伪装、化装和腹部去皮手术改变，但只有他那双眼睛没有变化，他的眼珠浑浊阴暗。

“你认为通过耐心的工作，即使最后有几个问题不太清楚，我也能获得那份使巴黎的司法部长满意的公证书吗？”

“这是肯定的，”邦德骗他说，“不过这需要纹章院专家的支持。”

布洛菲尔德露出僵硬的笑容：“那会令我满意的，希拉里爵士。我就是德·布勒维勒伯爵。我完全相信这点，我的骨子里流着这个家族的血液。”他的声音里透着一股真正的热情，“我一定要让官方承认我的头衔。很欢迎你来作客。我会一直给你的研究提供支持的。”

邦德有礼貌地答道：“好吧，伯爵。谢谢你的合作。我会尽早开始工作。”他的语气里带着一丝疲倦。

第十二章　两次化险为夷

一个穿白大褂的人把邦德领出大楼，这人戴着实验室工作人员用的白口罩，下半边脸都被遮住了。邦德没有尝试和他搭话。他现在置身于别人的地盘，他必须得小心翼翼，每走一步都得万分小心。

他回到自己的房间，从准备好的纸中拿出一张来。他在桌边坐下，在纸最上方的中间坚定地写上“纪尧姆·德·布勒维勒，1207—1243”。现在他要从书本和笔记中抄下五百多年内德·布勒维勒家族的人的名字，包括他们的妻子和孩子的名字。这肯定会用掉不少的纸。他花三天时间肯定可以处理完这件累人的工作，不过还有别的更麻烦的事，就是和伯爵谈论布洛菲尔德家族没落的历史。幸运的是，他可以讲一些英国的布洛菲尔德家族的事，好使自己的话更有分量和说服力。再补充讲些别的名字类似的家族的事，比如布鲁菲尔德家族和布卢姆菲尔德家族。他可以设点诱饵，探索这个新的布洛菲尔德以及这个新的魔鬼党的秘密，看看他们到底想要做什么。

他可以确定一件事情，就是他的东西已经被翻过了。和伯爵见面之前，他走进浴室，避开天花板上看上去应该安装了监控器的小孔，忍痛拔下了6根头发。在他找需要的书时，他小心地把头发放在了其他文件和护照里面。这些头发现在都不见了。肯定有人翻过了他所有的书。他起身，去到柜子边，故意拿出一块手帕。果然，原来他小心按某种方式摆放的东西全都有细微的变化。他不表露情绪，默默回去工作，心里无比庆幸自己没有带枪来。他必须得伪装好，他可不想和之前那个滑雪教练一样死在那条滑雪道上。

邦德抄到1350年的家谱时，阳台附近传来一阵噪音，声音太吵了，他根本写不下去。反正他已经完成了相当一部分，那张大纸都快写完了。他打算出去一下，小心打探一下情况。他想了解一下环境，更确切地说是确定一下布局，对一个初来乍到的人来说，这个举动完全说得过去。他走前让门处于半开状态。他出门来到大厅，在那里，一个穿着紫红色大衣的人正忙着在本子上登记早上来客的姓名。邦德向他，那人礼貌地打招呼回复他。

出口左边是滑雪室和工作间。邦德慢慢走进去。一个巴尔干人正在工作台边，那人将一根新带子连在一只滑雪板上。那人抬了下头，又继续工作。邦德好奇地盯着靠在墙上的几排滑雪板。这些滑雪板和以前的相比变化很大。上面的安全带设计得很独特，似乎是将脚后跟固定在滑雪板上。滑雪板大部分由金属制成，不过滑雪杖是玻璃纤维做的，邦德觉得用玻璃纤维做的滑雪杖，在摔跤的时候,太危险了。他踱到工作台,装作对那人手上的工作很感兴趣。事实上,他之前就看到了一样让他格外激动的东西——一捆随意扎在一起的细长塑料片。那是将靴子安在安全带上用的。有了这个,在光滑的雪面上,脚底的雪不会结成球状。邦德向前倾着身子,支着右臂,称赞那人手艺精湛。那人咕哝了几句,接着专心工作,避免和邦德多聊。邦德的左手偷偷从支着的胳膊下滑过,顺走一块塑料片,藏在他的袖子里。他又随意讲了几句,但那人没有理睬他,于是他离开了那里。

当工作间的人听到大门轻轻关上的声音,便转向那堆塑料片,仔仔细细地数了两次。然后他离开工作间,来到穿着紫红色大衣的人身边,用德语对那人说了几句话。那人点了点头,拿起话筒,拨了个电话。那人则面无表情地回工作室去了。

邦德在通向缆车站的小道上走着,他将袖子里的塑料片转移到裤子口袋里,心里对自己感到很满意。他现在至少有了一样工具了,可以用这东西来撬门上的弹簧锁。

邦德离开俱乐部,离开时,他看到几个穿着时髦的人向俱乐部走来。邦德来到山顶,这里的人一般非常多。一群人从缆车里往外走,还有来滑雪的人们,他们从高原平滑的坡上往下滑,还有很多三三两两的小组,由私人老师或教练带领着从山谷里出来。另外,公共餐厅的楼梯上也挤满了人,他们都是没钱或没办法加入俱乐部的人。邦德从楼梯下经过,踏着被踩得脏兮兮的雪地,来到格洛里亚滑坡的第一个高速直线下滑道口,混在滑雪的人群中。一块大牌子上有个 G 字和冠状头饰的图形,写着一行字,表示红色和黄色的滑雪道开放,黑色的滑雪道因为有雪崩的危险被关闭。牌子下有一块上了漆的金属板,上面画着三个滑雪道的线路图。邦德好好看了下,认为最好记住红色的那条路线,他感觉这条路线最简单,也最受欢迎。图上还有红、黄、黑三种颜色的旗子标志。邦德看到山下的确飘着各色旗帜,滑雪道最后在山下左拐不见,滑雪道上很多人正在滑雪。带红色标记的滑道弯弯曲曲延伸,尽头是一片森林。有一条伐木道,旁边是一条铁路干线,还有一条连接蓬特雷西纳和萨马登的公路。邦德努力把这些记在脑海中。之后,他开始观察一些人起滑的动作。人们的起滑动作大不相同,有的人曲着身子,像箭一样冲了出去,一般的业余爱好者则要用滑雪杖撑三四次才能滑下去。还有些初学者,他们远远落在后面,有时遇到平滑的一段雪坡,则向下冲一下,当离开了光滑的雪坡,就会冲进雪道边上的雪堆里。

这种场景邦德已经见过无数次了。在他年轻时,他在阿贝格的圣安东的"汉尼·施耐德学校"学习滑雪。他的成绩不错,还得过一枚金质奖章,不过和他现在看到的在自己身边滑上滑下的高手比,他那时只能算初级水平。现在这种金属滑雪板看起来要比那种老式的钢边木板更快,滑起来也更顺畅些。滑雪时肩部动作更小,臀部只需轻轻扭动就行,这点技巧并不是什么秘密了。不知这种技巧在新积的深雪上是否会和在整好的滑雪道上一样有效?邦德不太确定,但他对这种技术还是有点儿嫉妒。它可比自己在阿贝格学的那种老式下蹲滑雪姿势优雅多了。邦德不知要怎么在这条可怕的雪道上滑雪。他肯定不敢在第一条直道就往下冲。他至少得停两下,可能时不时停下来一会。而且没滑五分钟,他的腿就会抖得不行。他的膝盖、脚踝和手腕都会没力气了。他必须加强锻炼才行。

邦德激动地离开这个地方,他跟着箭头指的方向向格洛里亚滑雪道走去。滑雪道在电缆站的另一边。那里有个小木屋,位于起点处,木屋里有电话线与电缆站相连。电缆站下方有一小间车库,里面放着双人雪橇和单人雪橇。一条链子穿过结冰的峡谷口,冰向左延伸,最后消失不见。上面有个牌子写着“开放时间九点至十一点”。上面还有一块金属牌子,标着滑下山谷的“之”字形路线。遵从英国体育的传统,急转弯和危险处标有一些名称,比如“死人跳板”“超高速直道”“作战的S道”“骨头散架”等,最后一段向下的直道叫作“地狱里的希望”。邦德眼前浮现早上的场景,又听到了那撕心裂肺的尖叫。早上那人的死绝对是布洛菲尔德主谋的。

“希拉里爵士!希拉里爵士!”

邦德突然从思绪中惊醒,他转过身。宾特小姐正站在通往俱乐部的那条道路上,粗短的双手插在腰间。

“午餐时间到了!”

“来啦。”邦德回答道,并走上斜坡找她。他发现,即使只有一百码,他的呼吸都有点浅,四肢感觉很重。这里真的太高了!他必须得着手锻炼了!

邦德来到宾特小姐跟前,她板着脸。邦德表示很抱歉,自己没有注意时间。她一句话都没说,黄眼睛带着明显的厌恶,默默打量着他,之后,她转过身,走在小道上给邦德带路。

邦德回顾了一下早上的事。他做了什么?他犯了什么错误吗?

好吧，他可能刚刚犯了一个错误。为了保险起见，当他们走进接待厅时，邦德随意地说道："哦，顺便说一声，宾特小姐，我刚刚去了滑雪室。"

她停了下来。邦德注意到那个接待员的头朝旅客登记册低了一下。

"是吗？"

邦德从口袋里拿出塑料片："我找到了我想要的东西。"他露出天真愉快的笑容，"我真是个傻瓜，我忘了把尺子带来。那里的工作台上有很多这种塑料片。正适合我当尺子用。于是我就借了一个。希望这没有影响。当然等我走的时候，我会把它留下的。画家绘图需要用这个，你知道的。"邦德在空气中往下画了几道直线，"我必须得让它们在正确的水平线上。希望你不要介意。"他迷人地笑了笑，"我本来打算见到你时再告诉你的。"

宾特小姐极力掩饰自己的眼神："这不过是件小事。以后假如你需要任何东西，打个电话就好，可以吗？伯爵会给你提供一切东西的。好了，"她做了个手势，"你不妨先在阳台上晒会太阳。之后，会有人带你到餐桌那边的。我很快过去找你。"

邦德走进餐厅，里面几张桌子已经坐满了那些晒好了太阳的人。他穿过屋子，走向开着的窗户边。弗里茨穿过拥挤的桌子朝他走来，他似乎是主管。弗里茨的目光冷冷的，带着一丝敌意。他拿着一本菜单，对邦德说道："请跟我来。"

邦德跟着他来到一个栏杆附近的桌子。鲁比和维奥莱特已经在那儿了。邦德再一次庆幸自己这次先发制人，他松了一大口气。

不过,他必须多加注意,小心行事。这一次他算是逃过一劫。而且他仍然拿着塑料片!他刚刚说的是不是太无知、太愚蠢了?他坐下来,点了一份双倍伏特加马提尼酒,酒里还加了一片柠檬片,然后他用脚碰了碰鲁比的脚。

鲁比没有把脚收回去,只是笑了笑。维奥莱特也笑了。他们很快聊起天来。气氛忽然又欢快了起来。

宾特小姐出现了,并坐在她的位置上。她又变得亲切起来:"希拉里爵士,我听说你要和我们待上一整个星期,这太令人高兴了。和伯爵见面愉快吗?他是个有趣的人,对吗?"

"非常有趣。可惜我们只聊了一会,而且我们只讨论了我自己的事。我当时很想问他一些关于他的研究工作的事。我希望他不会觉得我这样很无礼。"

宾特小姐的笑容明显消失了:"我肯定他不会这么想的。伯爵一般不喜欢谈论他的工作。在这门特殊的科学领域,有很多人嫉妒他,你应该明白的,并且,我可以很遗憾地说,在这个领域,还有很多剽窃的情况。"她笑了笑,嘴巴又成了长方形,"我当然不是指你,亲爱的希拉里爵士,我指的是那些不像伯爵那样一丝不苟的科学家,还有一些化学公司的间谍。这也是我们为什么要待在这个小地方的原因。我们完全隐居在这。甚至山谷里的警察也很配合,保证我们不受外人打扰。他们尊重伯爵的工作。"

"是指过敏症的研究吗?"

"对。"宾特小姐回答。这时,主管来到宾特小姐旁边,他的脚发出有力的声音,啪的一声合上了。菜单递了上来,邦德点的酒也来了。他喝了一大口,之后点了一份蛋和一份蔬果色拉。鲁比又点了仔鸡,维奥莱特则要了一份加了马铃薯的冷菜。宾特小姐点了她经常吃的松软干酪和色拉。

“除了仔鸡和马铃薯,你们难道不吃别的东西了吗?这是不是与你们的过敏症有关?”

鲁比回答说:“嗯,是的,一定程度上是这个原因。不知为何我渐渐只喜欢……”

宾特小姐严厉地打断了她,说道:“可以了,鲁比。不要和别人谈论治疗相关的事,你忘了吗?哪怕对方是我们的好朋友希拉里爵士也不行。”她指了下周围坐满人的桌子,“希拉里爵士,不知你发现没有?这些人非常有趣。他们每个人都是有身份的人。我们已经吸引了来自瑞典滑雪胜地格斯塔德和圣莫里兹的国际旅游者。那边,和一群活泼的年轻人待在一起的是马尔堡公爵。他附近是惠特尼先生和达芙妮·斯特雷特夫人,她很美,不是吗?他们俩滑雪都很厉害。坐在大桌子旁那位长头发的姑娘是厄休拉·安德烈斯,一位电影明星。看!她的皮肤晒得多好看啊!还有乔治·邓巴爵士,他总是带着最迷人的伙伴来。”她张开嘴,微笑着说,“现在只差阿加·卡恩和肯特公爵了,不然几乎所有类型的名人都来了。滑雪的季节才开始,就这么多人了,不是非常好吗?”

邦德表示同意。午饭来了,邦德点的鸡蛋十分美味。鸡蛋切开了,煮得很熟,配着奶油和芝士,四周点缀着一些英国芥末,摆在一个铜盘里(英国芥末似乎是当地特色菜的配料)。邦德对做这道菜的厨师的高超厨艺大为赞赏。

“谢谢,”宾特小姐说,“我们厨房有三个法国大厨。男人都很擅长做菜,对吗?”

凭着直觉,邦德感到有一个人朝他们的桌子走来。那人来到邦德面前。他看上去像个军人,和邦德差不多大,一脸困惑的表情。他轻轻向女士们鞠了个躬,然后对邦德说:“不好意思,我在旅客登记册上看到了你的名字。你是希拉里爵士,对吗?”

邦德的心沉了下去。总可能出现这种情况的,他事先准备了一个有点笨拙的应对方案。但是现在的情况是最糟糕的,那该死的女人在看着,能听到这一切。

邦德热心地回答:“是的,我是希拉里爵士。”

“希拉里·布雷爵士吗?”那张愉悦的脸看上去更困惑了。

邦德站起身,背对着桌子和宾特小姐。“没错。”他拿出手绢,擤了下鼻子,想挡住下面的问题,那些问题可能为他引来杀身之祸。

“大战时你在洛瓦特童子军吗?”

“哎,”邦德回答,他看上去很为难,适当地放低了声音,“你说的应该是我的大表哥。他住在爱尔兰,六个月前去世了,可怜的家伙。我继承了这个头衔。”

“啊,天啊!”那人脸上的困惑消失了,取而代之的是悲伤的表情,他说,“听到这个真是难过。我的好战友。奇怪!我在《泰晤士报》上没看到任何相关报道。我经常读《出生,婚嫁,讣告》那一栏来着。他是怎么死的?”

邦德感到汗从胳膊下流了下来:“他从一座高山上摔了下去,摔断了脖子。”

“天啊！可怜的家伙！他总是一个人在山顶上乱走。我得立即给珍妮写封信。”他伸出手，说道，“哎，很抱歉打扰你们了。我之前还在想，如果能在这个地方见到老朋友希拉里，那可有趣了。好了，再见。打扰了你们，我再次表示歉意。”他从桌子间穿过，离开了。邦德用眼角的余光发现他走回一张桌子，和桌子上的人热烈地交谈起来。那桌坐着的似乎都是英国人，有一群男士和他们各自的妻子。

邦德坐回位置，伸手拿起酒将其喝得一干二净，然后接着吃起鸡蛋。宾特小姐的眼睛一直在他身上。他感到汗从脸上流了下来，于是他拿出手绢把汗擦掉。“天哪，外面真热啊。那个人是我大表哥的一个朋友。我表哥和我名字一样，我们是旁系亲属。他不久前去世了，可怜的家伙。”他悲伤地皱了皱眉，说道，“不过我完全不认识那个人。他长得挺精神。”邦德的目光越过桌子，勇敢地朝那人看去，“你认识那边的人吗，宾特小姐？”

宾特小姐看都没看那边一眼，简短地说道：“不，我一个人也不认识。”她的黄眼睛仍然审视地盯着邦德的眼睛，“不过这也太巧合了。你们长得很像吗？你和你表哥？”

“哦，很像。”邦德激动地回答，“就像一个模子刻出来的。我们过去经常被人认错。”他看向那群英国人。老天保佑，他们正在收拾东西，就要走了。他们看上去并不特别时尚和富有。可能是待在蓬特雷西纳或圣莫里兹的退休军官，是典型的来滑雪的英国团体。邦德回顾了一下刚刚谈话的情形，这时咖啡来了，他开心地和鲁比聊起天，她告诉他那天早上她滑雪的进步，还用脚踢了踢他的脚。

好了,他告诉自己,周围桌子的人喧闹地谈笑着,宾特小姐不可能听到太多。不过刚刚真的非常险！这是他今天第二次侥幸过关了!

在敌人的地盘必须得小心谨慎。

情况不太乐观,真的不太乐观!

第十三章　鲁比公主?

邦德给巴西利斯克写了一封信,内容如下:

亲爱的萨布尔·巴西利斯克先生:

我已经平安到达——我是乘直升机来的——美丽的格洛里亚峰,这里位于恩加丁,高一万英尺。这里有一群杰出男性工作人员,他们来自不同的国家,还有一个叫宾特的女士,她是伯爵的秘书,做事很有效率,她告诉我她来自慕尼黑。

我今天早上和伯爵进行了一次谈话,很有成效,他说希望我在这里待一个星期,完成他家谱图的初稿。我希望你能给我批这么长的时间。我和伯爵说过那些新的共和国国家还有很多工作要处理。他本人虽然忙于研究过敏症及病因,还有十个英国姑娘需要他治疗,但他还是同意每天和我见面,希望我们能够把德·布洛菲尔德从法国迁走后和他们最后从奥格斯堡迁到格丁尼亚这段空白期的事调查好。我已经和他建议,让他最后和我去一趟奥格斯堡,就我们讨论过的问题快速地进行一下调查,不过他还没有告诉我他的决定。

请告诉我的表嫂珍妮·布雷,她可能马上会收到她已故丈夫朋友的来信,那人之前和我表哥一起在洛瓦特童子军里待过。他今天午饭时来到我面前,还把我错认为我表哥了。真的是太巧了!

这里的工作条件很不错,我们拥有私人空间,与滑雪者们狂欢的世界隔离开了。这里的女孩们晚上十点钟之后就不能乱逛和闲聊了,这样也挺合理的。她们似乎出身不错,来自英国各地,就是话不多,比较沉闷。

现在聊聊我最感兴趣的事。伯爵的耳朵上没有耳垂!这真是个好消息,对吗?他风度翩翩,一头银发,脸上带着迷人的微笑。他手指细长,也暗示着他出身高贵。可惜的是因为他视力不好,加上高原的阳光太强,他不得不戴着一副墨绿色的隐形眼镜。他是鹰钩鼻,其中一个鼻孔有点变形,我想可以依靠整容手术整好。他讲着一口无懈可击的英语,声音悦耳,我相信我们会相处得很好的。

现在回归正事上来。你能不能联系一下《德·哥达年鉴》的老印刷商,看看他们能否在连接这段空白期上帮助我们一下,如果他们同意的话,那就帮了大忙了。他们可能有一些线索。请把用得上的东西都电传过来。有了耳垂这个新证据,我现在完全相信他们存在联系。

您的下属

希拉里·布雷

备注:请别告诉我母亲,不然她会为我在这个冰天雪地里的安全担心的!不过今天早上这里发生了一个意外。一位员工从雪橇上滑了下去,一路掉到了滑雪道底端!真的太惨了!他是南斯拉夫人,明天他就要被埋在蓬特雷西纳了。你觉得我们是不是应该送个花圈什么的?

邦德又把信读了几遍。没错,那些负责"科罗纳"行动的官员肯定要花点功夫了。尤其他在信里暗示他们去蓬特雷西纳的据点找出死者身份这事。他还在信里加了点内容来掩饰,他敢保证,在这封信发出去之前,肯定会有人用蒸汽把信打开并拍照,甚至有可能把信销毁。为了避免信被销毁,他故意提到一些和《德·哥达年鉴》相关的事。他之前没提过这一方面的纹章学内容。这一定会激起布洛菲尔德的兴趣。

邦德按下门铃,把信交给工作人员去发,之后又装着回去工作。他先去了浴室,拿出口袋里的塑料片和剪刀,塑料片的一端剪去2英寸宽的小片,然后,他用大拇指的第一个关节做大致的标准,在剩下的18英寸的塑料片上标出尺寸,以支撑他之前说的需要尺子的谎言之后,他回到桌前,书写德·布勒维勒另一个的百年的家谱图。

五点钟左右的时候,光线变得非常昏暗。邦德从桌子前起身,伸展了一下胳膊,准备打开门边的电灯开关。关窗之前,他最后朝窗外看了一眼。阳台上一个人也没有。靠椅上的泡沫坐垫也已经被收进去了。从电缆中心的方向仍然传来一阵阵机器的轰鸣声,那个声音已经响了一天了。昨天五点的时候缆车就停了,最后两班不同方向的缆车也要返程,回各自的车站过夜了。邦德关上双层窗子,走到恒温器前,把温度调了下。他正要伸手关电灯,这时他听到一阵非常轻的敲门声。

邦德压低声音说:“请进。”

门打开了,之后又迅速关上,只留了一条1英寸宽的缝。敲门的是鲁比,她把手指竖在嘴唇前,并指了指浴室。邦德十分好奇地跟她进了浴室关上门。他把灯打开。她的脸很红,小声地恳求说:“哦,请原谅我,希拉里爵士。不过我之所以这么做是想和你谈一点事。”

“没关系,鲁比。不过为什么是在浴室说呢?”

“哦,你不知道吗?嗯,我猜你还不知道。这应该是个秘密,不过我当然可以告诉你。你不会讲出去的,对吗?”

“不,当然不会。”

“好吧,其实这些屋子里都有窃听器。我不知道装在哪里。不过有时我们聚在各自房间,聊聊闲话什么的,宾特小姐竟然都知道。我们觉得可能还有摄像。”她咯咯地笑了起来,“经常我们脱了衣服在浴室洗澡时,总有一种感觉,好像有人一直在观察我们。我猜这和治疗有关。”

“是的,我猜是这个原因。”

“希拉里爵士，我想说的是，中午吃饭时你说的话太让我激动了，就是你说宾特小姐可能是一位女公爵。我想问，那真的有可能吗？”

“啊，是的。”邦德轻松地回答。

“我很遗憾没能告诉你我的姓。你知道吗？”由于激动，她的眼睛睁得大大的，“我的姓是温莎！”

“天哪，”邦德说道，“那太有趣了！”

“我知道你会这么说的。你能理解吗？我们家经常说我们是皇室的远亲。”

“我完全能理解，”邦德思考了下，明智而审慎地说，“我愿意研究一下这个。你父母叫什么名字？我必须先知道这个。”

“我父母的名字分别是乔治·艾伯特·温莎和玛丽·波茨。这能说明什么吗？”

“嗯，当然，艾伯特这个名字很重要，”邦德感觉自己像个骗女孩子的坏蛋，“你瞧，维多利亚女王有位康思特王子，他就叫艾伯特。”

“哦，天啊！”鲁比惊讶地捂住嘴。

“当然这还需要大量的工作来验证。你来自英国什么地方？出生在哪里？”

“我来自兰开夏郡，出生在莫克姆湾，那里盛产虾子。不过也有很多家禽，你知道的。”

“所以你那么喜欢吃鸡啊。”

“哦，不是这个原因，”她看起来对这个结论很吃惊，“其实我对鸡过敏。我就是忍受不了它们。我受不了它们身上的毛,也看不惯它们愚蠢啄食的样子,也不喜欢它们聚在一起脏乱的样子,还讨厌它们的气味。我讨厌它们,甚至只要我一吃鸡,就会长疹子。真的太糟糕了。不过我的父母是家禽养殖场业主,他们对此很恼火,我家的农场挺大的,他们希望我能帮忙打扫孵蛋箱,你知道的,就是那种现代化的大型孵化设备。后来有一天,我在《家禽养殖报》上看到了一条广告,写着任何患有鸡过敏症的人——后面跟了一长串的拉丁名词——都可以申请在这家瑞士研究所进行治疗,这个研究所就是专门研究这个的。包吃住,每周还有10英镑的零花钱。我想治好它,就来了。”

“我理解。”邦德回答。

“于是我报了名,并且带着去伦敦的费用上路了。我见到了宾特小姐,她给我考了试。”她咯咯地笑了笑,“天知道我是怎么通过的。我普通教育测试两次都没通过。但宾特小姐说研究所就是需要我这样的人,然后我就到这儿来了,我来了差不多两个月了。这里还不错,就是管得太严。不过伯爵已经治好我的病了。我现在很喜欢鸡了。”她的眼睛突然流露出着迷的神色,“我觉得它们是世界上最漂亮、最棒的家禽。”

“那可真是不错。”邦德感叹着,内心却感到非常困惑,“现在说说你的名字吧。我尽快去查查资料。不过下次我们怎么聊呢?你们似乎被管得很严。我怎么和你单独见面呢?唯一的地方就是我的房间或你的房间。”

“你是说在晚上?”由于害怕、兴奋和少女的矜持,她蓝色的大眼睛睁得大大的。

“是的，这是唯一的办法，”邦德大胆地朝她走过去，深深地吻了她一下，他笨拙地把她抱在怀里，说道，“你应该知道的，我觉得你特别迷人。”

“啊，希拉里爵士！”

她轻轻叫出了声，却没后退。她只是站在那儿，像个可爱的玩偶，心里盘算着，想要变成公主。“可是你怎么出去呢？他们管得很严。那个卫兵总是在过道里走来走去。”她转动着眼睛，“我其实就住在你隔壁，就是三号房间。如果我们有办法出去就好了。”

邦德从口袋里掏出一个1英寸长的塑料片递给她。“我就知道你住的地方离我很近。我猜是凭直觉。我在军队学到过一些东西。你可以用这个塑料片把门打开，把它插进锁边的门缝里，再往上一推就行。它能抵住锁里的锁条。来，拿着。我还有一根，不过你得把它藏起来。答应我不要告诉别人。”

“哦！你真厉害！放心，我不会说的。不过你认为我有希望吗？就是我‘温莎’那个姓氏的事。”她搂住他的脖子，他对她来说就像个巫师一样神奇，她那大大的蓝眼睛迷人地望着他。

“你千万别抱太大的希望，”邦德坚定地说，“我马上去查一查我的书。快到下午茶的时间了。不管怎样，我们会再见的。”他给了她一个又长又深情的吻，她也热情地回应他，这稍微减轻了他良心上的不安。“好了，宝贝儿。”他的右手顺着她的后背滑下去，最后来到她的翘臀上，他拍了拍她的臀部提醒她，“你得离开这里了。”

他的卧室很黑。他们在门口听了听动静，就像两个玩捉迷藏的孩子一样。外面很安静。邦德一点点把门打开,又拍了一下她的臀部示意她出去。

邦德等了一会儿,然后打开灯,这空荡的屋子仿佛在笑他。他走到桌边,拿起《英国姓氏辞典》。“温莎,温莎,温莎”,他寻找着。在这! 终于找到了! 他俯身阅读那些字迹很小的词条。他的脑海中忽然闪出一个重要的念头。他想,总之,利用感情这个办法既安全又有风险。对金钱的欲望也一样。那对地位的追求呢? 其中,爱慕虚荣是最有害的缺点了吧?

到六点了。花了几个小时看字体很小的参考书,再加上高原缺氧,邦德的头疼得不得了。他需要喝几杯酒。他快速地冲了个澡,打理了一下自己,按门铃叫来了“守卫”开门,之后走向酒吧。已经有几个姑娘坐在酒吧里了。维奥莱特独自坐着,邦德和她坐到一块。她似乎很高兴见到他。她正喝着一杯鸡尾酒,邦德又给她点了一杯,并给自己点了一杯加冰块的波旁啤酒。他喝了一大口,然后放下低脚杯说:“天啊,我真的太需要喝两杯了。我一整天都在工作,就像奴隶一样,而你们却在阳光明媚的雪坡上跳华尔兹!”

“才不是呢!”由于恼怒,她蹦出了一点爱尔兰的口音,“今天早上的那两节课特别无聊,下午我几乎都在读书。我已经欠下很多没看了。”

“读什么书?”

“哎,一些农业方面的东西,”她那双黑眼睛小心翼翼地看着他,“我们不能和别人讲我们的治疗,你知道的。”

“嗯,好吧。”邦德愉悦地说,“那我们聊点其他的。你来自哪里?"

"爱尔兰。在南部的香农附近。"

邦德忽然灵光一闪,说道:"那里是不是盛产马铃薯?"

"没错。我从前很讨厌它。每天吃的和聊的都是马铃薯。现在我却想回家了。这件事很有意思,不是吗?"

"你家里人一定很开心吧。"

"你说得完全没错!还有我的男朋友!他是个马铃薯批发商。我曾说我不想嫁给和这种可恶、肮脏、丑陋的东西有关系的人。他到时肯定会震惊的。"

"为什么呢?"

"我学习了关于怎样提高产量的知识,包括最新的科学方法,以及一些化学药品等等。"她赶忙用手捂住嘴。她快速扫了扫四周,看了下酒吧招待,看看是否有人听到了她的这番无知的言论。之后,她露出女主人般的微笑,说道:"现在该你告诉我你在忙些什么了,希拉里爵士。"

"哦,只是为伯爵做些纹章学方面的事。就像我午餐时说的那样。你恐怕会觉得那特别无趣的。"

"哦,不,我不会的。我对你跟宾特小姐说的那些十分感兴趣。你知道吗?"她放低声音,用酒杯挡着嘴巴说,"我姓奥尼尔,有这个姓氏的人几乎都是爱尔兰国王。你觉得……"

她从他肩膀后面看到了什么东西,于是她顺口说道:"我就是没办法把肩转过去。每次我想转的时候就会失去平衡。"

"我恐怕对滑雪一点都不了解。"邦德故意大声回答。

宾特小姐出现在了酒吧的镜子里。“啊,希拉里爵士。”宾特小姐审视着他的脸,“你是不是有点晒黑了? 来吧! 我们到那边去坐。我看可怜的鲁比小姐独自坐在那里呢。”

他们顺从地跟着她。邦德觉得挺有趣的,因为他发现姑娘们私下有点不守规矩——这很明显是在反抗严格的纪律和这个讨厌的女舍监的管制。尽管这对他很有用,但他必须小心地处理这事。如果姑娘们做了过激的事,对他来说反而是帮了倒忙。但是,就是由于伯爵不想让他了解她们,他反而得设法摸清她们的姓名和地址。先从鲁比开始。邦德坐到她身旁,他的手背故作不经意地碰了她的肩膀。

他们又点了几杯饮品。波旁啤酒一点点缓解了邦德的紧张感。他的头痛没有再影响整个大脑,而是集中在右边太阳穴后面。他快活地说:“我们要不要再玩一下那个游戏?”

大家一致表示同意。她们从酒吧里拿来了玻璃杯和餐巾纸,更多的姑娘加入了游戏。邦德发了一圈烟,姑娘们都活泼地抽起烟,不时被烟呛到。

随着纸巾被烟点成网状,洞越来越多,宾特小姐似乎也被笑声和激动的叫声感染了,叫道:“小心点! 轻一点,伊丽莎白! 你已经点上去了! 这边角落还有一小块地方比较安全!”

邦德站在她旁边。他坐回椅子上,建议姑娘们自己玩一局。他转向宾特小姐说:“对了,如果有时间的话,我觉得乘缆车到山谷参观一下应该很有趣。我今天从大家的谈话中听到圣莫里兹在山谷的另一面。我从未去过那儿,想去看一看。”

“哎,亲爱的希拉里爵士,那是违反规定的。这里的客人和工作人员都不能去缆车铁道那里。那只对旅游者开放。我们不与外界接触。要怎么说呢?是一个专门的团体,我们就像修道院一样严格遵守规定。这样更好些,不是吗?我们才能不受打扰地做研究。”

“哦,这我完全理解。”邦德友好地笑了笑,“不过我其实算不上这里的病人。能不能破例让我去一次?”

“我想这样不行,希拉里爵士。而且你肯定需要把所有时间都放在为伯爵办事上。不行!虽然很抱歉,但我恐怕不能满足你的要求。”这完全是在命令邦德了。她瞥了一眼手表,拍了拍手。“好啦,姑娘们,”她叫道,“晚饭时间到了。都过来吧!都过来!”

邦德其实不过是想看看宾特小姐会以什么样的理由拒绝他罢了。不过他还是很生气。他跟着宾特小姐来到餐厅的时候,他很努力地忍着不往宾特小姐的屁股上踢一脚。

第十四章 美梦,美丽的噩梦!

晚上十一点,四周一片寂静。为了避开天花板上的眼睛,邦德有意走了个流程,他走进浴室,再爬到床上,关了灯。十分钟以后,他安静地下了床,套上裤子和衬衫。在黑暗中,他摸索着用塑料片把门打开。他竖起耳朵,仔细地靠着门听了一会,之后才谨慎地探出头。

走廊空荡荡的,似乎要把他吞进去。邦德溜了出来,轻轻地关上门,三两步就走到了三号房间,他轻轻地转动门柄走了进去。屋子里很黑,但能听见床上有动静。为了避免关门时发出声响,邦德拿出塑料片,顶住锁条,慢慢关上门后,他轻轻把塑料片抽了回来。

床上的人小声地问道:“是你吗?”

“是我,亲爱的。”邦德利落地脱掉衣服,想着这房间的布局应该和他的一样,他估摸着走到床边,在床沿坐了下来。

黑暗里,有个手伸出来碰了碰他。“噢,你什么都没穿!”

邦德抓住她的手,顺着手臂碰了碰她。“你也没穿。”他小声说,“本来就该这样。”

他轻手轻脚地躺在床上,头枕在枕头上,挨着她的头。他发现她已经给他留了位置,心中一阵狂喜。他开始很轻柔地吻着她,到了后来越来越热烈。她的身子颤抖起来。她向他投降地回吻他。当他的左手开始在她身上探索时,她伸手抱住了他。“我有点冷。”虽然邦德知道她在撒谎,却还是顺着她,他把身下的被单拉出来,盖住两人的身体。她那温暖又柔软曼妙的身体现在是他的了。邦德覆在她身上,轻轻地用手指抚摸着她的小腹。她天鹅绒般顺滑的皮肤颤抖起来。她发出一声轻哼,并往下抓住了他的手,制止住他。“你爱我吗?哪怕是一点。”

这个恐怖的问题!邦德轻声回答:“我觉得你是这个世上最迷人、最美丽的姑娘。我真希望能早点认识你!”

这几句陈腐老套、不真诚的话似乎就够了。她放下制止他的那只手。

她的秀发散发着夏日刚割过的青草的香味,她的唇那么迷人,她的身上散发着爽身粉的香味。一阵轻风升起,在屋外发出呜咽的声音,风声给屋里的两人增加了一丝额外的甜意。两人纠缠在一起,都从中感到愉悦。结束后,他们安静地搂在一起。邦德知道,他知道这个女孩也明白,他们并没做错什么,谁也没有伤害对方。

过了一会,邦德轻声对她说:“鲁比!”

“嗯。”

“关于你的姓氏,就是温莎家族的事,恐怕没有太多希望。”

“哦,这样啊。我也从没真的相信过。不过是些古老的家族故事,你知道的。”

“不管怎么说,我没带太多书来。等我回去了,我会认真查一下的。我保证。我会从你的家族查起,还会调查教堂、市镇的记录这些资料。我会把它弄好,之后寄给你。在大块羊皮纸上漂亮地写好。每行开头的字母都用彩色斜体加粗,即使不能推出你是温莎女王的后代,拥有一个这样的家谱也不错。”

“你是说像博物馆里的那些东西吗?”

“没错。”

“那挺好的。”

小屋又安静下来。鲁比的呼吸也逐渐规律。邦德想:多么神奇啊!这附近不久前才死了一个人,可这小屋现在却这么平和、安静、温暖、幸福。

邦德就要睡着了,他换了个舒服的姿势躺着。这里很好,清晨回到房间也比较方便。他将手臂从睡着的女孩身下抽出来,懒懒地瞥了一眼左手的夜光手表,已经半夜十二点了。

邦德艰难地向右翻了个身,想靠着女孩柔软的身子,这时,忽然传来一阵响亮、悦耳的电铃声,声音不知是从枕头、地板下,还是楼房深处传来的。女孩翻了下身,迷迷糊糊地咒骂道:“哦,该死的!”

“这是什么?”

“哦,这只是在治疗。我想已经十二点了吧?”

“是的。”

“别太在意。这只是给我治疗用的。接着睡就好。”

邦德吻了下她的肩膀,没有说话。

现在电铃已经停了。之后又传出一阵嗡嗡的声音,就像快速运转的风扇声。另外,还伴有一个稳定不变的节拍器的嘀嗒声。这两种声音结合在一起,产生一种很平缓的声音。它能吸引人注意,却又让人处于有意识的边缘——就像小时候夜晚听到的声音,钟声和大海、风的声音融在一起。这时,伯爵的声音从远处不知是电线还是录音机的地方传出来,所有的声音应该都是从那个机器里传出来的。这声音音调很低,像歌曲一样有节奏,听起来亲切却又有威严。“你就要睡着了,”说到“睡”的时候,他的声音降了下去,“你很累了,你的四肢像铅一样重。”最后一个字依然是降调。“你的胳膊像铅一样重,你的呼吸非常平稳。你的呼吸像孩子的一样规律。你的眼睛闭着,眼皮像铅一样重。你感到越来越累。你现在暖和又舒服。你渐渐往下沉,沉,沉进了梦乡。你的床像鸡窝一样柔软舒适。你就像鸡窝里的小鸡一样软绵绵的,非常困。一只可爱的小鸡,毛茸茸的,讨人喜欢。”接着传来一阵甜美的咕咕声和咯咯声,轻柔的翅膀扑扇的声音,还有一群母鸡和小鸡的声音,听起来令人发困。这声音持续了大概整整一分钟。之后伯爵的声音又出现了。“小鸡们也要睡觉了。它们和你一样,都舒服地睡在鸡窝里。你特别、特别、特别爱它们。你喜欢所有的小鸡。你想要把它们都当作宠物养。你想让它们长得漂亮,长得强壮。你希望它们不受伤害。很快你就要回到你那些亲爱的小鸡身边了。很快你就会回去照料它们。很快你就会去帮助英国所有的鸡。你将改良全英国的鸡种。这将会让你感到非常,非常幸福。但你要守住秘密,你不会告诉任何人你的方法。这些都将是你自己的秘密,你自己一个人的秘密。你什么都不会说,因为别人会想方设法窃取你的秘密,那样你就没办法让你亲爱的小鸡们开心、健康和强壮了。因为你,成千上万只鸡会变得更开心。所以你什么也不会说,你会守住你的秘密。你什么都不会说,什么都不会说。你会记住我的话。你会记住我的话……"喃喃的声音越来越远。鸡甜甜的咕咕声和咯咯声又出现了,轻柔地盖过伯爵远去的声音,之后,鸡的声音也消失不见,只剩下电流嗡嗡的声音和节拍器的嘀嗒声。

鲁比睡得很香。邦德抓到她的手腕,摸了摸她的脉搏。脉搏跳动的频率和节拍器的一样。机器的嗡嗡声也缓缓消失,最后小屋又变得非常安静,只有屋外夜风的呜咽声。

邦德长长地叹了口气。现在他什么都听到了!他突然想回到自己的房间去思考一下。他从被单下钻出去,找到自己的衣服并穿上,轻巧地打开门。走廊上没有走动声,没有任何声音。他溜回二号房,轻轻地关上门。然后他走进浴室,关上门,把灯打开,坐在马桶上,用双手抱着头。

深度催眠术!他听到的就是这个。那个隐藏的催眠师,在人意识昏昏沉沉的时候,在人的意识中植入一个信息。现在,在鲁比的潜意识中,那信息整晚都会发挥作用,这样持续几周后,她对这种声音会产生一种机械服从,而且这种服从非常深,不可抗拒,甚至是渴望。

可是传递这种信息究竟有什么目的?对这个农村女孩来说,这信息听起来毫无害处，甚至值得赞扬。她的过敏症治好了，回去后完全可以帮助家里照顾家禽了——不仅如此，她还会满怀热情，十分专注地照料它们。可是，布洛菲尔德难道改邪归正了吗？邦德根本不相信他变好了。否则这里怎么会有那么严格的安全措施？怎么会有那些很像是魔鬼党的多种族的工作人员呢？滑雪道上又怎么会发生那起谋杀事件呢？仅仅是意外事故吗？恰好发生在那人企图侮辱那个叫萨拉的姑娘后？一个几乎不可能的巧合吗？这善意的、医学研究肯定只是表象，这背后一定有某种阴谋！到底是什么呢？他该怎么找出来？

邦德疲惫地站起来，关掉浴室的灯，静静地回床上睡觉。他的脑子飞速运转了半小时，之后，他就进入梦乡了。

第二天早上九点，他睡醒了，并打开了窗户，天空乌云密布，看来快下雪了。外面狂风大作，缆车行走的声音都被盖下去了。

邦德把窗子关上，按响门铃叫早饭。早饭来后，托盘上有张宾特小姐给他的便条，便条上写着：伯爵十一点钟想要见你。落款是宾特。

邦德吃好早餐，就着手整理德·布勒维勒的家谱，他已经抄到第三张了，已经完成一大部分了，可以给伯爵展示下。不过要追踪布洛菲尔德的事并不容易。他将会大胆地以波兰北部城市格丁尼亚为起点，往前追溯他的经历，让这个老无赖谈谈他的青年时期和父母。老无赖？没错，不管他在“霹雳弹行动”后样子改变了多少，世界上也绝不会有两个恩斯特·斯塔夫罗·布洛菲尔德。

他们在伯爵的书房里见了面。“早上好，希拉里爵士。我希望你昨晚睡得很好。就要下雪了。”伯爵指了指窗户,“这种天气适合工作。不容易分心。”

邦德笑了笑:“我发现这些姑娘真的很让人分心。她们都太迷人了。顺便问一句,她们得了什么病?她们看起来很健康啊。”

布洛菲尔德当即回答:“她们得的是过敏症,希拉里先生。这给她们带来了严重的影响。她们都是乡下来的姑娘,这使她们不能从事农业领域的工作。我设计了一种治疗这种病症的方法。我很高兴她们的情况变好了些。我们的进展很大。”他旁边的电话响了起来。“抱歉,我接个电话。”伯爵将话筒举到耳边,“好,给我接过来吧。”他停顿了一下。邦德礼貌地研究起他带来的文件。“我是德·布勒维勒……好吧。”他放下听筒,对邦德说,“不好意思,是我的研究员。他买了一些实验室用的材料。缆车停开了,不过缆车会为了他特地走一趟。勇敢的人,他可能会很受累,可怜的家伙。”那墨绿色的隐形眼镜掩盖住了他的情绪,邦德看不出他的眼里是否有同情之意,但他脸上僵硬的笑容可没显示出一丝同情之心。“那么,亲爱的希拉里爵士,我们继续吧。”

邦德把他那几张大纸放在桌子上,骄傲地用手指指向各个年代的纪事。伯爵激动又满足地赞扬了他一番,并提出问题。“这太棒了,真的太厉害了,我亲爱的伙伴。你刚刚是不是说这里提到这个家族在战争时期被授予了一只折断的长矛或一把断剑?那是什么时候?”

邦德讲了一堆关于诺曼征服的事。那把断剑可能是某场战役的战利品。伦敦那边对此需要多做些调查。邦德卷起纸张,拿出笔记本。“现在我们得从另一头往回推,伯爵。”邦德开始询问,显得很权威的样子,“我们在格丁尼亚查到了你的出生日期,1908 年 5 月 28 日。是吗?”

“对的。”

“你父母的名字呢?”

“恩斯特·乔治·布洛菲尔德和玛丽亚·斯塔夫罗·米切罗普罗斯。”

“他们也出生在格丁尼亚吗?”

“是的。”

“那么,你的祖父母呢?”

“恩斯特·斯蒂芬·布洛菲尔德和伊丽莎白·鲁波米斯卡娅。”

“嗯,所以说恩斯特是你们家族的教名了?”

“貌似是这样。我的曾祖父也叫恩斯特。”

“这非常重要。你看,伯爵,在奥格斯堡叫布洛菲尔德的人中,叫恩斯特的人不少于两个!”

伯爵的手之前一直轻松地放在桌上的绿色吸墨纸上。现在,这双手紧张地握在了一起,轻轻扭动了一下,露出苍白的指关节。

天啊,你终于露出了马脚!邦德心想。

“那个重要吗?”

“非常重要。教名是贯穿家族的。我们把它当作最重要的线索。现在,你能回忆起更久前的事吗?你已经做得很好了。我们已经推算了三代了。之后我会问你一些日期,我们已经推到 1850 年左右了。只要再往前推五十年,就到奥格斯堡时期了。”

“不!”伯爵发出痛苦的叫声,“我一点都不了解我曾曾祖父的事。”他的双手紧紧扭在一起,“也许……如果钱能够解决这个问题,我可以找到证人。”他分开双手,展开手臂,说道,“亲爱的希拉里爵士,你我都是深谙世故的人。我们能互相理解对方。从档案室、户籍登记处、教堂里得到的摘录——这些东西,必须得完全真实吗?”

抓到你了,你这个老狐狸!邦德带着一丝共谋的语气,殷勤地说:“我不是很懂你的意思,伯爵。”

布洛菲尔德的手又放松下来,平放在桌子上,他认为找到了自己的同类。“你是个很努力的人,希拉里爵士。你低调地生活在遥远的苏格兰,你可以生活得更轻松些。你可能想要些物质上的东西——汽车、游艇、津贴等。无论需要什么,尽管开口,说个数。”那双墨绿色的瞳孔紧紧地盯着邦德,锁定着邦德那双因谦逊而不敢看他的眼睛,“只是一个小合作罢了,去波兰、德国或法国到处参观下,当然你的经费会很充裕。要不每星期 500 镑吧。技术类的问题或文件我都能安排。我们只需要你的证明。是吧?对巴黎司法部来说,纹章院的话就像上帝的话一样,对吗?”

这事顺利得让邦德不敢相信!可接下来要怎么办呢?邦德装作不自信的样子,说道:“伯爵,你提的事,呃,也不是不能操作。”邦德脸上的笑漾开了,“如果文件有说服力,也就是说很令人信服,无懈可击的话,我完全能够给出证明。”邦德的眼中流露出恭顺的表情,就像是完成任务后,要主人摸摸自己的西班牙猎犬,“你明白我的意思吗?”

伯爵真诚而又有魄力地说:“你肯定不用……”这时,过道里传来一阵嘈杂声,声音越来越近。门突然开了。一个人被后面的人推了进来,那人踉跄地进了房间,之后,那人倒在地上,身子因剧痛不停地扭动着。

在那人身后,两个卫兵笔直地走了进来。他们先看了伯爵一眼,然后又斜眼看了下邦德,看到邦德在这里,他们很惊讶。

伯爵严厉地问:“这是什么情况?”

邦德猜到了答案,瞬间,他的心沉了下去。那个男人的脸上虽然满是雪和血,邦德还是认出了这张脸。

金黄的头发,还有塌下去的鼻子,那是他代表海军参加拳击比赛时被打塌的,他正是邦德在情报局的一个朋友。没错,他是苏黎世情报站的二号情报员!

第十五章　局势升温

的确,他是肖恩·卡贝尔！天啊！要乱套了！苏黎世情报站对邦德的任务全然不知。卡贝尔肯定是独自行动,很可能是在追踪那个“买材料”的苏联人。海外情报站经常把事情搞得一团糟！

带头的卫兵带着一点斯拉夫口音,他快速地用不熟练的德语回答:“他是在索道车后面的敞篷滑雪车厢里被发现的。他全身都冻僵了,还拼命反抗,我们只能把他制伏。他肯定是在跟踪保里斯队长。”他停了一下,“我是说,这位客人是从峡谷来的,伯爵先生。他说他是从苏黎世到这儿来旅游的英国人,不过没钱买车票,他想来上来参观一下。我们搜了他的身,他带了500瑞士法郎。没有发现证明身份的文件。”那名卫兵耸了耸肩,“他说他的名字是卡贝尔。”

听到自己的名字,地上的人动了一下。他抬起头,看了下四周。他的头和脸被枪把还是短棒什么的打伤得很严重。他振作起精神。

当他看到邦德那张熟悉的脸时，他看起来很震惊，之后，仿佛看到了救命稻草般，他沙哑地说："太好了，詹姆斯。是我啊，告诉他们，我是通用出口公司的员工。在苏黎世工作。你知道的！看在上帝的分上，詹姆斯！告诉他们我是好人。"他的头再次靠到地毯上。

伯爵的头慢慢转向邦德。他浑浊的绿眼睛里反射着玻璃窗上的白光。他脸上僵硬的笑容变得诡异又可怕。"希拉里爵士，你认识这个人？"

邦德悲伤地摇摇头。他知道他下面的话就是判了卡贝尔的死刑。"我从来没见过他。可怜的家伙。他好像傻了，脑子有点不清醒。为什么不把他送到峡谷里的医院？他看起来情况很糟。"

"通用出口公司？"伯爵的声音变得柔和起来，"我好像听过这名字。"

"哦，我可没听过。"邦德漠不关心地说，"从没听过。"他从衣袋里摸出香烟，非常镇定地把烟点上。

伯爵转向卫兵，轻声地用德语说："把他带到审问室。"他点了一下头表示他们可以走了。两个卫兵弯下身，抓住卡贝尔的胳膊把他拖起来。卡贝尔抬起垂着的头，最后恶狠狠地看了下邦德。之后他就被拖出了房间，门轻轻地关上，脚拖在地上的声音渐渐远去。

去审讯室！这只意味着一件事，在现代的审讯方法下，他会全部招出来！卡贝尔能撑多久？自己还有多少时间能行动？

"我已经让他们把他送到病房去了。他在那儿会得到很好的照顾。"伯爵将眼睛从桌上的文件转到邦德身上，"希拉里爵士，恐怕这件不愉快的事影响了我的思绪。今天上午我们就谈到这儿吧，请你谅解。”

“我能理解。关于你的建议,我会尽力为你的利益考虑。伯爵,我向你保证,这事会很有趣。”邦德会意地一笑,“我相信我们会达成一个满意的结果。”

“是吗? 那就好。”伯爵将双手放在脑后,盯着天花板看了一会儿,之后,他若有所思地看向邦德,随意地说,“我想你和英国秘密情报局应该没什么联系吧,希拉里爵士?”

邦德大笑出来。这个笑令他放松了些,让他从紧张的情绪中走了出来。“哈哈,没有! 我从来没听过这个机构,那种东西战争结束后不就没了吗?”邦德笑着说,“我实在想象不出自己戴着假胡子到处转的样子。我可不想戴胡子。”

伯爵依然保持着僵硬的微笑,似乎没感受到邦德的幽默。他冷冷地说:“那么请忘掉我的问题吧,希拉里爵士。这个人闯进来了,让我变得多疑了。我很重视我的私人空间,希拉里爵士。只有在平和的氛围下才能进行科学研究。”

“我很同意你的观点。”邦德热情地回答。他起身去收拾了桌上的文件:“现在我得继续我的研究工作了。我要研究 14 世纪的事了。我想我明天应该能给你看一些有趣的数据,伯爵。”

伯爵礼貌地起身,邦德走出门,沿着走廊出去了。

他闲逛着,注意着是否有什么动静。四周很安静,走廊半路上有扇门没有关严。从缝隙里透出血红色的灯光。邦德心想,必须得进去看看。他一不做,二不休,推开门,将头伸了进去。这是一间长实验室,屋顶较矮,长长的工作台摆在窗子下面,工作台表面覆着塑料层。窗子关着,屋顶上的霓虹灯发出红色的光,感觉就像冲洗胶片的暗室一样。桌上堆放着曲颈瓶和试管,远处的墙上有几排架子,上面摆满了试管与管形小瓶,容器里装着浑浊的液体。三个人穿着白衣,戴着白口罩,头上戴着白色的外科手术帽,都在十分专心地工作。邦德感觉这个场景有些恐怖,他把探进去的头收回来,沿着走廊走到外面。外面正下着大雪,他把毛衣的领子立起来,一步步朝温暖的俱乐部走去。之后,他快步回到自己的房间,关上门,走进浴室,像往常一样坐在马桶上,思考着之后要怎么做。

他是不是能救卡贝尔?他的确可以冒险试试说:“哦,是的。我认识这个人。他是个相当不错的人。我们曾在伦敦的同一家公司工作过,就是通用出口公司。老伙计,你看起来怎么这么糟糕?发生了什么事?”不过还好他没有这样尝试。通用出口公司的确是个不错的掩护,但这招用得太久了。现在世上所有秘密组织都识破了这一招。很明显,布洛菲尔德肯定也有所了解。但凡邦德想救他,都会使自己落得和他一样的下场,他只能把卡贝尔扔给这群狼。如果在伯爵他们审讯卡贝尔之前,他能有一丝理智,他就会明白邦德在此是有任务的,他也会明白,无论是对邦德、还是对情报局而言,否认认识他是非常重要的选择。他会懂得掩护邦德,会改口说他不认识邦德,但他能坚持掩护邦德多少次呢?最多也就几小时。究竟多久,这是个极为重要的问题。还有,暴风雪要持续多长时间?现在,邦德还不能摆脱自己的假身份。等暴风雪停了,也许他才能有机会逃跑,虽然可能性不大,但他没有别的选择,如果卡贝尔最后都说了出来,邦德就只有死路一条,他会落得和之前那个死了的滑雪教练一样的下场。

邦德检查了自己的武器。不过是自己的手和脚,一把吉列剃须刀、一只配金属表带的劳力士。用得好的话,这些可以变成最有效的工具。邦德站起身,拿出吉列剃须刀的刀片,把剃须刀装在裤子口袋里。他用左手大拇指和食指取下刀柄,让刀座稳稳地卡在他的指关节上。好了,就是这样!还有什么要处理,有没有什么证据该带走?对,他得试试,要尽量多了解一下这些姑娘们的姓名,可能的话,也要搞到住址。他总感觉这个尤为重要。为此他还得利用鲁比。邦德努力思索着要怎么从鲁比口中得到这些信息。他走出浴室,坐在书桌前,拿出一张新纸继续制作德·布勒维勒的家谱。至少,他得装模作样骗过天花板的监视器。

十二点半左右,他听见门把轻轻地转动了一下,鲁比溜了进来。她把手指放在嘴唇边,进了浴室。邦德故作不经意地放下笔,起身伸了一个懒腰,慢慢地跟着鲁比进了浴室。

鲁比的蓝眼睛睁得大大的,流露出害怕的样子。"你有麻烦了,"她急切地小声说,"你做了什么事呀?"

"没啊。"邦德装作什么都不知道的样子,"发生什么事了?"

"他们警告我们不能和你说话,除非宾特小姐在场。"她害怕得连牙齿都在打战,"你说他们是不是发现我们的事了?"

"不可能。"邦德自信地安慰她,"我想我知道是为什么了。"反正有这么多事了,再说一个谎让她放心又何妨。"今天上午伯爵告诉我,我是这里的不安定因素,他说我'引起了混乱',打扰了你们的治疗。他让我管好自己的事就行。老实说——谎言里多少次会出现这三个字——我相信这就是原因。真是太可惜了。除了你以外——我是说你是特别的——我觉得你们所有姑娘们都特别甜美。我真想为你们做些什么。”

“这是什么意思？为我们做什么？”

“好吧，就是姓氏的事。我昨晚和维奥莱特聊了天。她看上去十分感兴趣。我想如果给其他姑娘也研究一下，她们一定会很开心。大家对自己的家族历史都会感兴趣的。这和看手相一个意思。”邦德心想，不知道纹章院对他这个说法会不会有意见，他耸耸肩，“不管怎样，我已准备离开这个鬼地方了。我受不了像现在这样被人指使和命令了。他们以为我是谁！不过我会告诉你我想要为你们做的事。如果你能尽量告诉我这些姑娘的名字，我就会给她们每个人做一张家谱，等你们回到英国后，就寄给你们。对了，你们还要在这里待多久？”

“我们还不知道确切的日子，据说还有一个星期左右。到时还有另一批姑娘要来。每当我们进展慢了，或是跟不上的时候，宾特小姐就会说，希望下一批人不要这么蠢，你们这些蠢女人！不过，希拉里爵士，”她的蓝眼睛中满是担忧，“你要怎么出去呢？你知道我们在这儿就像囚犯一样。”

邦德漫不经心地说：“哎，我会想办法的。他们总不能违背我的意愿把我留下来吧。对了，她们叫什么名字。鲁比。你觉得这样算为她们做了些事吗？”

“嗯，她们会喜欢的。我当然知道她们全部人的姓名。我们有很多方式来交换秘密。不过你恐怕记不住。你有没有东西能记下来?”

邦德将卫生纸撕成条状,并拿出一支铅笔:“说吧!”

她笑了出来,说道:“好吧,你已经知道我和维奥莱特的名字了,还有伊丽莎白·麦金农,她来自亚伯丁郡;贝丽尔·摩根,来自赫尔福德郡;珀尔·坦姆皮恩,来自德文郡。对了,她们之前都很讨厌牛,不管什么牛都讨厌。现在她们却天天吃牛排!你能相信吗?我得说伯爵真的很厉害。”

“是的,没错。”

“然后是安妮·查特,来自坎特伯雷。还有卡瑞思·文特诺,来自国家种马场。有趣的是,虽然她来自种马场,但她以前只要一靠近马,就会迅速跑开!现在,她每天都想着小马俱乐部,只要是帕特·斯迈思这个作家的文章她都要一个字一个字地读。还有丹尼斯·罗伯森……”

她不停地说着,直到把十个人都讲完。邦德问道:“那个叫波莉的姑娘怎么样了?就是11月份离开的那个。”

“波莉·塔斯克,她来自英格兰东部。我不记得她到底住在哪,不过回到英国后,我能找到她的地址,希拉里爵士。”她伸出胳膊,搂住他的脖子,“我还能见到你的,对吗?”

邦德紧紧地抱住她,吻了她。“当然,鲁比。你随时都可以在维多利亚大街的皇家纹章院里找到我。等你回去后,给我寄张明信片。不过看在上帝的分上,别在名字后面加什么‘爵士’了。你是我的女朋友。记住了吗?”

“嗯,好的,我会的。呃,希拉里,”她热诚地说,“你要当心,我是指离开的事。你确定没问题吗？有没有什么我能帮忙的？”

“没有，亲爱的。只是你要对这事保密。这是我们之间的秘密，好吗？”

“当然会的，亲爱的。”她看了看手表，“哦，天啊！我必须得走了。十分钟后就到午饭时间了。现在，你能把门打开一下吗？十二点到一点是卫兵吃午饭的时间。”

邦德避开天花板上的监视器，用塑料片把门打开，鲁比小声向他道别，之后就离开了。

邦德轻轻地关上门。他长长地叹了一口气，走到窗边，透过积雪的玻璃观察，外面积雪很深，好像地狱一般，走廊上大雪飘飞，大风在房子附近呼啸，像鬼魂一般，他希望晚上雪能停下来。好了，他在路上还需要些什么装备？他可以在午饭时要到防雪镜和手套。邦德再次走进浴室，用肥皂在眼睛上抹了两下，眼睛疼得要命。他那双蓝褐色眼睛里因此染上了血丝，看上去非常真实。邦德感到很满意，他按铃叫来“典狱官”，然后若有所思地向餐厅走去。

当他穿过旋转门时，忽然餐厅里一阵寂静，不过之后大家又礼貌地轻声聊天。当他穿过大厅时，大家的眼睛都小心地跟着他，他和大家问好，但没人回答他。邦德坐在他的老位子上，夹在鲁比和宾特小姐之间。宾特小姐冷冷地和他问好，可他就像没注意到对方的冷漠一样，他朝侍者打了个响指，点了双份不兑水的马提尼酒。他转向宾特小姐，对着她怀疑的黄眼睛笑着说：“你能帮我个忙吗？”

“可以，希拉里爵士，什么事？”

邦德指了指自己泪汪汪的眼睛:"我碰上了和伯爵一样的问题。大概是某种结膜炎。这里的光线太厉害了。今天还好些了,但还是有雪反射出来的强光。而我又要和书本打交道。你能给我一副防雪镜吗?我只借一两天就好。只要等我的眼睛适应了光线就行。我一般不会碰上这种麻烦的。"

"可以。这件事我会办好的,我让他们送到你房间。"她召唤领班,用德语下达了命令。那个男人看着邦德,脸上尽是厌恶,说道:"好的,尊敬的小姐。"那人碰了下脚跟,行了个礼,就离开了。

"还有一件事。如果你不介意的话,"邦德客气地对宾特小姐说,"我想要一点荷兰杜松子酒。我发现我在这儿睡得不好,也许睡前喝点酒会好些。在家时我常这么做——通常是喝威士忌。不过这是格洛里亚,我想入乡随俗,就喝点杜松子酒吧。哈哈。"

宾特小姐面无表情地看着他。她简洁地吩咐侍者说:"就这么办!"侍者端来了邦德点的菜,包括肉饼、格洛里亚俱乐部的特色炒蛋和乳酪(邦德觉得自己最好先多吃点)。然后侍者碰了下脚跟,行了个礼就离开了。这个人是不是也在审问室工作?邦德暗暗咬牙。他保证,如果他今晚遇到这些卫兵,他一定要把他们干掉,手上有什么武器就用什么!他感受到宾特小姐好奇地打量着他,他于是让自己紧张的心情平复下来,开始谈一些轻松的话题,他和她们谈起天气。这天气会持续多久?气压计是怎么显示的?

虽然维奥莱特回答得很谨慎,但她的回答依旧很有帮助。她说教练们认为下午就会放晴,气压计的指数上升了。她紧张地看了下宾特小姐,想看看自己是不是对邦德说得太多了,不过她从宾特小姐脸上没看到些什么,也就不确定自己是否错了。于是她又默默地吃起自己的两个大烤土豆和水煮鸡蛋。

邦德点的酒到了,邦德两口喝完,又点了一杯。他觉得要做点什么,好让大家吃惊并愤慨。于是他问宾特小姐:“今天早上那个缆车里的可怜家伙怎么样了?他看上去情况很糟糕。希望他已经能站起来走动了。”

“他好多了。”

“哦!在说谁?”鲁比急切地问。

“一个闯入者。”宾特小姐的眼里满是警告,“以后不要谈这个话题。”

“哦,可是为什么不能谈呢?”邦德故作无辜地说,“毕竟,你们这儿没有什么令人激动的事。一些不同寻常的事可以让人放松下。”

宾特小姐什么也没有说,邦德礼貌地抬了抬眉毛,欣然地接受了这种无声的责备。他问有没有什么新报纸出来,或者这里有没有大船上那种无线电公告,有没有听到外界的什么消息。

“没有。”

邦德耸了耸肩,继续吃午饭。鲁比用脚踢了踢他以示同情。邦德轻轻地踢回去,提醒她小心。邦德慢悠悠地鼓捣着自己的奶酪和咖啡,直到宾特小姐站起来,说道:“过来下,姑娘们。”邦德起身,又坐下。现在,除了在餐厅清理的侍者,这里就只剩他一人了。这正是他希望的。他站起来,慢慢走到走廊。门外面的墙上整齐地挂着姑娘们出门穿的外套和滑雪手套。他快速地从目光所及的挂钩上拿下一副最大的皮革手套,并塞进毛衣里。然后,他悠闲地朝接待厅走去,大厅空无一人。滑冰室的门开着,工作台边坐着一个板着脸的男人。邦德走进去,主动和他谈起天气。谈话时,他故作不经意地问金属滑雪板是否要比老式的木制滑雪板安全些。他随意地聊着天,手单纯地放在口袋里,暗暗研究着墙边标着号码的架子上的滑雪板。这些大多是姑娘们用的滑雪板。不行!带子太小了,套不住他的靴子。但是,门边有一处没有标数字,那里放着教练的滑雪板。邦德眯着眼审视了一下。那是一对包着金属头的滑雪板,黑色的曲头上面漆着红色的V字,质量非常好。这种材料很坚固,多为滑雪高手使用,为滑雪比赛设计。邦德记得看过相关的介绍,这种标准的滑板滑行时很快,就像"浮"在冰面上一样。他想选择前锁和后锁的滑雪板,那个有两条皮带,能绑住脚踝,套住脚背,他肯定会滑倒的,但扣紧之后,即使摔倒,也能保证滑板还在脚下。

邦德快速估摸了一下自己调好带子并扣紧靴子需要花的时间。之后,他从走廊回到房间。

第十六章　匆忙离开

现在只能等了。他们什么时候会审完卡贝尔？对待专业特工，快速残忍的折磨很少行得通，除非让他失去意识，在半梦半醒的状态中吐出真相。如果意志坚定，专业特工，可以随机应变，编一些冗长繁杂的故事，这些故事需要证实，这样可以拖上几个小时。布洛菲尔德在苏黎世肯定有内线，可以用无线电联系，让那人去核实故事的真实性，或让他去核实日期或地址，那都会需要时间。之后，如果证明卡贝尔说了谎，他们又会从头审问。至于自己和他的身份，全取决于卡贝尔对自己出现在格洛里亚俱乐部的理解。根据自己否认认识他这点，卡贝尔应该能猜到他是在进行重要的机密行动。他有没有办法掩护我，有没有胆量承受他们肯定会用在他身上的电刑呢？他可能会说，他进来看见我后，由于处于半梦半醒的状态，有一瞬间认错了人，把我当成他的兄弟詹姆斯·卡贝尔了，或说些类似的理由。要是能这样机智就好了！要是他有胆量就好了！他带了自杀药片吗？可能他滑雪服或裤子上的纽扣就是自杀药片。邦德赶紧抛开这些想法。他刚刚一直寄希望于卡贝尔。

好吧，他得假设只有几小时可以准备了，之后他们就会来抓他。他们不会在熄灯前来，否则，姑娘们会议论的。他们会在晚上来，然后第二天声称他乘第一班缆车下山了。但事实却可能是他被埋在深雪底下，或者被遗弃在一个山崖里，或是附近结冰的河里，可能五十年后才会被人发现。

没错，他必须做好准备。之前邦德一直伏案胡乱写着德·布勒维勒家族15世纪的家谱，他起身离开位置，打开了窗子。雪已经停了，天空放晴。格洛里亚滑雪道上应该积了一层雪，可能有1英尺厚。现在该做好准备了！

一共有几百种密写墨水，但邦德现在只能搞到一种，最古老的那种，即他自己的小便。他带着一支钢笔、一个干净的笔尖和他的护照走进浴室，心想：不知监视器里的人会怎么想他的消化系统。他坐下来准备誊抄，他掏出口袋里的纸条，把姑娘的姓名和她们所在郡县都抄到护照上的一张白纸上。纸上看不出什么，但放在火上一烤，就会出现棕色的字迹。他将护照放进裤子后面的口袋里。他从毛衣下掏出手套，试戴了一下，发现还算合适，不过紧了些。他打开马桶的水箱盖，把手套放在止水活塞杆上。

还要准备什么呢？开始会很冷，不过很快他就会流很多汗。他只需带上自己的滑雪衫、手套、桌上的防雪镜和装在玻璃瓶里的荷兰杜松子酒。为了避免把瓶子打碎，他不能把瓶子放在后面的口袋里，而要放在侧边的口袋里。要不要遮一下脸？邦德想要在自己的棉毛衫上开两个洞做头盔，但棉毛衫肯定会滑动，很可能挡住眼睛。他有几条深红色的花色丝质大手帕，可以拿一块来包住防雪镜以下的脸，如果影响了呼吸，就把它扔掉。就这么定了！就是这些了。他再没什么能准备的了，剩下的就看运气了。邦德发了一会呆，走出浴室，回到桌边。他坐下处理文件，尽量让自己不去听劳力士手表急促的嘀嗒声，努力集中精神回忆格洛里亚雪道的地形，他之前在金属地图上简单看了一眼，现在来不及再去看一眼了。他必须坐在原位，继续伪装成一个无害的人。

晚饭时的气氛和午饭时一样可怕。邦德只想多喝点威士忌，多吃点东西。他彬彬有礼地和人聊天，装作没注意到他们的冷淡。他在桌下轻轻踩了鲁比一脚。后来，他以工作为由告辞，大步离开了餐厅。

吃晚饭前他换了下衣服，当他看到滑雪服还摆在凌乱的衣堆里，和他离开时一样，他松了口气。他像往常一样工作起来，他削好铅笔，把书摊开，俯身在空白的纸上写道："西蒙·德·布勒维勒，1510—1567；阿方斯·德·布勒维勒，1546—1580；1571 年与玛丽特·德·艾斯科特结婚，有后代，分别是让、弗朗索瓦丝、皮埃尔。"太好了，他很快就要从这些东西里解脱了。

九点十五分，九点三十分，九点四十五分，十点！邦德感到特别激动，好像猫的毛蹭到他心上一般，他的手都汗湿了，他在裤子上把手里的汗擦掉。他起身伸了个懒腰，再走到浴室，弄出声音来。他拿出手套，放在地板上。之后，他光着身子回了房间，倒在床上并把灯关上。他调整好呼吸，十分钟后，发出打呼噜的声音。他又等了十分钟，然后偷偷下了床，他小心翼翼地穿上滑雪服。轻轻地从浴室取回手套，把防雪镜戴在额头上，用深红色的大手帕包着鼻子和下半边脸。他将荷兰杜松子酒瓶放进口袋里，护照则放在裤子后面的口袋。最后，他将吉列剃须刀的刀座套在左手的指关节上，将劳力士手表换到右手腕，表带挂在手心，绕在手指上，这样的话，手表的表面正好对着在正中间的指关节。

邦德停下来，清点了一下自己的装备。滑雪手套的带子从毛衣的袖子里掉出来，悬挂在腰边，这样被人看到会给他造成麻烦的，但是他也无计可施。其余的都准备就绪，他已经准备好了。他弯下身，用塑料片把门打开，祈祷监控器已经关了，希望走廊里没有光线，他听了一下动静，就溜出去了。

左边的接待室照常开着灯。邦德轻手轻脚地一步步挪到门边。太好了！卫兵正在那俯身看着一张纸，好像是时刻表。现在敲击他脖子很容易。邦德把吉列剃须刀放进口袋，绷紧左手，两步冲进门，对着那人的脖子猛地一阵狂劈。那人的脸砰的一声撞到桌子又反弹回来，他转头看向邦德。邦德右手打出去，用劳力士手表的正面打中了那人的下巴。那人缓缓从椅子上掉到地毯上，静静地躺着，脚蜷缩着，仿佛在睡觉。他的眼睛朝上翻着，好像睁着，又好像闭着。邦德绕过桌子蹲下查看，那人已经没有心跳了。邦德将他身子摆直。那个滑雪教练伯蒂遇难的那天，邦德看见就是这个人沿着滑雪道独自回来。这也算是维护正义了。

这时桌上的电话嗡嗡地响起来。邦德看了一眼，他拿起话筒，透过围在脸上的手帕说："喂？"

"一切正常吗？"

"嗯。"

"听着，我们十分钟之内就来逮那个英国人。明白了吗？"

"明白。"

"看好他，知道吗？"

"是。"

另一边挂了电话。汗从邦德的脸上滴下来。谢天谢地！还好是他接的电话。所以他们十分钟内就会过来。桌上有一串钥匙，邦德抓起钥匙，跑到前门。他试了三次后，才找到正确的那把钥匙。他打开门，里面只有一台压缩机。他又跑到滑雪室。没上锁！他跑进去，借着接待室的光线，发现了他看中的滑雪板，滑雪杖就在旁边。他小心地从木槽里拿出滑雪板和滑雪杖，然后大步跑到大门前。他轻轻地将雪板和雪杖放在地上，反身从外面把门锁上，然后将钥匙远远甩到雪里。

月色很好，月光照着雪地。时间很紧，他必须几分钟内把滑雪板套上。他尽量冷静地穿着滑雪板，他花了一分钟左右才穿上一只滑雪板，又赶紧穿上另一只。他的手都冻僵了。最后，他努力站起身，把手套戴上。他拿起长长的滑雪杖，沿着山脊上别人留下的滑雪痕迹滑着，感觉没问题！他拉下防雪镜挡住眼睛，眼前白雪茫茫，他感觉像是在天气晴朗的日子里游泳。滑雪板平稳地在雪地上滑着。靴子的后跟紧紧钉在滑雪板上，他只能依靠滑雪杖前行。可是这样就会留下车子轨道一样的划痕！一旦他们打开前门，就能追踪到他。他必须得滑远一点,否则他们最快的教练肯定会追上他的。每一分每一秒都很珍贵。他经过缆车头和候车室之间,已经到了格洛里亚滑雪道的起点了,路边的金属地图牌上堆着雪。邦德没有停下来看,而是笔直往前冲去。

邦德弓着腰,手放在靴子前面,让自己就这么往前冲。他两脚的滑雪板间相距6英寸,姿势看上去有点丑。他以前看见过别人双脚紧紧并在一起滑,就像滑一只滑雪板一样。不过即使他能那么滑,现在也不是讲究姿势的时候。最重要的是保持站立,不摔倒。

邦德现在的速度特别快。雪地很松软,他调整肩膀和着力点,轻松地操作着滑雪板。由于沉溺在滑雪速度和技巧里,他一时间甚至忘了危险。邦德直起身子,俯冲向下,进入下一个弯道。经过两个左转后,他经过插着黑、红、黄三组旗帜的地方。他停顿了一下继续往前滑,他滑上一个坡道,在坡顶准备往下冲时,他用右手的滑雪杖在地上一点,借着地表反冲的力量,来了个漂亮的左转弯。落回雪地上时,地上扬起一片雪,他感到特别高兴!这种跳跃转弯很好看,而且不是个简单动作。他真希望以前的滑雪老师福克斯能在场,看到他做出了这个动作。

他正位于山腰,头顶是缆车的银色缆线。他把防雪镜推到额头上,观察起地形,想看看附近有没有旗帜。太好了,左下方有一面旗,只要再沿着坡道转几个S形弯,他就能到达那里了。

他将防雪镜推下戴好,抓着滑雪杖,这时发生了两件事。山上传来一声爆炸声,一个光点摇晃着升向空中,邦德看到光点升到抛物线顶端,停了一下后,砰的一声炸开。一颗挂在降落伞上的照明弹发出耀眼的光亮,亮光往下坠落,将黑暗驱走,东西都被照亮了,一时四周犹如白昼。一个接一个的亮光升上天空又落下,照亮山间的每个角落。

另外,在同一时间,邦德头上的缆线发出了声响。看来他们已经乘缆车来追他了!

邦德隔着湿透的手帕咒骂了两句,然后开始接着滑。之后很可能会碰上来追踪他的人了——那人很可能带着枪。

他过第二个山坳的时候更加小心翼翼,他经过第二个旗帜,在那转了个弯,沿着山坡滑下去,往缆车下方的S形弯道冲去。可恶的缆车有多快?时速是10英里、15英里还是20英里?这缆车是新款,肯定是最快的。他之前听报道说有种缆车时速是25英里。甚至当他才进入第一个S形弯道时,头顶上缆线的声音发生了些变化,之后又变回了呜呜的声音。这意味着缆车通过第一个高压线铁塔了。邦德的膝盖疼了起来,那里是滑雪者最脆弱的地方。前面的弯道变得更曲折,左边有旗帜吗?镁光照明弹落得更低了,几乎就在他的正上方。太好了!旗帜在那,再通过两个S形弯道,他就能到达下一个旗帜了!

他右边的雪中忽然掉进了什么东西,发生了巨大的爆炸声。接着是左边。他们从缆车上往下抛手榴弹!而且还向他开枪!天知道他会不会被打中。他的脑海里刚闪现出这个想法,前面就响起了巨大的爆炸声,他受到冲击,连着滑雪杖和滑雪板翻倒了。

邦德小心翼翼地站起来,喘着气,吐掉嘴里的雪。他脚上的一条带子松开了。他颤抖地摸到了前面的锁,再次把它扣紧。20码外的地方又响起爆炸声,他得赶快离开索道附近,他们会一直从缆车上甩手榴弹下来的！他心里念着左面的旗帜！他现在必须滑到那里。他简单观察了一下陡坡附近的方向,往下冲去。

第十七章　血色之雪

这里地形复杂,在镁光照明弹的灯光下,可以看到一些黑色的阴影,可能是小沟壑。邦德每滑到一个阴影处,都要检查一下,急速停下滑雪板加剧了腿和膝盖的疼痛。他安全地通过了所有阴影处而没有摔跌,最后滑到旗帜旁才喘了回气。他往回一看,缆车已经停了。山顶和山下的缆车站点是可以用电话通信的,为什么缆车停了?像是在回答他的疑问一般,前方的缆车里射出了蓝色的光。但是邦德没听到开枪声。缆车大概是在缆线上晃得太厉害了,所以才停了吧,邦德心想。可是随后在他上方,即山腰的第一面旗帜附近,两颗子弹向他射来,他附近的雪被打得飞扬起来。那些教练快要追上他了。可能是摔倒耽误了时间。他现在甩开他们多远了?恐怕用不了十分钟他们就会追上他。一颗子弹穿过他的一只滑雪板,发出清脆的声响。邦德深吸一口气,再次滑起来。他还是把重心放在左手上,远离缆车索道附近的区域,前往下一面旗帜所在地。格洛里亚山的山峰像刀锋一般,笔直耸入天际,显得特别肃穆庄严。

一路逃跑,他滑到了山峰的边缘。他忽然觉得哪里不对劲,好像又有一点模糊的记忆。到底是什么?对了!最后那一面旗帜是黑色的!也就是说他正在黑区滑雪道上,因为有雪崩的危险,这里已经关闭了。天啊!可是他必须接着滑下去,没有时间回到红区滑雪道了,而且那里离缆车线太近。滑雪道被新雪覆盖,也许暂时不会雪崩。他必须趁现在摆脱这些人,哪怕是冒着雪崩的危险!不过雪崩太危险,就连滑雪教练都会害怕。他只能冒死一搏了。邦德穿过这个没有任何标记的大斜坡,沿着山坡向树林那边滑去。山坡太陡了,不能直冲下去,他只能以S形的路线向下滑。

接着,那群恶棍又发射了三颗照明弹,还放了各式各样的烟花,烟花在星空下炸开,看上去十分美丽。这真是个好主意!山谷中一些游客之前可能在好奇山上哪儿来的爆炸声。现在他们会以为是有人正开宴会庆祝。之后,邦德忽然想起,今天是圣诞夜!圣诞夜就该好好休息,不要发生悲伤的事才好。邦德踏着吱吱作响的滑雪板,以Z字形滑着,迅速冲下美丽的雪坡。白色的圣诞节!好吧,他的圣诞节只能自己一个人过了!

就在这时,他头顶上方传来了一阵迸裂的声音,轰隆轰隆的,这是阿尔卑斯山上最恐怖的声音。现在就是最后的紧要关头!雪崩了!

他脚下的雪地剧烈地晃动着,那股震动让他想到特快列车轰隆隆穿过百米隧道的感觉。天啊!他真的赶上雪崩了!该怎么办?

直接往下冲吧！试试看跑吧。邦德向树林滑去，弓着身子冲进白色雪地。

往前冲！可恶！控制好前进方向！他的速度太快，滑行时形成的风使阻力变大，一直在破坏他的平衡。身后，山上的轰隆声越来越大。另外，山上的岩石也出现了破裂的声音。整个雪山都在动！太可怕了！如果他能及时冲到树林里，是不是就可以休息一下了？当然树林里也不是完全安全。雪崩会影响树林前100码左右的区域。邦德想了想，将一部分重心转到左手。黑区通道的出口肯定在他在找的最后一面旗帜下的某个地方。否则，他必死无疑！

此时，他疯狂地滑到底，树林就在他的前方。里面有脱离黑色滑雪道的那条线路方向吗？太好了！左边有一处空地。邦德换了个方向，放慢了速度，根据后方和上方的轰隆声估计着距离。看来离他不远了，地表的震动越来越大，一堆雪块也会顺着树木的间隙冲进树林，最后追上他！到了，前面就是那面旗帜！这时，他将重心转到右手上，这时，从他左边传来第一棵树被撞倒的声音，伴随而来的是许多石头的炸裂声——就像是圣诞节的爆竹一样！邦德赶紧向林间宽阔的白色雪道冲去。时间不多了，树木断裂的声音越来越近！雪浪离他不远了。雪崩就要来的时候该怎么办？只有一个办法。手碰着靴子，抓着踝关节。这样的话，如果人被埋在雪下，有可能利用雪板挖路，从雪下钻出来。当然必须得知道地面在哪个方位，必须得球一样蜷起身子滚动，否则滑雪板和滑雪杖会被雪绞住，最后就走不动了。谢天谢地！就要到林间空地的尽头了，有亮光的出口出现了，最后这段路比较容易滑。身后树木断裂的声音愈来愈大。雪浪到底多高？50英尺？100英尺？邦德就要到达空地尽头了，他将重心放在右手上。这是他最后的希望，他必须绕开树林的空地，并祈祷雪浪不会盖过这大片区域。待在雪浪必经之地无异于自杀。

邦德右边的滑雪板被一个小树根还是小树苗绊了一下，他感觉自己飞了起来随后被绊倒在地，躺在地上喘着气。他要完蛋了。他甚至没有力气抓着脚踝了。一阵大风席卷而来，汹涌的风雪把他覆盖住了。大地剧烈摇晃着，刺耳的轰隆隆声灌进他的耳朵。雪浪继续往前推进，只留下一阵轰隆隆的声音。邦德擦掉眼睛边的雪，摇摇晃晃地站起来。滑雪板松掉了，防雪镜也不见了。雪浪大概高20英尺，浩浩荡荡地越过树林，沿草坪往前冲，现在雪浪已经来到邦德前面100码远了，而且还在快速行进着。不过，除了机关枪打在树上的声音，邦德站着的地方只剩下安静和平和，树林最终还是帮助邦德逃过了一劫。枪声越来越近！没时间停留了。邦德脱掉浸满汗水的手套，把手伸进裤子口袋里。只有现在能喝两口酒了，他把酒瓶放在嘴边，把酒咕噜咕噜喝完，然后把瓶子扔掉。圣诞快乐！他对自己说道。然后他俯身系紧滑雪板的带子。

他站了起来，虽然头有点晕，但是胃里刚刚喝的酒在流动，让他很舒服。再有1英里就能滑过草地了，他向右滑去，远离仍然在前进的雪潮。可恶！草地尽头有一道栅栏。他只能沿着缆车站所在的那条路逃跑了。看起来情况还好，缆车站里看上去没有缆车，不过他能听到缆线的呜呜声。是不是他们觉得邦德已经死在雪崩中了，所以之前下山的缆车正在返回格洛里亚峰呢？缆车站前面的院子里停着一辆大型的黑色轿车,车站里透出灯光,但没看到人影。好吧,这是他逃跑的唯一路线,他必须得回到路上。邦德活动了一下四肢,冷静下来,继续往下滑去。

突然响起了手枪刺耳的射击声,子弹啪的一声打在他旁边的雪地上,他立刻打起了十二分精神。他快速闪到一边,迅速往右边一瞥,他想看看子弹是从哪个方向射过来的。枪又射了一下。一个穿着滑雪服的人朝他赶来,那是山上的一个教练!他应该是从红色滑雪道上滑过来的。不知道其他人是不是从黑色滑雪道追过来的?但愿如此,他生气地哼了一声,蹲得低低的,拼命往前滑。同时,他时不时快速闪躲到一旁,想避开那人的子弹。他身后不停有子弹射过来,现在就看谁能够先到达滑雪道尽头了。

邦德研究着离他越来越近的目的地。栅栏中有一个缺口供滑雪者通过,缆车站前有一个大的停车场,另外,还有一条矮堤保护着主要轨道,这条轨道通往蓬特雷西纳和伯尼纳的山间隧道。还能看到另一条铁路路轨,连接蓬特雷西纳和萨马登两地。两条铁轨大概在山谷下 2 英里附近交叉,会合处即是圣莫里兹的枢纽站。

又一枪打在他前面的雪里,那是第六枪了。如果幸运的话,那人枪里的子弹应该已经用完了。不过这也帮不上什么大忙,邦德太饿了,没什么力气和那人打斗了。

缆车站后方的铁轨上忽然出现一道亮眼的灯光,邦德认出那是一辆快车,不过只能听到火车运行在轨道上的隆隆声。天啊!这列车就要通过缆车站了,而他也正打算穿越铁轨。他能在火车到达前穿过低矮的路基和铁轨吗?这是他唯一的希望了!邦德将滑雪杖往地上一撑,加快速度。见鬼!一个男人从黑色轿车中出来,蹲下身子,拿枪瞄准着他。邦德不停躲闪着那人射来的子弹。当滑到那人上方时,邦德拿起滑雪杖,用滑雪杖的尖头对准那人刺过去,他感觉到尖头刺穿了衣服。那人发出一声尖叫,之后就倒下了。教练在他身后1码远的地方,在喊着些什么。柴油车的黄色灯光照在轨道上,邦德瞟了一眼旁边,发现灯下有一辆巨大的红色扫雪机,它正用两片白色扇叶把地上的新雪扫到它的两边。就是现在,他飞速滑过停车场,直接冲向路基。另外,他将滑雪杖往地上一撑,让滑雪板离开雪面,让自己飞向空中。底下的铁轨闪进他的眼里又消失,之后,他落到地面,滑雪板落到地面时发出一声巨响,在他身后不到1码的地方,火车发出剧烈的鸣笛声。之后,他冲到冰面上,开始横冲直撞,想要停却停不下来,直到最后他在坚硬的雪墙前一个打滑,才终于停了下来。就在这时,他身后传来一声可怕的尖叫声,伴随着木头碎裂和火车急刹车的声音。

同一时间,扫雪车到达邦德附近,他看见扇叶扬出来的雪粉变成了粉红色。

邦德抹掉脸上的雪,仔细一看,感到有点反胃。天啊!那个追着他的人慢了一步,或者是还没来得及跳,就撞到了扫雪车的扇叶上!现在已经变成肉末了!邦德抓起路边的雪,擦了擦脸和头发,之后,他又多拿了点雪擦了擦衣服上的血迹。他突然意识到头顶上的火车有人正拉下窗户,还有几个人在铁路边下了车。邦德振作精神,踢开路上黑色的雪块。他身后的瑞士居民生气地朝他大吼。邦德一步步地在不平整的路上滑着。他面前路上是黑色的沟壑,但他脑海里浮现那辆巨大的不停旋转的红色扇叶，那扇叶仿佛要把他卷进去一般。邦德几乎都精神错乱了，感觉自己像是在慢慢地滑进那个红色旋涡。

他往萨马登的方向滑去，由于太累了，脸色不太好，偶尔会停下稍作休息。不知不觉中，他已经滑了很远，再滑 100 码，他就能到达萨马登了。那里灯火通明，就像一个小型的天堂和避难所。乡村教堂细长的钟楼透出光亮，坐落在一起的房子也灯火通明，左边是一个大湖，湖面映照着温暖的灯火。华尔兹的旋律从沉静的、冰冷的空气里传来。那里有滑冰场！圣诞夜的滑冰舞会。那里人潮汹涌，充满了欢声笑语，他可以混进去。这里可以让他躲开正在追捕他的幽灵党和瑞士警察，伯爵在这里有人手，他们已经联合起来了！

邦德的滑雪板碰到了一堆马粪上，那是来这儿寻欢作乐的人的马车留下的。他蹒跚地往前走，迷迷糊糊撞到了路上的雪墙上，他打起精神，低声咒骂了一声。打起精神来！要看起来体面些！不过也不必太庄重。毕竟今天是圣诞夜。他遇到第一所房子。从门内传来手风琴的声音，曲调优美，有丝怀旧的风格。旁边有一条蜿蜒而上的山路，通往圣莫里兹。邦德慢吞吞地往前走，小心翼翼地放好滑雪杖。他用手抓了一下乱乱的头发，将浸透汗水的手帕拉下，塞在衣领里。滑冰场上洋溢着轻快的音乐，灯火通明。邦德尽力直起身子。这里停着很多汽车，滑雪板则插在雪堆上，还可以看到许多竞赛用雪橇和平底雪橇。四周用彩带装饰着，门口贴着一个大布告，用三种语言写着："盛大的圣诞夜舞会！化装舞会！门票只需 2

法郎！带上你的朋友！万岁！”

邦德把滑雪杖插在地上，弯下腰解开滑雪板，却不小心摔倒了。他真想躺在雪地上美美地睡一觉，雪地被踩得很结实，对他来说就像天鹅绒一样舒服。他轻哼一声，慢慢爬起来蹲着。他的靴子和滑雪板上的带子都结冰了。他用一只滑雪杖有气无力地敲打金属。最后他终于打开了安全锁，皮带也解开了。板上的红色标记太显眼，他要去哪儿把滑雪板藏起来呢？他拖着这些雪具，来到入口，那里有一些灯光，他借着亮光把滑雪板和滑雪杖一起推到一辆大轿车下面，之后蹒跚地接着走。卖票的那个男人看起来喝醉了，他模糊地说着什么，最后也只化成一句话，即“2 个法郎”。邦德靠在桌子上，倒出一堆硬币，买了一张票。那人的眼睛盯着钱说：“化装舞会，化装是基本责任。”他把手伸到旁边的箱子里，拿出一个黑白相间的化装面具放在桌上，“1 法郎。”他笑着说，“现在你就是匪徒或者间谍了，是吗？”

“是的，没错。”邦德付了钱，戴上面具。他不情愿地离开桌子，一摇一晃地走进入口。里面是巨大的方形滑冰场，周围是木制长凳组成的阶梯状看台。谢天谢地，他有机会坐下了。最下面一排就在溜冰场上，那里有个空位，邦德蹒跚地走下木阶梯，在那里坐了下来。他摆好坐姿，说了声“对不起”，用手撑着头。他旁边的那个姑娘，打扮得稀奇古怪，和周围那些西部牛仔、海盗差不多。她拉过自己亮晶晶的裙摆，对旁边的人小声说了几句。邦德并不留意。他们不会在这样欢快的晚上赶他出去的。喇叭里传来小提琴演奏的《溜冰华尔兹》。空气中传来了主持人的声音：“女士们，先生们，请所有人都到场上，享受最后一刻。还有十分钟就到十二点了。这是最后的一曲。女士们，先生们，这是最后一曲！”场上响起一阵掌声，人们激动地笑着。

上帝啊！邦德无力地想着：现在，希望别再有人来打扰我了。他就这么睡着了。

没过多久，他感觉有人摇了摇他的肩膀。他以为他睡了几小时，但其实只有一会儿。“请到溜冰场上去吧，先生。所有人都要到场上最后欢庆一下。只有一分钟就结束了。”一个身着紫色和金色相间的制服的人站在他身边，耐心地看着他。

“那好吧。”邦德有气无力地说。内心有个声音对他说低调点，不要引人注意。他艰难地向场里挪了几步，尽力直起身子。他低着头，像只受伤的公牛。他向四周看了看，人们在场边围成一圈，圈上有个空缺没人，于是他小心翼翼地溜了过去。一只手向他伸来，他感激地抓住那只手。另一边也有人打算牵他空着的那只手，不过之后又改去牵别人了。

冰场对面突然有一个穿着短小的黑色滑冰裙、裹着红色皮领的姑娘，箭一般滑过来，猛地停在邦德面前。邦德感到她滑起的冰碴刚好打在他的腿上。他看着她，觉得很面熟，明亮的蓝眼睛，昔日那种凛然不可侵犯的神情被一种惊喜之情所代替，脸上还露出激动的、灿烂的微笑。她究竟是谁？邦德想不起来。

姑娘溜到他的身边，左手紧紧握住他的右手，之后，她的右手也牵起他的手，说道：“詹姆斯，是我啊！特蕾西！你怎么了？你从哪儿来的？”

“特蕾西,”邦德有气无力地说,“特蕾西。抓着我,我状态不太好,之后再和你解释。”

《友谊地久天长》的音乐响起,每个人都摇摆起牵着的手,随着音乐舞动。

第十八章　通往地狱的岔路口

邦德不知道自己是怎么站直的，但是，他终于撑到舞会结束，听到每个人开心地叫着，然后人群三三两两地散开。

特蕾西挽着他的胳膊。邦德打起精神，沙哑地说："混在人群里，特蕾西。必须得尽快离开这儿，有人在追我。"他忽然看到了希望，问道，"你开车来的吗？"

"是，亲爱的。一切都会好的。靠在我身上。外面是不是有人在等你？"

"可能有。注意一辆大型黑色奔驰车。他们可能会开枪。最好离我远一点，我能处理好的。车在哪儿？"

"在路的右边。别说傻话了。我有个主意。你披上这件皮大衣。"她迅速拉下拉链，把衣服脱下来，"会有点紧。来，把手放进袖子里。"

“但是你会冷的。”

“听我的。我里面穿着毛衣,而且还穿了许多衣服。来,另一只手。好了。”她拉上拉链,“亲爱的詹姆斯,你穿着这个,看起来很可爱。”

皮大衣的毛皮里散发着一股香水味,邦德不由回忆起在皇家城的日子。这真是个好女孩！一想到现在她陪着自己,自己不是一个人,想到远离了血腥的雪山,邦德又振作起来。他挽着她的手臂,跟着她挤进人群,随人群向门口走去。等下恐怕会很棘手！布洛菲尔德完全有时间派一缆车的魔鬼党成员来,不知道车子有没有追来。他们在火车上看到了邦德,应该知道他是往萨马登方向跑了。现在他们应该潜伏在火车站各处,会猜到他混进了人群。也许入口处的那个醉鬼记得他。如果那辆小轿车开走了,一定会露出标着红箭头的滑雪板。邦德放开特蕾西的手,将被震松的劳力士推回原位。从这个姑娘身上,他又得到了力量,可以再给他们猛的一击!

她看着他说:“你在干什么?”

他又握住她的手:“没什么。”

他们离出口越来越近。邦德透过面具的缝隙观察了一下。果然！两个恶棍站在检票员身边,观察着人群。马路另一边停着一辆黑色奔驰,排气管里还冒着尾气。现在已经无处可逃了,只能糊弄过去。邦德搂住特蕾西的脖子,小声对她说:“过检票台的时候,你一直吻我,直到过去为止。他们在那儿,但是我想我们会混过去的。”

特蕾西伸出一只手臂，搂住他的肩膀，让他离自己更近："我也正有此意。"她从侧面吻上去，他们就这么吻着，随着熙熙攘攘的人群一路来到街上。

他们沿路走下去。太好了！可爱的白色小轿车就在前面。

这时，奔驰车的喇叭突然急切地按了起来。可能是邦德的步态，或者是他的老式滑雪裤暴露了他的身份。

"快点，亲爱的。"邦德急切地说。

姑娘一下钻进驾驶座，当邦德从另一边车门钻进车子，她已经启动了车子。邦德往后看去，透过后窗，他发现那两个恶棍站在路上。现在开枪的话会有太多人看到，他们不会这么做的。现在那两个人跑向那辆奔驰。太好了！奔驰车的车头对着圣莫里兹！特蕾西穿过了村子里的S形弯道，现在正行驶在主干道上，半小时前邦德就是从这条路逃下来的。

在那辆奔驰掉头来追他们之前，他们至少有五分钟时间逃跑。姑娘拼命地开着车，路上还有其他车辆，车上放着叮叮当当的雪橇，坐着穿着皮毛大衣的欢乐的人们，狂欢后的人正在回蓬特雷西纳的路上。有一辆汽车的防滑链咯咯作响。她脚踩刹车，按着喇叭，邦德还记得之前被她追上时那高分贝的喇叭声。邦德说："亲爱的特蕾西，放松点，别最后翻到沟里去了。"

姑娘侧着瞥了他一眼，开心地笑了："你听起来感觉好多了。不过我看不到你的脸。现在你可以摘下那该死的面具，脱下我的毛大衣了。一分钟后就会有热气了，你会被烤干的。我很开心你现在变回我记忆中的样子了。不过，和我在一起你开心吗？"

邦德觉得生活又渐渐回到正轨了。在这个小车里和这个美好的姑娘待在一起太幸福了。那个可怕的雪山,还有他在那里经历的那些都渐渐远去。那么多恐惧和绝望过后,现在他又看到了希望。他觉得没那么紧张了。他说:“等我们到了苏黎世,我会告诉你我开不开心的。你能开到苏黎世吗?这种过圣诞节的方式太可怕了。”他放下车窗,扔掉面具,然后把大衣披在她肩上。主干道上立着一块很长的大路标,指示着路口通往峡谷。他说:“左转,特蕾西。去菲利苏尔,之后去库尔。”

她向左转弯,在邦德看来有点过快了,很危险。她又打滑了一下,邦德觉得车都要失去控制了。但即使是在路上的黑色冰面处,她还是控制住了车,车子又轻快地开起来。邦德说:“天啊,特蕾西!你怎么控制住车的?你甚至连防滑链也没装。”

她大笑出声,因他声音里的敬意感到开心。“我在所有的轮子上安了唐洛普长途赛车轮钉。一般只有赛车手才安这种轮钉,但是我设法从他们那里搞了一套。别担心。你只管坐在后面,欣赏我的车技就好。”

她的声音里有一种他以前没听过的调子,透着一丝轻松和愉悦。邦德转向她,第一次认真地打量着她。是的,她宛如新生,似乎从身体里散发着一种光芒,洋溢着青春健康的气息。飞扬的头发闪烁着光泽,从她半张的漂亮嘴唇来看,似乎她下一秒就会笑出来。

“满意吗?”

“你看起来特别漂亮。不过看在上帝的分上,先告诉我,你怎么会来萨马登？真是太神奇了，你救了我的命。”

“好啊。不过之后就轮到你说了。我从没见到过像你当时那样狼狈不堪的人。我都不敢相信我的眼睛。我想你肯定被人揍了一顿。”她快速地瞥了他一眼，“你看起来还是很糟糕。”她向仪表盘前倾一点，“我开下送风机，好让你身子暖和些。”她停顿了一下，说道，“好吧，我的故事其实很简单。有一天爸爸从马赛打电话给我，想看看我过得怎么样。他问我见到你没有，听到我说没有后，他有点恼怒。他差不多是命令我来找你的。”她瞥了邦德一眼，“他很喜欢你。总之他说他发现了你找的那个人的地址。他还说你肯定也已经找到了。他让我在这个地址附近找你——就是格洛里亚俱乐部。他说如果我找到了你，让我转告你小心行事，照顾好你自己。”她笑起来，“他果然没错！后来我就离开了达沃斯，在那里我又振作了起来，这点和你说的一样。昨天萨马登的缆车没开，因此我打算今天过来找你。就是这么简单。现在该你讲了。”

他们快速地沿着蜿蜒的斜坡往下冲，一路开进了峡谷。邦德转过头，透过后窗玻璃向外看。他小声地骂了一声，大概在后面1英里处，两盏车灯朝他们逼近。特蕾西说：“我知道。我一直在观察反光镜。恐怕他们开得快一点。开车的人肯定很熟悉这段路。他们还可能装了防滑链。不过我想我能甩掉他们。现在继续说，你在做什么？”

邦德给她编了一个故事，真假内容混在一起。他说山上有个匪徒，用假身份生活着。英国警方想逮住他。邦德与警方以及国防部有一丝联系。特蕾西哼了一声说：“别想骗我了。我知道你在秘密情报局工作。爸爸告诉我了。"邦德唐突地说:"你爸爸在乱说。"邦德还是接着说下去,他表示自己被派来调查这个人是不是警方在找的人。他发现这人的确就是。不过那人怀疑起邦德来,他不得不快点离开。他给她讲了山上那个噩梦般的月夜,包括雪崩、那个被扫雪车绞死的杀手、他怎么到萨马登的,以及怎样试着混在溜冰的人群里。"然后,"他说,"你出现了,像一位在溜冰的美丽天使,后来的事你都知道了。"

她想了一分多钟,然后冷静地说:"好吧,亲爱的詹姆斯,告诉我你杀了他们多少人,告诉我实话。"

"为什么这么问?"

"我只是好奇而已。"

"你保证会保守秘密吗?"

她不可思议地回答:"当然,从现在开始,每件事我都会保密。"

"好吧,我杀的人包括那个所谓俱乐部的主要守卫。我必须杀了他,不然我早就死了。还有,我猜雪崩的时候可能死了一个。另外,在山脚,其中一个人向我开枪,为了自卫,我用冰杖刺了他,我不知道他伤得严不严重。之后有个人被扫雪车绞死了。他朝我开了六枪,总之他是活该。差不多三个半吧,死法都不同。"

"还剩多少人?"

"你到底想知道什么?"

"我只是想了解下。相信我。"

"好吧,据我所知,山上一共有 15 个人。这样的话,应该还剩 11 个半——加上那个首领。"

“后面那辆车上还有三个吗？如果逮到我们，他们会杀了我们吗？”

“恐怕会。我没有带任何武器。很抱歉，特蕾西，我想你也没什么机会了，你目击了这一切，差不多算我的同谋。这些人现在觉得我是个麻烦。”

“你是吗？”

“是。而且他们现在已经把我看成他们最大的麻烦了。”

“好吧，我有一个很坏的消息要告诉你。他们离我们越来越近，可我的油箱里只剩两加仑油了。我们必须在菲利苏尔停下。现在加油站都关门了，这意味着我们要叫醒那里的人。而且必须在十分钟内完成这一切，否则，我们就会被追上。你得想出一个聪明的点子。”

前方是一个山涧，桥上有一个 S 形弯道。他们通过桥的第一个弯道后，山涧对面射来亮眼的光。两车之间还有半英里的距离，山涧之间的山脉距离仅 300 码。邦德并不惊讶能看到后面车上熟悉的蓝色灯光。上方悬着的大理石碎片偶尔会掉到车顶上。他们开车来到桥上的第二个 S 形弯道，驶离了追击者车子的灯光射程。

前面是施工中的路段，那里之前发生过山体塌方。一块大大的牌子上警示着：“注意！施工中，小心驾驶！”塌了的路在山的右边，路的左边有一个摇摇欲坠的栅栏，一个伸向山谷的峭壁，还有一条结冰的河。在这段塌了的路中间有一个巨大的红色木箭头，指着一座临时搭建的桥。邦德忽然喊：“停车！”

特蕾西把车停住，前轮恰好停在桥上。邦德开车门出去。“接着开！在下一个路口等我,这是唯一的机会了。”

聪明的姑娘！特蕾西一句话没问就开走了。邦德往回跑了几步,来到巨大的红箭头处。箭头插在地上,邦德将它扭转了一个方向,让它指向左边,那里有摇晃的栅栏,将塌了的桥隔开了。邦德把栅栏拔出来,再把土弄平。身后的拐弯处出现了车灯的亮光。邦德跳过临时的道路,躲到山后的影子里,身子靠在山上,屏息等待着。

奔驰车的速度太快了,连过颠簸的小坡段时都没有减速,防滑链打在挡泥板上咯咯作响。车子冲着箭头现在指向的黑漆漆的路开去。邦德瞥见几张苍白又紧张的脸,接着他听到了急刹车的声音。司机应该是看到了面前的悬崖才停了车,车子虽然看上去完全停了,但车的前轮已经悬在悬崖上了。车子晃了几下,然后慢慢翻了下去。车子掉到塌了的桥的废墟上,接着又传来一声巨响。邦德跑过箭头,往下看了看。车子底朝天地往下掉,又撞到一块突出的岩石上。车灯熄灭了,车子掉到了悬崖下。最后,车子旋转着落下,只看得到月光在车子上折射的光线。它最终坠入了结冰的河。悬崖下传来隆隆声,混着碎石往下落的声音。过了一会,一切恢复宁静,只剩下静谧的月光。

邦德深深地吐了一口气,牙齿还有点发颤。然后他机械地把箭头摆回原位,把栅栏重新立起来。他在裤子上擦了擦手上的汗,蹒跚地沿着路走下去,最后拐到下一个路口。

白色小轿车就在那儿,正停在路边,没有亮灯。他进了车,坐在他的位子上。特蕾西安静地发动车子。山谷下菲利苏尔的灯光昏黄而温暖。她伸出手,紧紧握着邦德的手说:“你累了一天了。睡吧。我会带你到苏黎世,现在听我的话,睡吧。”

邦德一句话没说,他无力地握着她的手,把头靠在车门上,很快就睡着了。

他梦里甚至还在追踪着伯爵。

第十九章　求婚

黎明时，天空灰沉沉的，苏黎世机场处于一片压抑的氛围中，就像被废弃了一样。由于大雾，伦敦机场里一架瑞士航空公司的喷气式客机延迟起飞，在机场等待着。邦德和特蕾西在餐厅分开，不舍地离开了咖啡和煎蛋，去给自己买了张机票。他让一位睡眼蒙眬的官员给他的护照盖了个章，最后他走到电话亭带上门，在电话簿上找通用出口公司的号码。他如愿在下方找到了"总代表亚历山大·缪尔"的地址和电话号码。邦德透过玻璃窗看了一眼候机大厅里的钟，现在是六点钟。好吧，缪尔应该能接电话。

他拨了号码，过了几分钟，一个迷迷糊糊的声音说："你好，我是缪尔。"

邦德说："对不起，410，我是 007。我是从机场给你打的电话。出现了非常要紧的事，我不得不现在打扰你。你身边有纸和笔吗？"

另一头的声音变得清醒起来:“请等一下,007。好了,拿到纸和笔了,继续说吧。”

“首先我有一个坏消息要告诉你。几乎可以肯定你的二号已经不在了。电话上不好告诉你详情。一个小时后,我将乘瑞士 110 航班飞往伦敦,我会传消息给你。麻烦你到时候打成电报,好吗?另外,我猜就在明后两天,会有 10 位英国姑娘,一起从恩加丁乘直升机到这里,是一架黄色‘云雀’直升机。今天回伦敦后,我会把她们的名字发电报给你。我赌她们会去英国,可能不在同一架飞机上,也可能会分别在格拉斯哥普雷斯蒂克机场、盖特威克机场①和伦敦机场降落。需要通知伦敦那边她们的航班号和到达时间,不过这个工作可不轻松,我会让你有几个小时的权力,能够调动伯尔尼和日内瓦的人。明白了吗?好吧。我现在确定你已经被监视了。记得才取消的‘疯人院’行动吗?对,就是他,他有无线电信号机,他可能已经猜到我今天早晨会联系你。你看一下窗外,看看有没有监视者的痕迹。他在苏黎世一定有人。”

“天哪!我现在有点晕。”电话另一头的声音听起来很紧张,缪尔说,“等一下。”电话那头安静了一会。邦德只知道缪尔的代号是 410,但他现在能想象到缪尔走到窗边,小心地拉开一点窗帘的样子。缪尔的声音再次从话筒里传来,他说:“好像是这样。马路对面有着一辆黑色的保时捷,里面有两个人。我会让我安全局的朋友来把他们赶开。”

---

① 盖特威克机场:伦敦第二大机场。

邦德说:“一定要谨慎。我猜我们的人会和警局处理好这件事的。总之,请你将这些全部打电报传给M局长本人,好吗？当然要加密。告诉他,如果我今天能回去,我一定要立刻和他见面,还有501,就是情报局的最高科研长官。如果可能的话,还有农渔食品部的一位专家。听起来很愚蠢,但我这么要求是有理由的。可能要影响他们过圣诞节了,但也只能这样了。好兄弟,你能处理好这些事吗？有什么问题要问吗?”

“我能不能去机场向你多了解些关于我的二号的事？他在跟踪一个人,那个人在当地的化学品商店里买了很多古怪的物品。二号觉得他很可疑。他没告诉我那人买了些什么,只说他最好先看看这些东西要送去哪里。”

“我觉得这一时半会解释不清。别来机场！你离我远点,我现在很危险,等他们在悬崖下发现他们的那辆奔驰时,我就更危险了。我现在得挂了,抱歉扰乱了你的圣诞节。再见。”

邦德放下话筒,走回餐厅。特蕾西在门口等着,看到邦德,她笑了起来。他坐在她旁边,拉着她的手,就像在机场分别的情侣一般。他点了一大份炒蛋和一杯咖啡。“没问题了,特蕾西,我已经把我的事都安排好了。不过现在要处理你的了。你的那辆白色小轿车会带来麻烦的。肯定有人看到了你开着这辆车,并且后面跟了辆奔驰在追你。总会有人看到的,即使是圣诞夜。山上那个匪徒在这里一定也有人手。你吃完早饭后最好赶紧离开,去别的国家。离这里最近的地方是哪里?”

“我想应该是沙夫豪森或者毗邻瑞士的康斯坦茨市。不过,”

她恳求道,“詹姆斯,我现在必须离开你吗?我等了你很久。而且我刚刚做得不错,对吗?为什么你要这么残忍地推开我呢?”在皇家城,她并没有让他看见她的眼泪,可现在她却眼含泪光。她生气地用手背把眼泪擦掉。

邦德突然想:该死!我再也找不到另一个像她这样的姑娘了。我一直在找这样的女孩,她漂亮,有冒险精神,机智,还总是充满活力。她似乎真的爱我,还会让我继续这样的生活。她孤独,没有什么特别好的朋友和亲戚,也没有什么财产。最重要的是,她需要我。我想照顾她,我已经厌倦了那些拖沓、随便的男女关系,那会让我良心上过不去。我不介意有孩子。我又没有什么社会背景,不必考虑她能不能适应。我们真的很合适,为什么不把这种关系固定下来呢?

接着,邦德说出了自己从来没说过,甚至从来没想过有一天会说的话。他说:“特蕾西,我爱你,你愿意嫁给我吗?”

她的脸色苍白,打量着他,双唇颤抖地问:“你是认真的吗?”

“是,我是认真的,我是全心全意地在问你。”

她把手从他的手中抽出来,蒙着脸。过了一会儿,她挪开手,微笑地说:“抱歉,詹姆斯。我一直期盼着这一天,刚刚忽然听到了有点震惊,不敢相信。不过,我的回答是我愿意,我当然愿意嫁给你。我不会像个傻瓜一样缠着你的。再吻我一次,我就走。”她认真地凝视着他,仔细看着他脸上的每个神情。然后她向前倾,给他一个吻。

一吻结束,特蕾西迅速起身,说道:“我想我得开始适应你说的一切。我会开车到慕尼黑的四季酒店——那是我最喜欢的酒店。

我在那儿等你。那里的人认识我,即使没带行李,他们也会让我入住的。我的东西都在萨马登,我只要让人去买个牙刷,再在房里待两天,之后等我能出去了,就买些东西。你会打电话给我的吧?我们什么时候结婚?我要和我爸爸说一声,他肯定会开心得不得了。"

"我们就在慕尼黑的领事馆结婚。我有外交豁免权,能很快办好手续。然后,我们可以在一所英国教堂里举行结婚仪式,确切地说是一所苏格兰教堂,因为我来自苏格兰。我今晚和明天都会打电话给你。我需要先完成这件事,我会尽快去找你的。"

"答应我不要受伤。"

邦德笑着说:"我都没担心过这事。他们一旦开枪我就跑。"

"那就好。"她再次仔细看着他,"你该拿下这块红色大手帕了,你应该知道它已经被你咬破了吧。把它给我,我来把它补好。"

邦德从脖子上取下红色印花大手帕。它已经变得像一块黑色的破布了,浸透了汗水。她说得不错,两个边角已经破了。肯定是他要往山下滑时,把手帕放在嘴里咬着时弄破的,他都快不记得自己这么做过了。他把手帕递给她。

她拿过手帕,径直走出餐厅,下了楼梯朝出口走去,没有回头看一眼。

邦德坐下来。他点的早餐来了,他机械地吃着。他刚刚做了什么?他不敢相信自己刚刚做的事。但是他的心里却感到特别温暖、如释重负和激动。詹姆斯和特蕾西·邦德!邦德先生和邦德太太!这真的太棒了!

这时传来了"天朗牌"扩音器的声音:"请注意,乘坐瑞士航班

110 号飞往伦敦的旅客,请到二号登机口！乘坐瑞士航班 110 号飞向伦敦的旅客请到二号登机口。”

邦德掐灭烟头,快速扫视了一下四周的环境,将这些平凡之处记在脑海中,走向大门,将破碎的旧生活的残片留在机场早餐的残羹冷炙里。

第二十章　M局长

邦德在飞机上睡着了，其间，他做了一个噩梦。他梦见自己在一个宏伟的大厅里，可能是大使馆，吊灯光芒四射，宽阔的楼梯通向客厅的大门，男管家站在门前，客厅里传来一大群客人的谈话声。特蕾西穿着牡蛎色绸缎，戴着宝石首饰，金发优雅地盘在头上，就是现在广告里最时髦的那种发型。发髻的最上面是一顶耀眼的钻石皇冠在闪闪发亮。邦德穿着燕尾服（他为自己弄来这东西而困惑着），衣领很高，抵着下巴。他戴着白色领结，身上佩戴着蓝红相间的绶带，上面别着勋章和最低等级的圣·迈克尔和圣·乔治勋章。特蕾西开心地和别人聊着天，激动地等着这个重要的傍晚。邦德咒骂起即将来临的场景，希望自己正在玩一场赌注高的桥牌，而不是马上就要结婚了。在梦中，他和特蕾西走到楼梯最高点，邦德报了他的名字。

“邦德先生和詹姆斯·邦德太太。”宴会主持人声音洪亮地大声宣布。邦德感觉明亮的白色客厅里的那些优雅的人们突然安静了下来。

他跟着特蕾西走过两道门。他们经过一群法国宾客,特蕾西和她们礼貌性地亲吻面颊,接受祝福。特蕾西把邦德拉到前面:“这就是詹姆斯。他戴着这些漂亮的勋章是不是显得很可爱?就像那个香烟广告里的人一样。”

“请系好安全带,熄灭香烟。”

邦德终于醒了,身上出了一身冷汗。天啊!他到底做了什么?不会的!不会这样的!绝对不会。他仍然会过以前那种艰难却激动人心的生活,不过是多了特蕾西和一个能回的家。他在伦敦西区切尔西的那套公寓还有空间吗?也许他能把楼上的房间租下来。那梅怎么办?她可是他的苏格兰珍宝。她的事安排起来会有点棘手,不过他必须想出什么办法来劝她留下。

喷气式客机降落到跑道上,外面下着毛毛细雨。邦德突然意识到自己没有行李,他可以直接去入境检查处,然后出机场回公寓,把身上浸透汗水的可笑滑雪衫换掉。局里会不会派车来接他?到了门口,他果然发现了来接他的车,玛丽小姐就坐在司机旁边。

“天啊,玛丽,很抱歉占用了你的圣诞节!这远远超出了你的职责范围。不管怎样,坐到后边来,告诉我为什么你不在家做葡萄布丁,或者去教堂。”

她改坐到后座,邦德跟着她钻进车。她说:“看来你对圣诞节还不太了解,至少两个月前就得做葡萄布丁了,然后放在那儿成形。另外,教堂十一点钟才开门。"她瞥了他一眼,"其实我来是想看看你怎样了。我猜一定又碰上了麻烦,你看上去特别糟糕。没有带梳子吗?你甚至胡子都没刮,你看上去像个海盗。而且,"她皱了下鼻子,"你上次洗澡是什么时候?我真好奇他们是怎么让你出飞机的,你应该被隔离起来检查才对。"

邦德大笑出声:"冬季运动都十分剧烈,像是打雪仗和滑雪橇一类的。说实话,我昨晚还参加了一个圣诞夜化装晚会呢。我开心地玩了好几个小时。"

"穿着这双笨重的靴子吗?我才不信呢。"

"好吧,信不信由你。是在溜冰场举行的舞会。说正经的,玛丽,告诉我,为什么把我当作贵宾一样对待?"

"M局长说的。你要先去总部报到,然后和他一起吃午餐。吃过饭后,他会带你去见你想见的那些人,一起开个会。你的每件事都优先处理。因此我想我最好在旁边。你已经毁了那么多人的圣诞节了,我想我也得和他们一样,先把自己的事放在一边。如果你想知道真相的话,其实,我本来只是要和一个阿姨共进午餐罢了。而且我讨厌火鸡和葡萄布丁。总之,我只是不想错过这个有趣的工作,一小时前值勤人员告诉我有个重要的人要下飞机,我就让他叫司机在去机场的路上把我捎上。"

邦德认真地说:"好吧,你真是个不错的女孩。其实,最要紧的是写一份大致的报告。我有件事要拜托实验室去办。那里现在有人吗?"

“当然有。你知道的,M 局长一直坚持每个部门都要留人值班,不管是不是圣诞节。不过说正经的,詹姆斯,你是不是遇到了什么麻烦?你的样子看上去真的很糟糕。”

“哦,是有一点。等我待会口述的时候你就能大致知道了。”汽车停在邦德的公寓门口,“现在当个天使,帮我把梅叫来。我先洗个澡,换掉这些带血的衣服。让她给我多煮点黑咖啡,在咖啡壶里加两小杯我家最好的白兰地。你想要什么都可以和梅说。她甚至可能有一些葡萄布丁。现在是九点半,帮我打个电话给值勤人员,我会听 M 局长的命令,告诉他我们十点半会到。还有,让他叫实验室的人半个小时内准备好。”邦德从他裤子后面的口袋里拿出护照,“之后,把这个交给司机,请他亲自把这东西交给值勤人员。”邦德将一张纸的边角叠了一下,“并让值勤人员告诉实验室的人,就说墨水是,呃,自己制造的。只要烘烤一下就行了。他们会懂的,明白了吗?好女孩。好了,待会去叫梅吧。”邦德跑上楼梯,把门铃两短一长地按了三下。

十点半后,邦德到了自己的办公桌前,看上去精神多了。他在办公桌上发现一个文件夹,右上角有颗红星,意味着顶级机密。里面放着他的护照和 12 张他护照第 21 页照片放大版的复印件。上面写的姑娘们的名单字迹很浅,不过能看清,还有张纸条,上面标着标着“私人文件”。邦德看完大笑出来,纸上写着:“墨水显示尿酸过度,这一般是由于血液中酒精过量。特此警告!”纸条上没有署名。圣诞节的气氛甚至渗透到这幢建筑里最机密的部门里,打破了它的一丝庄严肃穆。邦德把纸揉成一团,然后一边想着玛丽·古德奈特的感性，一边谨慎地用打火机把纸条烧掉。

玛丽走进来坐下，拿着她的速记本。邦德说："这只是初稿，玛丽，只要快速记下就行，记错了也不用太在意。M 局长会明白的。去温莎吃午餐前，我们还有一个半小时的时间。你能记下来吗？好了，那我们开始吧：顶级机密。仅供 M 局长亲启。12 月 22 日，我乘坐瑞士航班于下午一点三十分到达苏黎世中央机场，开始进行'科罗纳'行动……"

邦德侧对着玛丽，一边说着，一边看着外面摄政王公园里那些光秃秃的树木，回忆着过去三天的每一分钟——包括那稀薄的空气，雪，布洛菲尔德墨绿色的瞳孔，他用左手敲晕那警卫脖子时发出的嘎的一声，他的手现在还肿着呢。还有他遇见特蕾西前发生的一切。他省略了他们的感情故事，提到特蕾西去了慕尼黑的四季酒店，之后就结束了。邦德离开办公室，把门带上，留下玛丽用打字机敲稿子。邦德想等晚上回到公寓打个电话给特蕾西。他似乎已经听到她在电话那头大笑出声了。他忘了飞机上的那个噩梦，他现在只感到幸福，盼望着未来的日子。他一心思考着未来的计划，包括要怎么度过这些天，要怎样弄到必要的文件，要在哪个苏格兰教堂举行婚礼。之后，他打起精神，拿着带有姑娘们名单的复印照片，走到通讯中心，发电报给苏黎世情报站。

M 局长想要住在海边，在普利茅斯也好，在布里斯托尔也好，只要他能在晚上想看海的时候看到，想听海的时候听到就行。虽然如此，但是因为他得住在方便和伦敦联系的地方，他只好退而求其次，住在树林边。他在温莎森林边发现一座小型的庄园,是摄政时期①留下的。那里是王室领地,邦德总觉得 M 局长住的地方有一丝王室的“高贵”气息。秘密情报局的首脑一年赚 5000 英镑,还配有一辆老式的劳斯莱斯和专职司机,M 局长还在海军部的退休名单上,他曾任海军副司令,大概能领 1500 英镑的退休金。税后加起来共有 4000 英镑左右可用。他在伦敦每年大概花费至少 2000 英镑。只有租金和税不超过 500 英镑,他才能一直住在那种摄政时期的漂亮庄园里。

当邦德摇动门上铜制船铃的铃舌时,他脑海中又想到了以上这些内容。船铃是前英国皇家海军“反击号”上的,M 局长最后一次执行海上任务就是在这艘船上。开门的是哈蒙德,是 M 局长在那艘船上的战友,原本是海军上士,他和 M 局长一起退役了,现在他是邦德的老朋友。他向邦德打了个招呼,把他领进了 M 局长的书房。

M 局长有一个文人的爱好。他喜欢画水彩画,不过他只画英国的野生兰花,他笔画细致,不过没什么灵气,就像 19 世纪自然主义者画的那样。他现在正弯腰在窗前的画板上作画,他宽阔的后背笼罩在画板上,前面放着一个盛满水的漱口玻璃杯,杯里插了很多小花。邦德进来,把门关上,M 局长最后认真端详了一会花,然后不情

① 摄政时期:指 1811 年至 1820 年间,乔治三世被认为不适于统治,而他的儿子,之后的乔治四世被任命为他的代理人作为摄政王,此一时期称为摄政时期。

愿地起身,他对邦德露出少有的微笑,说道:“下午好,詹姆斯,圣诞快乐！来,坐下。”他像水手那样,对一天的正午时间很敏感,追求精准。M局长走到他的书桌后坐下。他看上去准备谈公事了。邦德自觉地坐在上司的桌子对面——这是他平常坐的位置。

M局长填满烟斗。“那个胖胖的美国侦探叫什么名字来着?就是那个总是摆弄那些从委内瑞拉引进的杂种兰花,然后总是一身大汗从兰花房里出来,大吃一顿乱七八糟的外国饭菜,然后解开谋杀案的侦探。他叫什么名字来着?”

“尼禄·沃尔夫,先生。那本书是一个叫雷克斯·斯托特的家伙写的。我很喜欢他的书。”

“那些书还挺好看的。不过里面的兰花品种一般,不太好看。”M局长满是优越感地谈起自己桌上的那些兰花,他激动地说了一堆,说那些兰花品种多么好,等等。可是他发现邦德没什么反应,他只好换了个话题:“不过你好像对这些东西没什么兴趣。”他靠在椅子上坐好,“好吧,你究竟做了些什么?”那双灰色的眼睛仔细地盯着邦德,“看来你睡眠不足。他们说进行冬季运动的场所气氛十分欢快。”

邦德笑了。他伸手摸口袋,从里面拿出几页订在一起的纸。“这份报告里提到了各种娱乐消遣方式,先生。也许您更愿意先读一下这份报告。不过剩下的时间不多,这只是初稿。有不清楚的地方,我可以补充。”

M局长伸手拿过报告,调整了一下他的眼镜,开始读起来。

轻柔的雨丝打在窗户上。壁炉里有一根大木柴。书房里此时一片安静,感觉温柔又舒适。邦德观赏着墙上 M 局长珍藏的海军图片。图片上都是汹涌的波涛、冲天的大炮、鼓起的风帆、战斗中破碎的细长三角旗——是古代战争时的场景,是关于古代敌人的记忆,包括法国、荷兰、西班牙,甚至是美国。过去所有的一切都随风散去,现在这些国家相互都是朋友。今时今日不再是敌人。布洛菲尔德到底在密谋些什么无法预测的事?他的背后是谁?苏联人?或者他是单独行动,就和“雷球行动”一样?他们究竟有什么阴谋?还不到一个星期,他的人就死了六七个,他到底要做什么?M 局长能看出什么证据来吗?下午要来的那些专家呢?邦德抬起左手手腕,他想起自己没手表了。这个开销是免不了的。他要尽快在节礼日①后去商店买一只。再买一只劳力士?可能。虽然表有点重,但质量不错。至少在黑暗中能看见大大的磷光数字。大厅里传来钟表报时的声音,一点三十分了。就在十二个小时前,他设下陷阱解决了奔驰里的三个人。他是正当防卫,不过这种庆祝圣诞节的方式可不太好。

M 局长将报告放在书桌上。他的烟斗之前灭了,现在又再次慢慢把它点燃。之后,他把用过的火柴从肩膀上准确地扔进了火里。他将双手平放在桌上,口气里带着不常见的和蔼,说道:“好吧,你能从那儿逃出来真的很幸运,詹姆斯。我之前不知道你竟然会滑雪。”

“我只是能保持直立而已,先生。我不想再尝试了。”

---

① 节礼日:圣诞节后第一个工作日。

“嗯。你之前是不是说你还无法判断出布洛菲尔德在计划些什么?”

“没错,先生。没有找到一丝线索。”

“好吧,我也没有。我完全搞不懂。可能专家下午能帮到我们。不过,你想得没错,他们肯定是‘幽灵党’的人。对了,你报告的关于蓬特雷西纳的情况很有帮助。他是保加利亚人,我不记得他的名字了,不过国际刑事警察组织把他的消息告诉我们了。他是可塑爆破方面的专家,在土耳其为克格勃工作过。你之前说鲍尔斯驾驶的U·2型飞机是被定时炸弹弄毁的,而不是被火箭打下来的。如果这是真的,那这个人可能和这件事有关系,他之前就是我们的怀疑对象之一。后来他改当自由职业者,独自进行工作,也许‘幽灵党’就是那个时候把他收入麾下的。不过我们有点怀疑布洛菲尔德的身份。蓬特雷西纳的领导帮了很大的忙。你确定那是布洛菲尔德,对吗?他肯定在脸上和肚子上动了不少手脚。你今晚回去后,最好找他的档案对照一下特征。我们还要研究下,看看那些医生的意见。”

“我觉得那一定是他,先生。我最后一天——也就是昨天——在他身上感受到了布洛菲尔德的气息。现在看来就像是很久以前的事了。”

“你能碰上那个姑娘真是幸运。她是谁?你的老情人吗?”M局长问。

“差不多,先生。我报告里提到她是在我们第一次知道布洛菲尔德在瑞士的时候。她是科西嘉联盟首领的女儿。她的母亲是英国人,已经去世了,当过老师。”

“嗯,有趣的结合。好了,现在该吃饭了。我告诉过哈蒙德不要让人打扰我们。”他起身按了一下壁炉旁的铃,“我们恐怕得按传统吃火鸡和葡萄布丁。哈蒙德太太几周前就开始鼓捣她的那些盆盆罐罐了。”

哈蒙德出现在门口,邦德跟着M局长走进了小饭厅,他看到远处有一面闪闪发亮的墙,上面挂着历代水手刀,那是M局长的另一个爱好。他们坐下来。M局长装着凶狠地对哈蒙德说:“好了。海军上士哈蒙德,发挥出你最厉害的水平吧。”之后,他的声音真的变得凶起来,“这些东西怎么在这儿?”他指着桌子正中间的东西。

“这是饼干,先生,”哈蒙德迟钝地说,“哈蒙德太太看你有客人来……”

“把它们拿出去,给学校的孩子们。我不会对哈蒙德太太有过多要求,不过我不想让我的饭厅被搞得像托儿所一样。”

哈蒙德笑了。他说:“是的,先生。”他收起发着油光的饼干就离开了。

邦德忽然特别想喝酒了。他喝了一小杯陈年马沙拉酒,还有大半瓶阿尔及利亚酒。

M局长喝了两杯酒,说道:“好酒,味道很纯正,以前舰队在地中海停留时,我们经常喝这种酒。喝着很舒服。我记得有一个名叫麦克拉克伦的老朋友,他那时是我们的首席枪炮官,他打赌说他能一下子喝完六瓶。才喝了三瓶,这个傻瓜就倒在军官室的地板上了。

喝完它，詹姆斯，喝完！”

最后传统的葡萄布丁端了上来哈蒙德太太在布丁里放了几个便宜的银制小玩意。M 局长吃到了迷你的马蹄铁，差点把他的牙齿磕碎了。邦德咬到一个单身汉纽扣。他想起了特蕾西，他该打个电话给她了。

第二十一章　探讨真相

他们在M局长的书房里品着咖啡，抽着细方头雪茄烟。M局长允许自己一天抽两支这种烟。M继续滔滔不绝地和邦德讲他海军时期的故事，听起来像是男孩子们看的冒险书籍里的故事，但其实都是真的。这个关于一个退役的海军的故事，里面那群优秀的海军真是举世无双。

到了三点钟，外面碎石铺的路上传来车轮子的声音。昏黄的光射进房间。M局长站起来打开灯，邦德在书桌对面加了两把椅子。M局长说："应该是501，你得见见他，他是科研部的首领。还有一个人是来自农渔食品部的富兰克林。501说，他是害虫控制这个课题里最厉害的人，不知道为什么农渔食品部特意派他来。但是部长告诉我他们现在手头遇到了点麻烦，但是甚至对我也没说究竟是什么麻烦，他们认为你可能碰巧遇上了一些重大的线索。

我会把你的报告给他们,看看他们能不能看出点什么来。没问题吧?"

"遵命,先生。"

门开了,两个人走了进来。

邦德记得秘密情报局代号501的人叫莱瑟斯,他骨骼粗壮,四肢修长,有点驼背,戴着科学家风范的厚镜片眼镜。他脸上洋溢着愉快的微笑,面对M局长,他没有卑躬屈膝之态,却又不失礼节。他穿着得体,一身粗花呢服装,针织的羊毛领带没有盖过领扣。另一个人看上去矮小,却干练敏锐,一双眼睛饶有兴趣地看着他们。他是一个部门的高级代表,直接听从部长命令,而且完全不了解秘密情报局。他穿着一套简约的深蓝色细条纹西装,脖子边是白色的硬领。他的黑皮鞋油光发亮,手上的大号皮革公文包也亮得发光。他规规矩矩地问候了一声。他不太清楚自己在什么地方,要做什么,他打算见机行事,谨慎一点,尽力完成。因此,邦德感觉他一副政府人员的做派。

大家简单寒暄了几句,M局长表示很抱歉打扰了大家的圣诞节,之后他们各自就座。M局长说:"富兰克林先生,请原谅我接下来要说的话,你即将在这间房间看到的和听到的都受到《国家机密法》保护。你肯定知道很多关于你们部的秘密,如果你能尊重国防部的秘密的话,我将十分感激。我有个请求,关于我们在这里讨论的内容,请你亲自向部长本人转述。"

富兰克林先生轻轻弯了下身子,表示默认。"我的部长已经和我说过相应事宜。由于我在部门里的特殊职责,我已经习惯了处理顶级机密的事务。你不必对我有所保留，请都告诉我吧，”他饶有兴趣地依次看了一眼房子里的其他三人，“也许你能告诉我我们在这儿是为了什么事。我其实只知道高山上有一个人努力想改进我们的农业和牲畜品种，他的行为明明很得体。为什么我们要像他偷了原子弹秘密一样对待他？”

“事实上，他的确偷过一次。”M局长冷冷地说，“我觉得你和莱瑟斯先生最好先看一下这份报告。里面有些代码和其他一些模糊的内容，不影响故事的完整性，你们可以跳过。”M局长将邦德的报告递给501，“里面大部分内容你可能都没怎么接触过。你可以一次看一页，每看完一页就把它传给富兰克林先生。”

之后，书房里迎来了长时间的安静。邦德看了看他的指甲，听着雨打在窗沿上的声音，以及木柴燃烧时发出的噪音。M局长弯腰坐在那里，很明显在打盹。书桌对面传来慢慢翻文件的声音。邦德点上一支烟，打火机的声音惊醒了M局长，他缓慢地张开眼，然后又闭上。501将最后一页传给富兰克林，往椅背上一靠。富兰克林也读好了，他将报告整理好，平整地摆在面前。他看着邦德，微笑着说：“你能在这里真是幸运。”

邦德给他回了一个微笑，沉默不语。

M局长转向501，问道：“怎么样？”

501拿下他那厚厚的眼镜，用一块不那么干净的手帕擦着镜片，说：“我没明白他这样做的目的，先生。其实，如果我们不了解布洛菲尔德，这件事看起来挺拿得上台面的——值得表扬。严格说来，他做了如下的事情。他找了10个适合的对象做深度催眠，算上离开的那位姑娘则一共有 11 个人。她们都是来自乡下的单纯姑娘。值得注意的是叫鲁比的那个姑娘两次考英国普通教育证书都失败了。她们似乎都患有某种常见的过敏症，目前也没什么证明她们没患过敏症的证据。我们不知她们为什么会患上这些过敏症，不过这也不重要。可能只是心理作用——对家禽的逆反应很常见，比如和牛群一起长大可能会对牛产生抵触情绪。不过对庄稼和植物的逆反应不太普遍。布洛菲尔德似乎想要用催眠术来治疗这些过敏症，不过不只是治疗，他想要利用过敏症，将她们之前对家禽排斥的态度转换为亲近的态度。报告中提到的鲁比的例子就是这样，她变得'喜爱'小鸡，想'改进它们的品种'。治疗的方法事实上很简单。在人睡眼蒙眬，意识不清醒时，刺耳的铃声会把睡着的人叫醒。和脉搏跳动节奏完全一致的节拍器，还有远处传来的嗡嗡的噪音，这些都是常见的辅助催眠的东西。催眠者经常发出有节奏的、命令式的低语。我们不知道这些姑娘上了什么课，读了什么书，不过我们可以设想这些只是一些辅助方法，布洛菲尔德是想按自己的想法在影响她们的心智。有许多催眠术成功治疗顽疾的权威例子，那些顽疾包括哮喘、酗酒、吸毒等。英国医学协会虽然表面上对催眠的职业医生嗤之以鼻，但你会惊讶地发现，不少医生最后都承认自己有向专业催眠师寻求过私人治疗，尤其是酗酒成瘾的时候。好吧，这只是顺便一提，我想说的是布洛菲尔德的主意并不新奇，而且这方法完全有效。"

M 局长点了下头："谢谢，莱瑟斯先生。现在你能不那么遵循科学严谨的作风，天马行空地给我们进行一番推测吗？"M 局长微笑着说,“我保证,我们不会说出去。”

莱瑟斯担心地抓了抓头发,说道:“好吧,先生,可能这很荒谬,不过读报告时,我想到了一连串的事。这对布洛菲尔德来说是一笔大开销,不管他的用意是善还是恶。我想我们可以先认为他是善意,那么是谁付的钱呢?他是怎么进入这个特殊的研究领域并找到资金的呢?好吧,先生,这听起来可能有点奇幻,但细究下去会发现这个领域的先驱一直是苏联人,从巴甫洛夫和他的条件反射论起就是。如果我们再思考下的话,苏联人首先完成人类环绕地球飞行时,我曾写过一篇文章,讨论宇航员尤里·加加林的生理学情况。我提到他个性简单,面对伦敦歇斯底里的欢迎时,他也很平静。不知你们记不记得,他一直都表现得很平静,依照原子能管理局的要求,从他访问英国到接下来巡回访问别的国家期间,我们一直小心地观察着他。先生,他脸上一直挂着木然的微笑,眼睛睁得很大,目光天真,是心理学上说的标准简单人,把这一切加在一起,就像我在那份报告里说的,他完全符合催眠要求。我大胆猜测,由于他在太空舱内要进行十分复杂的动作,他进行这些操作的时候,可能完全处于一种深度催眠的状态。”501 的手在脑袋处挥了挥,想把这些思绪赶跑,“官方可能会觉得我的结论太天马行空了,不过,既然你们问了,我现在才重复了这些报告内容,而且我觉得布洛菲尔德背后的人是苏联。”他转向邦德,“在格洛里亚地区,有没有苏联人指导的迹象?有没有看见苏联人?”

“好吧,的确有一个苏联人,是个叫鲍里斯的机长。我没见过他,但他的确是苏联人。我猜其中三个幽灵党成员曾是苏联锄奸团①的人,其他的我就想不出什么了。不过他们看起来只是那里的工作人员,也就是美国人所谓的'技工'。"

莱瑟斯耸了耸肩。他对 M 局长说:"好了,先生,我能说的恐怕就是这些了。不过,如果要对这件事做出结论的话,依我所见,这个鲍里斯机长不是计划的投资人就是监督人,布洛菲尔德是独立执行者。这一点符合幽灵党自由职业的特征,它是一个独立的团伙,拿人钱财,替人办事。"

"你说的可能有一些是对的,莱瑟斯先生。"M 局长若有所思,"不过他们这么做的目的是什么?"他转向富兰克林,问道,"好了,富兰克林先生,现在能说说你的想法吗?"

这个农渔食品部的人点燃一个锃光瓦亮的小烟斗,他把烟斗叼在嘴里,伸手从公文包里抽出几张纸。他从里面拿出英格兰与爱尔兰的黑白地形图,并平铺在桌上。地图上标着很多标志,这里是一块树林,那里是一片空地。他说:"这张地图显示了英格兰和爱尔兰所有的农业和畜牧资源,不算上草地和林地区域。我得承认,看这份报告的第一眼,我真的很迷惑。就像莱瑟斯先生说的那样,这些试验看上去根本没有危害,甚至值得赞扬。不过,"富兰克微笑着说,"鉴于你们想要知道的是这背后的阴谋,于是我调整了一下思路,往深层次想,结果就产生了一个十分恐怖的怀疑。可能是受到现在工作时看待世界的方法的影响,这些可怕的想法潜移默化地进

---

① 锄奸团:即苏联中央裁决委员会。

入了我的大脑。”他看着M局长说，“不过，我还需要一点实质性的证据。恕我直言，这个报告漏了一张纸——就是记载着那些姑娘姓名和住址的名单。能给我看一下吗？”

邦德从衣服内衬的口袋里拿出复印件。“抱歉，我只是不想把报告弄得太复杂。”他把复印件从桌子上推到富兰克林面前。

富兰克林很快看完。然后他声音里带着一丝敬畏，说道：“我明白了！绝对没错！”他重重地靠在椅子上，似乎不敢相信自己看见的一切。

其余三个人紧张地看着他，相信他看出了眉目，因为他的脸上一副“等着瞧吧”的神情。

富兰克林从胸前的口袋里拿出一支红铅笔，俯身对着地图，不时看一眼名单，在两地间看上去没什么关联的地方画了一系列红色圆圈，不过邦德注意到他画的区域都是地图上标记的林木最茂盛之处。他一边画圈，还一边说着：“亚伯丁郡，无角黑牛；兰开夏郡，家禽；肯特郡，水果；香农，土豆；……”直到地图上出现10个显眼的红色圆圈，他最后才将铅笔停在英格兰东部，并以此为出发点画了个大大的十字。他看了一下，说了声“火鸡”，然后将笔放下。

屋子里陷入了一阵沉默。最后，M局长有点不耐烦地说：“好了，富兰克林先生，你想到了些什么？”

虽然被另一个部门的高层人士催促，但他依旧表现得不慌不忙。他弯腰在他的公文包里摸索着，拿出几份资料，从中挑出一张剪好的报纸。他说：“我想你们应该没什么时间看报纸上的农业新闻。这是从 12 月初的《每日电讯报》上剪的,我就不读了。这是报纸的农业通讯员写的,这个人的名字叫托马斯。文章标题是《对火鸡的担忧,成群火鸡死于鸡瘟》。这下面写着:'由于最近爆发了鸡瘟,大量禽类被宰杀,圣诞节市场的火鸡供应可能遭受打击……'下面还有:'得到的数字显示,21.8 万只禽类被宰杀……'据估计,去年圣诞节市场的总供应量是在 370 万到 400 万只之间,今年的供应量将取决于鸡瘟进一步蔓延的范围。"

富兰克林先生放下报纸。他认真地说:"这条消息不过是冰山一角。我们后来没有向新闻界透露细节。但是我可以告诉你们,在过去的四个星期之内,我们已经宰杀了 300 万只火鸡。而这只不过是一个开始,鸡瘟在英格兰东部迅速蔓延,在萨福克和汉普郡也有相关痕迹,这两处都是火鸡基地。你们今天吃的火鸡八成是从国外进口的。为了弥补供应量的不足,我们从美国进口了 200 万只火鸡。"

M 局长生气地说:"好吧,就我个人而言,即使以后都没火鸡吃,我也不在乎。不过,我知道你们遇上麻烦了。不过回到我们这件案子上,从这件事上我们能看出些什么呢?"

富兰克林一脸认真:"我们现在已经有了一条线索。本月初,在奥林匹亚举行了全国火鸡展,所有第一批死亡的火鸡都在那里展出过。当我们得出这个结论时,奥林匹亚已经清空并打扫完毕了,正准备举行下一个火鸡展,我们无法找到类似病毒的痕迹。对了,鸡瘟是一种病毒,极易传染,鸡染上了则是百分之百的死亡率。"他举起一本厚实的白皮小册子,上面印有美国的徽章,"你们对生物战了解多少?”

莱瑟斯回答:“我们在大战期间开始了这个课题的研究,但是最后战争双方都没有用这一招。1944 年左右,美国本来计划运用空投喷雾剂的方法,破坏日本所有的水稻,但是,在我的印象中,罗斯福把这个主意否决了。”

“是的,”富兰克林说,“完全没错。但是这个研究仍然非常活跃,我的部门也很重视这个研究。我们在世界上恰好是农业大国。战争期间,为了避免饥荒,我们必须得保持农业大国的地位。因此,在理论上,我们是这类战争攻击的理想对象。”他慢慢将手放在书桌上,以示强调,“先生们,无须我多说想必你们也会明白,如果别的国家发动了一次这样的攻击,我们肯定只能宰杀牲畜并烧掉庄稼来应对,几个月内,我们的国家就会破产。我们到时只能跪地乞求施舍!”

“我从没想过这一点,”M 局长若有所思地说,“不过这听起来很有道理。”

“这个,”富兰克林举起那本白色小册子,接着说道,“这是我们在美国的朋友关于这个研究的最新成果。其中还包括化学战和辐射战,不过我们不用考虑这些。这是美国参议院的文件,第 58991 号文件,发布日期是 1960 年 8 月 20 日,由‘外交关系委员会裁军小组’编制准备的。在生物战的研究进展上,我们部门一直尽力与美国保持一致,不过需要注意的是,美国面积比较大,而我们国家非常小,而且人口密集。和美国相比,生物战对我们的打击要严重 1000 倍。你们介意我摘取一点内容读给你们听吗?”

M局长其实十分讨厌听其他部门的事。那些知识分子最后总是说回到自己了解的事上。邦德则觉得很有意思,饶有兴趣地看着他,礼貌地示意:“请继续说吧,富兰克林先生。”

第二十二章　所谓生物战

富兰克林以一种平缓的语调耐心地读起来,碰到关键的地方或要跳过一些不相关的内容时,他就会停下来解释一番。

“这一部分的标题是‘生物战的武器和防御’。里面是这么写的:‘生物战’通常被称作细菌战,由于它包括所有微生物、昆虫和其他害虫,以及动植物的毒素等,因此一般人们更偏向于称其为‘生物战’。陆军列举出了五种生物战所运用的媒介,其中包括一些用于抑制和毁坏植物生长的化学合成物:

微生物(细菌、病毒、立克次氏体和真菌、原生动物,等等);

毒素(微生物病毒、动物病毒和植物病毒,等等);

疾病传播媒介(昆虫和螨等节肢动物、鸟类和动物,等等);

害虫(动物和农作物害虫);

破坏农作物的化学合成物(植物生长抑制剂、除草剂和脱叶剂)。

“和化学战一样,生物战所用的媒介杀伤力并不相同,这使人们能选择最适合的方式完成期望的目标,无论是让目标暂时失去免疫力——几乎没有什么副作用,还是让它患严重的疾病并致死。除了学术上分类不同以外,生物战与化学战之间还有一些重要的不同。生物战的媒介有潜伏期,有的时候是几天,有的时候多达几周。”富兰克林抬起头,“我之前说的奥林匹亚的展会就是一个例子,发挥作用的时间可能有延后,但化学战的媒介通常在几秒到几小时之内就能产生反应。相比生物战的媒介,化学战的媒介更容易被找出来,但即使找出了后者的原因,也太迟了,无法采取及时且有效的对策。”富兰克林再次耐人寻味地看看他的听众,“数量相等的情况下,生物战的媒介理论上要比化学战的媒介更危险。不过一旦生物战媒介暴露,它的杀伤力就会受损,这个优势也就不存在了。”

富兰克林停了一下。他的手指沿着书页往下找。“接下来要讲的是对人体有害的生物战媒介,比如说炭疽病、斑疹伤寒症、天花、肉毒杆菌中毒(食物中毒的一种),等等。太好了。”他的手指停了下来,“就是这里。对动物有害的生物战媒介可能会用于使禽畜失去免疫力或杀死它们,这些媒介包括:

细菌:炭疽病、三体布鲁氏菌①和鼻疽病,等等;

---

① 布鲁氏菌:一种革兰氏阴性、细胞内寄生菌,为小球杆状菌,革兰氏染色阴性,主要感染动物,牛、羊、猪、狗以及骆驼、鹿等动物都会被感染,通过接触感染动物或者被感染的食物以及实验室接触可传播给人类。能引起人和多种动物的急性和慢性感染,被感染的人和动物表现为流产及不孕不育等症状。

病毒：口蹄疫、牛瘟、里夫特裂谷热①、猪霍乱、非洲猪热病、家禽瘟疫、鸡瘟，等等。”

富兰克林抱歉地抬起头：“抱歉，这都是些很难读的名词，不过只剩一点了。下面我再谈谈破坏庄稼的生物战媒介，有人说这可以用来当经济武器，我觉得在这件案子里布洛菲尔德的计划就是用了此类生物战媒介，这里还附上了整个名单，包括马铃薯枯萎病、燕麦冠锈病等病症，以及科罗拉多甲虫等有害病虫，其实我觉得不必太担心这些。之后这里讲了破坏庄稼的化学战媒介，不过我觉得我们对此也不用担心，尽管它们很致命，但是必须得通过飞机喷洒。好了，这里比较关键。”富兰克林的手指停在书页上，“生物战媒介的本性让它们很适合用于隐蔽和秘密的行动。事实上，身体感官很难察觉到这些媒介，而且它们有潜伏期，可以大量地潜入建筑的通风系统、食品和水供应处和其他能接触到密集的人群并快速散播开来的地方。”富兰克林停顿了一下，“这个透露了一件事。你们现在知道我为什么要提到家畜展了吗？家畜展过后，病毒就会随着参展的牲畜流散到整个国家。”他说回小册子的内容，“这里这么写着：有一点很重要，即生物战媒介的有效覆盖面一般要比化学战媒介要广。曾有试验证明，生物战媒介完全可以覆盖几千平方英里。”富兰克林轻轻拍了拍面前的小册子，说道，“怎么样，先生们？我们讨论过新型有毒气体，就是战争时期德国发明的神经瓦斯。我们一直游

---

① 里夫特裂谷热：一种通过蚊虫叮咬或接触血液而传播的人畜共通传染病。

行抗议辐射和原子弹。这是美国参议院的委员会编纂的册子，书里说的可是'几千平方英里'。我们英格兰和爱尔兰有多少个几千平方英里呢，先生们？"他的眼神很急切，不再诙谐幽默，他几乎是轻蔑地看着面前三位秘密情报局高官的脸，"我可以和你们说，加上爱尔兰那点土地，我们这里也不过是10万多平方英里。"他的眼睛里仿佛冒着火焰，"我再给你们读最后一段，之后可能你们就会意识到为什么我在圣诞节也火冒三丈。看这里，'防御方法'的小标题下面是这么写的：由于难以察觉生物战媒介，要防御生物战也十分复杂，这点也是生物战武器的一个特性。"他抬起头，脸上又露出了微笑，"我们无法通过视觉、嗅觉或其他任何感官来发现它们。到目前为止，还没有设计出快速发现和认定它们的方案。"

富兰克林把小册子扔在桌上，忽然对大家露出一个灿烂的微笑。他拿起自己锃亮的小烟斗，在里边装满烟丝。"好了，先生们。我讲完了。"

每个人都会有他的幸运日，对富兰克林来说，今天就是他的幸运日，他永远不会忘记这个圣诞节发生的事。

M局长说："谢谢，富兰克林先生。我能这么理解你说的话吗？就是布洛菲尔德打算对我们的国家发动一场生物战？"

"是的。"富兰克林肯定地说，"正是此意。"

"你是怎么想出这点的？如果我不是了解这个人的话，我可能会有和你完全相反的看法。总之，你是怎么推理出来的？"

富兰克林伸出手，指着他画在东英吉利上面的十字。"这是我的第一条线索。一个月前，那个叫波莉·塔斯克的人离开了格洛里亚区域,她来自这附近,这里集中了很多饲养火鸡的农场主。她患了火鸡过敏症,她回来时,想着要改进火鸡品种。但是她回来的一周内,就爆发了英国历史上最大的火鸡鸡瘟。”

莱瑟斯忽然拍了下大腿:“天啊!富兰克林,我觉得你说得没错。继续说!”

“对了,”富兰克林转向邦德,“这位官员说自己看到过实验室,那里面都是一排排试管,还说里面装着浑浊的液体。如果那就是病毒、鸡瘟病毒、炭疽杆菌呢?天知道那都是些什么。报告里提到实验室里亮着昏暗的红色灯光。那就没错。病毒培养菌不能暴露在强光下。如果那个叫波莉的姑娘在离开前得到了一瓶装着病毒的气雾喷雾剂,而且被告知那是一种灵丹妙药,是能使火鸡长得更大、更健康的滋补品,结果会如何?还记得催眠时候说的那句‘改进品种’吗?假设她去参加奥林匹亚的家禽展,她可能甚至在家禽展里当个清洁工什么的,她只要拿喷雾剂,随便对着那些家禽到处喷一下就行了。喷雾剂反正不大,也不显眼。她已经被告知说要保密,这东西有专利权的。甚至他们可能告诉过她,如果最后这个滋补品证明有效,她还能拿到分红,布洛菲尔德肯定宣称过这个一定会成功。要办到这事并不难。她只要在笼子周围转一下就行,易如反掌,他们甚至可能给了她专门的小包来装喷雾剂。他们可能让她在展览的最后一两天做这件事,这样就不会太早见效。之后,等展览结束,所有展览的家禽都会回到主人身边,分散至全英国。这就是全部过程。”他停顿了一下说,“提醒你们一下,这些绝对就是真实发生过的。已经死了300万只火鸡,而且各地还有很多火鸡濒临死亡,财政部拿了一大笔外汇来弥补这个缺口。"

莱瑟斯激动得脸都红了,他忍不住打断富兰克林。他用手在地图上一扫,说道:"还有其他的姑娘们!她们来自你圈出来的这些地方,这些地方农业密集度很高。当地经常举行各种展览——牛展、家禽展,甚至是土豆展。我猜他们想用科罗拉多甲虫来破坏庄稼,用猪瘟来害死我们的猪。天啊!"莱瑟斯的声音里透露出一丝敬畏,"这简直太容易了!只要把病毒保存在适当的温度下一段时间。之后让那些年轻可爱的女孩们去做这事。她们还一直以为自己是救世主!太妙了。我真的佩服那个人。"

M局长不能确定他们说的话是否准确,他感到有点不耐烦,觉得自己面子上有些过不去。他转向邦德,厉声问他:"你怎么想?"

"我觉得恐怕就是这样,先生。所有的一切都对得上号。我们了解布洛菲尔德,他做得出这种事。甚至不需要有人付钱给他,他可以自己出钱,利用这个大赚一笔。他完全不会吃亏。如果富兰克林先生所言没错的话,我们的货币会全部用完,我们的国家也会跟着玩蛋。"

M局长站起来。他说:"好吧,先生们。富兰克林先生,你能把你在这儿听到的告诉你的部长吗?如果他觉得需要,他可以上报给首相和内阁。我会准备预防措施,我待会先联系刑事调查局的罗纳德·瓦兰斯爵士。我们得把那个叫波莉的姑娘抓起来,等其余姑娘入境后,也要把她们抓起来。我们会好好对待她们的,这不是她们的错。之后,我们会考虑如何应对布洛菲尔德。"他转向邦德,"你留一下,可以吗?"

他们道了别，M 局长按铃叫哈蒙德送两位出门。之后，他又按铃说："请上茶，哈蒙德。"他转向邦德，"还是说你想喝威士忌和苏打汽水？"

"请来杯威士忌，先生。"邦德回答，明显松了一口气。

M 局长评价道："这酒口感不好。"他走到窗前，目光投向黑暗处，看着外面的雨。

邦德将富兰克林的地图拉到自己身边，研究起来。他觉得自己从这个案子里学了很多东西，包括其他人的工作，其他人的秘密，无论是纹章院，还是农渔食品部。9 月的时候这件事还完全没有苗头，现在都已经进展到这一步了，真是神奇！这一切都从特蕾西开始，她一个姑娘没有钱还在赌场赌钱，后来他帮了她，最后事情一步步发展成现在这样。对了，他当时那封辞职信怎么样了？那封信现在看来真是太傻了！他还在从事这个职业，而且还很忙，他以前还没这么忙过。现在要做的就是来个大清扫。他得做这件事，或者至少要带领并组织这事。等茶和威士忌端上来时，邦德已经知道要怎么和 M 局长说了。只有他才能做这件清扫的工作。

哈蒙德端着托盘进来又退下。M 局长回到书桌前，示意邦德自己随意倒酒，他则拿起面前一个非常大的杯子，里面满是红茶，没加糖，也没加牛奶。

最后，M 局长忧郁地说："詹姆斯，这事性质很恶劣。我觉得他说得有道理。我想我们最好做点什么。"他书桌上黑色电话旁有一个红色电话，装了保密器，他伸手拿起红色电话话筒。这条线路直通白厅那个十分私密的交换台，全英国可能只有 50 个人能打得过去。“请给我转罗纳德·瓦兰斯爵士,我想他应该在家,接到他家里的电话。”他伸手拿过杯子喝了一大口茶,之后又把杯子放到杯碟里。然后,他说:“是瓦兰斯吗? 我是M。打扰了你的午睡很抱歉。”邦德可以听见电话的另一头在生气地说着什么。M局长微笑着说:“在读那份少女接客的报告吗? 我真为你感到羞愧,圣诞节你还读这种东西。好了,打开保密器,行吗?”M局长把电话机上一个黑按钮往下拨,“好了吗? 我想这事恐怕是当下最重要的事。你还记得布洛菲尔德和‘雷球行动’吗? 好吧,他又在密谋什么了。说来话长,现在解释不清楚。我们这边明天早上会给你看一份报告。农渔食品部也牵扯进来了。是的,所有的人。一个叫富兰克林的人会和你联系,他是那里最顶尖的害虫控制专家。只有他和他的部长参与。你们能让人向他汇报吗? 之后也给我一份复印件,行吗? 我只和国外那边联系。你的朋友007了解情况。是的,就是你知道的那个007。如果你需要了解国外那边的事,你可以问他详情。现在有一件要紧的事,虽然今天是圣诞节,但你能不能让你手下的人把一个叫波莉·塔斯克的姑娘抓起来? 她大概25岁,住在东英吉利。是的,我知道这个范围太大了,她可能来自一个体面的中下层家庭,和饲养火鸡有些关系。肯定可以在电话黄页上找到她家的信息。没有别的能描述的了,不过她才在瑞士待了几周。11月的最后一周回来的。行了,别想没用的了! 你肯定能办到。等你们找到她,就以携带鸡瘟入境为由把她拘留起来。对,没错,”M局长慢慢说道,“就是杀死我们所有火鸡的东西。”M局长把话筒拿开,小声咕哝道,“谢天谢地。”之后,他又靠近话筒。“不,没什么。对了,对那个女孩好些,她并不知道自己做了什么。另外,告诉她父母不用担心。如果你需要一个正式的指控证明,你可以派人去找富兰克林。等你找到那姑娘,告诉富兰克林一声,他会过去问她一两个简单的问题。等他得到了答案,你们就放了她。看完我的报告,你就会知道为什么放她走也没问题了。现在,我们来谈谈下一个任务。还有10 个情况和波莉 · 塔斯克差不多的姑娘,明天开始,她们随时可能会从苏黎世飞到英格兰和爱尔兰,她们还在过海关或在机场门口时,就要把她们每个人都抓起来。007 有她们的名字和相当准确的描述。我在苏黎世的人不知道能不能告诉我们姑娘们到达的时间。可以吗? 是,007 今晚会带着她们的名单去苏格兰场。不,我现在没法和你讲明白这样做是为了什么,这个故事太长了。不过你听说过生物战吗? 没错。炭疽病一类的。嗯,就是这样。对,又是布洛菲尔德。我知道。我是打算待会和 007 说这个。好了,瓦兰斯,你现在都明白了吗? 不错。"M 局长认真听着。他坚定地笑了下,说道:"对了,祝你圣诞快乐。"

他放下话筒,保密器开关自动跳到"关"上。他看向邦德,声音里透着一丝疲惫,说道:"好吧,该结束了。瓦兰斯说是时候把布洛菲尔德逮住了。我同意他的观点,这是我们的工作,我完全不指望瑞士那边会帮助我们。即使他们帮忙,也会把这件事搁置到几个星期后,等我们看见他们有所行动,布洛菲尔德说不定都跑到什么地方去了,很可能又要开始玩别的把戏了。"M 局长直直地看着邦德,"你有什么主意吗?"

这一天终于来了,邦德早就知道这一天会来临。他喝了一大口威士忌,小心翼翼地放下杯子。他开始迫切地谈着自己的计划,话语很有说服力。在他陈述计划的时候,M 局长的脸色越来越暗。邦德最后说:“这是我能想到的唯一办法,先生。我需要请两个星期的假。如果需要的话,我可以递交辞职信。”M 局长跟着椅子转,盯着快要熄灭的柴火。

邦德安静地坐着,等待着裁决。他希望局长说好,但也希望他否决他的意见。那座该死的雪山!他真的不想再见到那座雪山了。

M 局长转过身,灰色的眼睛透露着凶光。“好吧,007。去吧。我就不去找首相商量了,他会否决这个提议的。不过看在上帝的分上,你一定要完成任务。我不介意被解雇,但是我们都不想让政府最后又卷入一个政治危机中。对吗?”

“我明白,先生。那我能请两个星期的假吗?”

“可以。”

第二十三章　与马克昂杰的再会

邦德坐在飞机上，看着窗外，他的肚子前别着手枪，现在他的护照上是他本人的名字了。透过窗子，可以看到飞速往后退的英吉利海峡。他感觉这更像自己，扮演希拉里·布雷爵士前的自己。

他瞥了一眼手腕上新的劳力士，商店当时还没开门，他说了半天好话才买到。他猜他们下午六点会准时到达马赛。他是匆匆忙忙出发的。他昨天在总部工作得很晚，今天又忙了一整个上午，处理和布洛菲尔德的身份相关的事，他和罗纳德·瓦兰斯一起核对了细节，了解布洛菲尔德的私生活以及他在慕尼黑那边生活的情况。他们用电传打印机和苏黎世情报站联系，他甚至记得让玛丽·古德奈特在圣诞节后联系萨布尔·巴西利斯克，请他研究下那10个姑娘的姓氏，并请他将鲁比·温莎的家谱用大写金色字母装饰好。

十二点的时候，他打给了慕尼黑的特蕾西，听见电话那头她亲切又激动的声音:“詹姆斯,我已经买了牙刷了,还买了一堆书。明天我打算去朱格峰,坐在那晒晒日光浴,这样会觉得我更漂亮了。猜猜我今晚在房里吃的是什么?小龙虾、米饭、奶油、莳萝酱等等,很多好吃的,肯定比你今晚的伙食好。”

“我吃了两份三明治,里面加了一堆芥末,喝了半品脱的波旁威士忌酒,酒里兑了冰块。波旁威士忌酒比火腿好多了。好了,听我的话,特蕾西,不要对着话筒叹气了。”

“这是爱的叹息。”

“好吧,你叹的气都有五级大风那么大了。听着,我明天会把我的出生证明寄给你,并附上一封给英国领事的信,上面写着我想尽快和你结婚。你看看,你吹的风都有十级那么大了。看在上帝的分上,注意听。我想这恐怕需要等几天才能办好,他们得准备结婚预告那些东西。他都会和你说的。对了,你得快点拿到你的出生证明,也交给他。哦,你已经给他了,真的?”邦德大笑出声,“这样最好。那我们什么事都办好了。我的工作还要三天左右才能完成。我打算明天去见你父亲,让他把你的手交给我,两只手,两只脚,还有剩下的全部。不,你还是待在那儿,这是男人间的对话。他应该醒着吧?我待会就给他打电话。好了,你现在去睡觉吧,不然结婚的时候你可能会累得连‘我愿意’都说不出来了。”

他们都舍不得挂断电话,还想多听听对方的声音,不过最后他们只能互道晚安,交换了晚安吻,然后挂了电话。然后邦德打电话给马赛的德拉科电子仪器公司。电话里传来马克昂杰的声音,他几乎和特蕾西一样兴奋。邦德把心中因“未婚妻”而产生的狂喜情绪控制住，说道："好了，听着，马克昂杰。我希望你能送我一件结婚礼物。"

"任何东西都行，亲爱的詹姆斯。只要我有。"他大笑着说，"还有我可能会有的也行。你想要什么？"

"明天晚上我会告诉你的。我订了明天下午飞往马赛的法国航班。你能让人来接我一下吗？我这次去其实主要是为了公事，你能让其他董事出席一个小型会议吗？这需要大家一起出谋划策。和我们在瑞士的销售机构有关。需要采取一些极端措施。"

"啊哈！"从他的声音中可以听出他完全明白了，"没错，在销售方面，它的确给我们拖了后腿。我会确保他们都到场的。而且我向你保证，亲爱的詹姆斯，我会为你做一切我力所能及的事。当然会有人去接你。只是我恐怕不能亲自去了，到冬天了，晚上外面太冷了。我会确保有人好好照顾你的。晚安，我亲爱的伙计。晚安。"

电话挂断了。这个老狐狸！他是不是觉得邦德行事不够谨慎，还是他在电话上装了反窃听设备？

在飞机上，邦德抓紧时间休息了一会。

来接邦德的司机是个典型的马赛人，长着一副海盗一般的面孔。他明显认识机场的人，和他们玩得也不错。邦德跟着他走，听他和机场的人用带口音的法语打趣邦德这个英国人，大家的注意力都集中在他身上，邦德显得像个傻傻的英国游客。不过上车后，司机立刻转过头向邦德道歉："请原谅我失礼的言行。"现在，他用纯正流利的法语说道，"上面告诉我，把你带出机场的时候要尽可能地不让目光聚集在你身上。这里的工作人员我都认识,他们也认得我。如果我表现得不像平时的自己,不像那个叫作马吕斯的出租车司机了,他们就会怀疑你,先生。我选择做我认为最好的事,你会理解我吧?”

“当然理解,马吕斯。不过你不必弄得这么滑稽,我差点大笑出来。如果我笑了出来,那可就糟糕了。”

“你听得懂我们的话吗?”

“差不多。”

“原来如此!”他停顿了一下,然后他继续说道,“唉! 滑铁卢战役之后,不能再低估英国人了。”

邦德认真地说:“滑铁卢战役之后,也不能再低估法国人了。我看都差不多的。”这话听起来过于浮夸了,邦德又说,“对了,问你个问题,这里的浓味炖鱼还和以前一样好吃吗?”

“还有,”马吕斯说,“不过现在没有正宗的浓味炖鱼了。地中海里没有做这道菜的鱼了。做这道菜需要用鲉柔软的嫩肉,不过现在他们只能用鳕鱼的肉了。配料一直都是藏红花、大蒜。”

马吕斯和他聊了一会,然后他们来到了著名的麻田街立交桥,他们的车子穿行在车流中。邦德闻到了大海的气息,咖啡馆里也流淌着手风琴的声音。邦德想起住在这座城市的那段旧时光,这个城市集中了法国最多的罪犯。有趣的是,他现在和这些人正是一伙的。

麻田街立交桥的尽头和罗马大街相交,马吕斯先向右转,之后又向左转驶入圣·费雷奥尔大街。海港入口处的灯光闪烁着,车子随后停在了一栋造型难看的公寓前，不过公寓看上去很新，第一层楼有个宽大的玻璃橱窗，上面的霓虹灯显示着“德拉科电子仪器公司”。商店里灯光明亮，展示着你能想到的一切电子仪器，包括电视机、收音机、留声机、电熨斗、电风扇等。马吕斯提着邦德的手提箱，快速穿过人行道，并走进橱窗旁边的旋转门。门厅铺着地毯，比邦德想象中的还奢侈。一个人从电梯旁的门房里走出来，一句话没说就接过了手提箱。马吕斯转向邦德，对他笑了笑，眨了眨眼，并大力地握了握他的手，之后他就道别离开了。脚夫站在打开的电梯门边，邦德发现他右胳膊下有一块突了出来，出于好奇，进电梯门时邦德从他身边擦过。没错，看来是把真枪。脚夫不耐烦地瞥了一眼邦德，似乎在表示：“有意思吗？嗯？”然后他按下顶层的按钮。一个和脚夫长得很像的人等在顶层，他皮肤黝黑、身形粗短，有一双褐色眼睛，邦德差点以为他和那个脚夫是双胞胎呢！他拿上邦德的手提箱，引着他沿着一个过道往前走，过道上铺着地毯，两边的壁灯也很有品位。他打开门，那是一间舒适的卧室，里面带有浴室。窗子上挂着大大的窗帘，邦德想：窗外的景色一定美如画。那人放下手提箱说：“德拉科先生随时都可以和你见面。”

邦德想表现得独立些，他坚定地说：“等一会儿吧。”他走进浴室梳洗了一番。当他发现肥皂、洗发水和男式梳子都是英国产的时候，他不禁笑了出来。马克昂杰真的是尽力让他这位英国客人宾至如归。

邦德不慌不忙地洗漱完毕，然后走出去，跟着那人来到最后一道门前。那人没敲门就把门打开，等邦德进去后，他在门外把门关上。马克昂杰看到他后开心地笑了,露出一口金牙。邦德看见马克昂杰坐在书桌后面,马克昂杰从办公桌边站起来,跨过房间走到邦德面前。他抱住邦德,在他的左右脸上亲了一下。邦德忍着没往后退,并在马克昂杰宽阔的背上拍了拍示意。马克昂杰退开,大笑着说:“好了!我发誓以后不会再做这种事了。仅此一次。可以吗?不过这种情绪需要发泄出来的,对吗?你原谅我了?好。那过来喝一杯?”他指了指满是酒瓶的餐柜,“坐下来,告诉我有什么能为你做的。我发誓,在你讲完公事前,我不会和你讲特蕾西的。”他褐色的眼睛里带着一丝恳求,说道,“但是,告诉我,你们之间一切还好吗?你没改变主意吧?”

邦德微笑道:“当然不会,马克昂杰。一切都准备就绪了。我们一周内就会在慕尼黑的领事馆结婚。我请了两个星期的假。我想我们可以去基斯比度蜜月。我喜欢那个地方,她也是。你会来参加婚礼吗?”

“参加婚礼!”马克昂杰激动地叫出声,“你们在基斯比就能远离我一会了。好了,”他指了指餐柜,“你先喝点东西,我先冷静一下。我得控制一下,不能一直这么兴奋,要保持理智。我手下最厉害的两个人还在等我呢。我想先单独占用你一点时间。”

邦德给自己倒了一杯兑冰的威士忌,又加了点水。书桌旁边排放着三把椅子,椅子面朝着“联盟”的标志,围成半圆形。他走了过去,挑了右手边的一把椅子坐着。“我也想单独和你聊聊,马克昂杰。因为还有一些会影响到我国家的事,我必须和你谈谈。我的假期之所以能被批准,就是因为我要来告诉你这些事。但你得把‘它们’留在‘赫科斯奥敦通’后面，就是之前说的放在你‘牙齿上的篱笆’后，可以吗？”

马克昂杰抬起右手，在胸口慢慢地用食指慎重地画了一个十字。他的脸现在变得非常严肃，甚至称得上是残酷冰冷。他身子往前一倾，把胳膊支在书桌上：“继续说吧。”

邦德把整件事都告诉了他，甚至没有省略鲁比的事。他现在对这个人充满了喜爱和尊敬之情。他说不清是什么原因。一部分可能是因为马克昂杰的雄性魅力，一部分可能是因为他对邦德的毫无保留，他很信任邦德，甚至把心灵最深处的秘密都告诉了邦德。

马克昂杰的脸上一直没什么波动，只是眼睛一直盯着邦德。等邦德讲完，他才靠回椅背上，拿出一包蓝盒子的香烟，将烟放在嘴里，他一边吐着烟雾，一边说话：“是的，这的确是件肮脏的事。必须结束它，毁了它，还有那个男人。我亲爱的詹姆斯，”他的声音有点阴沉，“我是个罪犯，一个大罪犯。我开过妓院，里面有一批妓女。我走过私，找人收过保护费。每次一有可能，我就从大富豪那边偷东西。我做过很多违法的事，很多时候，我只能杀人。也许有一天，也许很快，我会重新做人。不过想要断开和联盟的关系很难。要是没有我手下的人的保护，我的命早就没了。这一点还需要再看。但布洛菲尔德太坏，太恶心了，你来是让我们联盟和他开战，毁了他。你不必回答这个问题，我知道就是这样。这种事不适合官方出面。你的长官是对的，你们从瑞士人那儿得不到什么实际的帮助。你希望我和我的人来做这件事。”他突然笑了，“这就是你之前说的结婚礼物,对吗?"

"没错,马克昂杰。不过我也想尽一份力,我也会在那儿,我想要自己抓住他。"

马克昂杰沉思地看着他:"我不想要这样。你应该知道我为什么不想这样。"他温和地说,"你这个傻瓜,詹姆斯。你能活着已经很幸运了。"他耸了耸肩,说道,"不过我知道我只是在浪费力气。你已经追踪这个人很久了,想要最后来个了结。是吗?"

"没错。我不想其他人射杀了我盯上的这只狐狸。"

"好吧,好吧。我们不如把其他人叫进来?他们不需要知道原因,我只要下命令就行。我们需要做的就是知道怎么执行这件事。我有一些主意,我想我们可以快速解决这件事,不过得做得干净利落,不能留下什么隐患。"

马克昂杰拿起电话说了点什么。一分钟后,门开了,两个人走了进来,他们几乎看都没看邦德一眼,就在另外两张椅子上坐下了。

马克昂杰朝邦德旁边的一个人点了点头。那人长得和牛一样结实,塌鼻梁,一对耳朵朝外张开。"这是谢尔什,有人叫他说服者谢尔什。"马克昂杰冷冷地一笑,"他非常善于说服别人。"

邦德感觉他那双黄褐色的眼睛迅速瞥了他一眼,敷衍地说了一句"你好,先生",之后,那人又把头转回去。

"这是图森,我们的塑料炸弹专家。我们应该需要不少塑料炸弹。"

"的确如此。"邦德说,"还需要很多笔状定时炸弹。"

图森微微一欠身。他比较瘦,肤色灰白,轮廓很像腓尼基人,脸上有些麻子。邦德猜他在吸海洛因,但是不是用注射法。他狡黠地对邦德一笑,说了声"你好,先生",然后,坐回椅子上。

"这位是,"马克昂杰指了指邦德,"我的朋友,我真正的朋友。他也是这次行动的'长官'。现在我们言归正传。"他一直说的都是法语,不过现在用科西嘉语快速地和他的手下讲着,除了一点意大利语和法语的词根,邦德基本没听懂。过了一段时间,他从办公桌的抽屉里抽出一张大比例的瑞士地图,将它展开,用手指寻找着,最后指着恩加丁中间的一处。另外两个人身子往前探,仔细研究了一下地图,又靠回椅背上。谢尔什说了句"斯特拉斯堡",马克昂杰热情地点了下头。他转向邦德,递给他一大张纸和一支铅笔。"好兄弟,帮一个忙行吗?把格洛里亚建筑的地图画在这上面,写下房子的大致大小和它们之间的距离。之后我们会做出完整的地形模型,以免产生混乱。每个人都有分工,"他笑着说,"就像战争里的突击队。是吗?"

之后,邦德俯身完成他的任务,而其他人则继续聊着。电话响了。马克昂杰接起电话,他记下了几个字,之后放下了话筒。他转向邦德,眼里闪过一丝怀疑。"这是从伦敦给我发来的电报。署名是全体,说是'小鸟们已经聚集在城镇,明天全体起飞'。这是什么,我的朋友?"

邦德真想揍自己一顿,竟然忘了说这事:"对不起,马克昂杰。我忘了和你说你可能会收到这样的一个信号。它是说那些姑娘到苏黎世了,并且明天会飞回英格兰。这是个好消息。我们不能把她们牵扯进来。"

“啊,很好！确实是个非常好的消息。你不让他们发电报给你是对的。这样别人根本就不会猜到你在这,也想不到你认识我了。这样做是好些。”他又用科西嘉语和他的两个手下说了许多话。两人点头表示明白了。

之后,会议很快就结束了。马克昂杰检查了一下邦德的手工绘的图,并把它传给图森。图森看了一眼草图,然后小心翼翼地把它叠好,仿佛这是一张值钱的股票证书。两人对着邦德的方向轻轻鞠了个躬,然后就离开了房间。

马克昂杰靠回椅背上,满意地舒了一口气。“进展得不错,”他说,“我们所有人都会得到一笔不少的冒险奖金。他们喜欢有难度的事,而且很乐意由我亲自领导。”他狡猾地一笑,说道:“亲爱的詹姆斯,他们不太确定你的实力,觉得你会妨碍我们。我只好和他们说你的枪法和近身肉搏术胜过他们不少人。我这么说之后,他们也只能相信了。我还从来没有让他们失望过。我希望我说得没错,你觉得呢?”

“不要说笑了,”邦德说,“我从来没和科西嘉人比试过,现在也没这个打算。”

马克昂杰笑了,他说:“你的枪法可能略胜一筹,但和他们比近身肉搏的话,你赢不了。我的人都很强壮,非常厉害。我要带五个最厉害的,加上你和我,一共有七个人。你之前说山上有多少人来着?”

“大概八个。不加那个大头目。”

“哦,是的,还有那个大头目。”马克昂杰若有所思地说,“绝不能让他逃掉。”他站了起来。“好了,我的朋友,我已经在这儿订了一顿丰盛的晚餐。然后我们就带着一嘴的蒜味去睡觉,还可能会喝点酒,一点微醉。怎么样?”

邦德发自内心地说:“没有比这更美妙的事了。”

第二十四章　血色人生

第二天,吃过午餐后,邦德先乘飞机再转火车去了斯特拉斯堡的"红铁粉旅馆"。

他和马克昂杰在马赛待了一段时间,想到事情马上就能结束,之后就可以看到特蕾西,他过得很开心。

昨天晚上格洛里亚山峰及其房屋模型制作出来了,早上他们对着模型一连开了好几个会议。几个邦德没见过的新面孔进来了,他们听了自己的任务后,又出去了。他们的脸都很凶狠,充满杀气,不过对首领都很忠诚。无论是处理遇到的每一个问题,还是为可能发生的事故做准备,从租用直升机到事后给牺牲的手下的家属发抚恤金,马克昂杰每一件事都处理得很有威严,干脆利落。马克昂杰对直升机的事不满意。他向邦德解释道:"你瞧,我的朋友,这种东西只能在法国右翼秘密部队弄到。恰好他们还欠我一份很大的人情,我打算就此搞到一架飞机。我其实不想参与政治的事。我希望我在的国家有序、和平。我不喜欢革命,这会让各地陷入混乱。我在法国右翼①部队里安排了人,我恰好知道他们有一架军用直升机,是从法国军队那里偷的,就在莱茵河边的一个庄园里,距离斯特拉斯堡不远。庄园归一个伯爵所有,那人是个疯狂的法西斯主义者。他的庄园与世隔绝,他以发明家自居,因此,他手下的农民即使看到偏僻的谷仓里放着一个能飞的机器,并且还有技工照料着,也不觉得稀奇。那些技工是法国右翼部队的人。今天早晨我发电报告诉那边的人,表示我要借用那个机器和他们秘密空军中最好的飞行员一天。他们已经在准备了。可惜,之前是他们欠我的人情,现在反过来了。"他耸耸肩,"不过这又怎样呢?我很快就能再将情况反过来。法国的警察和海关官员有一半都是科西嘉人,这为我们联盟提供了一张重要的通行证。你明白吗?"

他们已经在红铁粉旅馆给邦德订了一间不错的房间,他在那里接受了热情周到的服务。科西嘉联盟似乎没有搞不定的地方。邦德入乡随俗,晚餐点了城里最好的鹅肝,外表是粉色的,汁很多,还点了半瓶香槟,最后他心满意足地睡觉了。次日早晨他待在房间里,换上滑雪服,让人送来一副滑雪镜和皮手套,既能防寒,同时还可以握枪。他就这么戴着皮手套,取出枪里的子弹,对着衣柜的镜

① 右翼:这是对某一政治路线派别的称呼,多代表保守主义政治派别。源于法国大革命时期的国民公会的主席台上,坐在右翼席位的是保守派的吉伦特党。

子练习射击,直到感到满意了才停。他又将子弹装上,把枪套放在腰带里。他让人送来账单,并把钱付了后再让人把他的手提箱寄到“四季酒店”特蕾西那里。之后他让人送来当天的报纸,坐在窗前,看着街上的车流入了神,竟忘了读报纸。

正午,电话响了。他直接下楼,出门去找一辆法国标致403型号的灰色汽车,他们之前告诉他去找那辆车——谢尔什开的车。他简单地回应了邦德的问候,之后,在一片沉默中,他们在乡间开了一个小时的车,最后在一个路口向左转弯,进入一条泥泞的道路,车子在茂密的树林间行驶,最后来到一个大院落前,那里的石墙破破烂烂的,巨大的铁门也坏了。铁门后是一个庄园,车道上寸草不生,不过有车辆轧出的新痕。这个庄园曾经很美丽,现在却破旧不堪。他们沿着车痕穿过树林,前面是田野。树林的边上有一个大谷仓,可以看出来管理得不错。他们停在外面,谢尔什急促地按了三声喇叭。谷仓的门是巨大的双层门,只见上面开了一扇小门,然后马克昂杰出来了。他开心地和邦德打招呼:“进来,我的朋友。你来得正是时候,现在还有斯特拉斯堡香肠和里克威尔酒。酒的味道不是很浓,有点苦。我觉得这种红葡萄酒不太好喝,不过可以解渴。”

里面就像是摄影棚,灯光打在军用直升机上,飞机的外形不太显眼。某个地方响着小发电机的喀喀声。里面看上去满是人。邦德认得联盟里的人。他想其他人应该是当地技工。机身是黑色的,只见两个人站在梯子上,忙着把飞机涂成白色,同时还添上红十字的标记,另外可以看见上面漆的几个字母是“FLBGS”,是民用飞机的标记,这是他们伪造的,漆还未干,依旧闪着光。他们给邦德介绍了飞行员，那人是个小伙子，一双明亮的眼睛，一头浅色金发，身着工作服，叫作乔治。“你到时就坐在他身边。”马克昂杰解释说，“他是个厉害的飞行员，但他不知道山谷最后一段的地形，也从没听说过格洛里亚峰。吃完饭后，你最好和他一起仔细看一下地图。一般的飞行路线是从巴塞尔到苏黎世。”他开心地笑了。他用法语说：“我们会和瑞士防空局的人来一次有意思的对话，是吗，乔治？”

乔治没有笑。他简短地说：“我想我们能糊弄住他们。”然后他又继续忙自己的事。

邦德接过一节大蒜香肠、一大块面包和一瓶里克威尔酒。之后他坐在一个朝上翻转过来的包装箱上，马克昂杰则回去监督装载“储藏物”的情况，包括枪支和一些包在红色油布里的6英寸大小的方形包裹。

过了一会，马克昂杰让手下人和邦德都排好队，并快速检查了下随身武器，除邦德以外的科西嘉联盟成员都有一把用得很顺手的伸缩小刀。包括马克昂杰在内的每个人都穿好了新的滑雪服，衣服是用灰色布料制成的。马克昂杰给所有人都发了一个黑布袖章，上面印着“阿尔卑斯联邦警察”几个字。邦德接过袖章时，他说：“根本没有什么所谓的‘阿尔卑斯联邦警察部队’。不过我怀疑‘幽灵党’的人不一定知道。至少这些袖章能糊弄一会。”

马克昂杰看了看自己的手表。他转过身，用法语喊道：“2点45分了。准备好了吗？那我们出发吧！”

农用拖拉机带着直升机的轮子，谷仓的大门敞开，拖拉机牵引着飞机慢慢开到草地上，冬天的阳光显得有点苍白。拖拉机的挂钩被解开,飞行员爬上小巧的铝制梯子,然后进入了升起的驾驶员座舱,邦德跟着他进去了,两人系好了安全带。其他人也跟着进入了有十个座位的机舱。之后,小巧的铝制梯子被收了上来,舱门也被砰地关上并锁好。地面上,技工们竖起大拇指,飞行员俯身操作起操纵装置。他按了启动按钮,先传来了几声喀喀声,之后引擎启动起来,巨大的螺旋桨也转动起来。飞行员回头看了一眼转起来的尾翼,等到计数表上的指针爬到200时,他放开刹车,慢慢拉起操纵杆。飞机颤动着,似乎不愿意离开地面一样,不过它随后轻轻前进了一下,然后他们就飞了起来,并迅速升到树林上方。外面下着雪,飞行员则继续操纵着飞机前行。

没过一会儿,他们就到了莱茵河上方,巴塞尔就在前面。他们到达了2000英尺的高空,之后,飞行员就保持着这个高度飞行,并向北飞去。就在这时,邦德的耳机里忽然传出喀喀的响声,接着瑞士空中管理站的人礼貌地询问他们的身份,声音里有一股浓浓的瑞士口音。飞行员没有回答,对方急切地重复了一遍问题。飞行员用法语说:“我听不懂。”之后安静了一下,然后一个人用法语询问他们。飞行员说:“请再清楚地重复一遍。”那个人这么做了。飞行员回答:“我们是红十字会的直升机,正在将血浆运往意大利。”然后无线电断了。邦德能够想象出地面某处管理站内部的景象——争辩的声音,迷惑的面孔。另一个声音用法语说:“你们的目的地是哪里?”这声音里带着更多的威严。“等一下,”飞行员说,“我查一下,请等一会。”过了几分钟,他回答,“是瑞士空中管理站吗?”“是的,没错。”“这里是FL-BGS。我们的目的地是意大利贝林佐纳的圣·莫尼卡医院。”无线电又断了,五分钟后那边又问:“FL-BGS,FL-BGS。”“是的。”飞行员回答。“我们查不到你这架飞机的身份标志。请解释一下。”“你们的登记手册一定太老了。这架飞机一个月前才开始用的。”又是一阵长长的停顿。现在苏黎世就在前方了,苏黎世机场那边也用无线电广播与他们对话。那边肯定听到了瑞士空中管理站的对话。“FL-BGS,FL-BGS。”“我在,我在。又怎么了?”“你已经侵犯了民航航线。着陆并向飞行控制台做出报告。再次重复,着陆并做出报告。”飞行员愤怒起来:“‘着陆并做出报告’是什么意思?你不知道有人命悬一线吗?我们这架飞机运载着一种稀有型号的血浆,是一架救命的飞机,血浆是要用来救一名杰出的意大利科学家的,他现在在贝林佐纳。你们地面站的人难道没有良心吗?现在有人性命垂危,你们还让我‘着陆并做出报告’。你们想要承担谋杀的责任吗?”这般犀利的言辞为他们挣来了片刻的安静,邦德窃笑不已,他给飞行员比了个大拇指,他们最后安静地经过了苏黎世湖。不过之后,伯尼联邦管理站的人也用无线电广播和飞机对话,无线电里传来一个低沉、洪亮的声音。“FL-BGS,FL-BGS。谁批准你们飞行权的?我重复一遍。谁批准你们飞行权的?”“就是你们。”邦德笑着对着话筒回答。这是个巨大的谎言!根本没这回事。前方就是那该死的阿尔卑斯山了,在傍晚的阳光下,山脉看上去美丽却又危险。很快他们就能得到山谷的庇护了,那里能避开雷达的探测。不过伯尔尼联邦管理站匆忙查了登记记录,之后那个阴沉的声音又传来了。这个人一定意识到瑞士每一个机场的控制台和大多在这个傍晚飞过瑞士上空的飞行员都已听到了之前的那场争论。那个声音十分礼貌,却不乏坚定。“FL-BGS,瑞士空中管理站找不到你这次飞行的登记记录。我很抱歉说这样的话,但是你正在侵犯瑞士的领空。除非能给出你这趟飞行更有力的证明,否则请你返回苏黎世,向飞行控制台做出报告。”

飞机摇晃了一下,忽然闪过一道银光,一枚带着瑞士标记的导弹在离飞机不到100码的地方一闪而过,然后掉头,由于导弹的燃料在低空慢速燃烧,其所经之处留下了一道黑色的烟雾轨迹。导弹笔直地朝他们冲过来,就在快要击中飞机的瞬间,它又微微偏向左舷,擦着飞机过去了。飞机又摇晃了一下。飞行员生气地对着送话口说:“联邦管理站,这里是FL-BGS。你可以联系日内瓦国际红十字会了解更多的情况,我不过是个飞行员。如果你们弄丢了相关文件,那并不是我的责任。我重复一遍,向日内瓦核实。另外,你们能召回你们的瑞士空军吗?我的乘客现在都要被他们弄得晕机了。”那边的声音传来,不过由于山峰阻隔了信号,声音听起来小了些。“你的乘客是谁?”飞行员拿出了撒手锏,说道:“是来自全世界各个新闻通讯社的代表。他们刚刚全都听到了从著名的国际红十字会的家乡说的废话。先生们,明天你们吃早餐时可能会读到相关报道,希望到时你们能高兴地读下去。好了,能不要再打扰我们了吗?我再重复一遍,请记在你们的工作日志里,这架飞机不是苏联空军派来入侵瑞士的。”

机舱里接着迎来一片沉默。导弹已经不见了。他们正向山谷上升,并且已经经过了达沃斯。山峰闪烁着金色的光芒,迎面而来的山峰似乎要将他们团团包围住。前面就是主峰了。邦德看了下自己的手表，再过十分钟就能到了。

他转过身来看了下面的客舱一眼。马克昂杰和其他人也抬头看着他，夕阳的余晖透过窗子洒了进来，照亮大家紧张且沉着的脸，他们的眼睛在落日下映着红光。

邦德伸出大拇指鼓励大家，之后他又把手从皮手套里拿出来活动了一下。

马克昂杰点了下头。邦德转回去，盯着前面，寻找着那座他厌恶又害怕的高山。

第二十五章　地狱里的希望

找到了！就是这个可怕的地方！现在，只有峰顶是金色的。高原和建筑物笼罩在蓝色的阴影中，月色很快会将其点亮。

邦德指了下那个地方。直升机不太适应这个高度。在1万英尺的天空，水平旋翼很难在稀薄的空气里转动起来，飞行员挣扎着让旋翼保持最大转速。当他转向左边打算正对着山峰飞去的时候，无线电里突然响起刺耳的呼声，一个粗粝的声音说道："禁止着陆，这是私人领地。我重复一遍：禁止着陆！"对方先用德语说了一遍，之后又用法语说了一遍。飞行员伸手摸到机舱顶，把上面的无线电关掉了。他们早在实体模型上研究好了在高原上的着陆点，飞机在选好的着陆点上盘旋下降。那里有一群人守着，是八个人。邦德认出了其中几个。他们的手都放在口袋里。飞机熄火后，邦德听见舱门砰的一声被打开，机舱里的人都爬下梯子。两队人站着，互相盯着对方。马克昂杰威严地说:“我们是阿尔卑斯联邦警察巡逻队的。这里圣诞夜出了点麻烦,我们是来调查的。”

之前邦德见过的“侍者领班”弗里茨也在这里,他生气地说:“警察已经来过了,他们已经向上面做了报告。一切都井然有序,立刻离开这里。什么阿尔卑斯联邦警察巡逻队?我可从来没有听过。”

飞行员用胳膊轻轻碰了碰邦德,并指向左边,伯爵的住处和实验室就在那栋建筑里。一个人戴着滑雪头盔,正笨拙地沿着小路朝缆车车站跑去。站在地面上的人是看不到他的。

“这个混蛋!”邦德马上从自己的位子爬下去进入客舱,并探出身子,叫道,“那个头目,他想跑!”

正当邦德往下跳的时候,一个“幽灵党”成员叫道:“是那个英国人!”就在那时,邦德已落地,并往右边跑去。“幽灵党”那边先开了枪,马克昂杰他们也开始还击。邦德穿行在一片枪林弹雨之中,只能四处躲闪。

当邦德跑到俱乐部的一个角落时,他看见一个戴着滑雪头盔的人来开了雪橇房的门。那人从里面拖出一架单人雪橇冲了出来。他把雪橇放在身前当掩护,同时对着邦德射了一排子弹。邦德俯下身子躲避,同时用双手稳住手枪,开了三枪。可那人向前跑了几步,来到格洛里亚雪橇道口上。邦德借着月光瞥见那人的轮廓,没错!那就是布洛菲尔德。等邦德跑到山坡上,那人已经滑着雪橇消失在雪海中了。邦德冲进雪橇房。该死的!全都是六人用雪橇或双人雪橇!不对,后面还有一副单人雪橇。邦德把那架雪橇拖了出来,也没时间检查雪橇的性能了。他朝滑雪道入口跑去,猛地钻进安全链。雪橇往下冲的时候,他还有一半的身子没站在雪橇上。他尽量直起身子,稍稍往前倾,紧紧握着操纵杆,手肘放在身子两边。车槽里一片黑暗,他随着雪橇飞速往下冲。他尝试用靴子来当刹车,但是没什么用!他分析着这条滑雪道的路线,之后凭着对金属地图牌上画的线路的记忆,他小心操控着杆子,但依旧行驶得很危险。滑过了第一段路后,他思考起来,金属地图上标的下一段路线是什么样的来着?为什么他当时没更仔细地研究一下呢?他想起来了!那里看上去是直道,但是其实是个陡坡,被阴影掩盖着。邦德腾空飞离地面撞到地上,他差点都缓不过气来。他疯了一般用脚尖抵住冰面,努力把时速从50英里变成40英里。好吧!看来这就是之前在地图上看到的“死人跳板”。下一个要命的路段是什么来着?超高速直道!果然,前面就是!那条直道约长200码,时速可达到70英里。他想起有的滑雪行家在雪道最后一段时速可以达到80英里。只能冲下去了。就在这时,他眼前闪现一段黑色和银色相间的滑雪道,前方是一条S形弯道,即所谓的“作战的S道”。邦德的脚尖在黑冰上飞速地滑过,他可以看见下面雪道上的平行沟壑,那是布洛菲尔德乘坐的雪橇留下的。两道沟壑之间有凹槽,应该是他用鞋子刹车时,鞋底的鞋钉留下的。这个老狐狸!听到直升机的声音时,他肯定就为自己定好了这条逃跑路线。不过照着这个速度,邦德肯定能赶上他!看在上帝的分上,他一定要格外当心才行。来到S弯道了!他能做的只有尽力转动身子,他感到一只手肘撞到了一边的冰墙上,火辣辣地疼。然后他被狠狠甩到另一边的冰墙上,最后又被弹回直道上。天啊,这真的很疼!他感到冰冷的风从双肘边穿过。手肘上的布料已经没了,那里的皮也被蹭掉了!邦德咬紧牙关。他才滑了一半的路程。这时,可以看到前方月色下闪过一个身影,布洛菲尔德!邦德抓紧时机单手把身子撑了起来,另一只手则去摸枪。狂风差点把他吹下雪橇,但是他还是努力掏出了枪。他张大嘴巴咬住,他的右手手套上结了冰,他弯了弯右手,活动了一下。然后他将手枪转移到右手,将脚趾从冰面上抬起来,火速冲了下去。不过现在布洛菲尔德已经消失在阴影里了,前方出现了一个急转弯。这里应该就是“地狱里的希望”了。哦,好吧,如果他能通过这段路,之后会有另一段直道,他可以在那里进行射击。邦德用靴子当刹车,他瞥到前面是一堵冰墙。他向左转,迅速翻过冰墙往上冲。天啊,他感觉下一秒就要脱离雪橇了。他用右脚抵住冰面,把身子倾向右边,摇晃着操纵杆。他勉强控制住了银色的铝制雪橇,邦德此时离冰墙顶端不过几英寸的距离,回过神后,他蓦然发现自己又进入了一段漆黑的车道,然后他从漆黑的车道里滑了出来,进入一个被月光照亮的直道。此时,邦德距离前面那个飞速滑行的人只有50码了,他靴子上的刹钉在所过之处带起一片雪。他屏住呼吸,打了两枪。他觉得这两枪打得不错,可那人又冲进了黑影。不过邦德还是在渐渐接近他。他像野兽一样龇着牙齿,你这个混蛋!你死定了!你没办法停下来,也没办法拿枪回击我。我马上就会赶上你了!我很快就会在你身后10码、5码的地方了。然后就有你好受的了!

阴影后面藏着另一个危险,冰上有很长的横断曲面,那里就是

"骨头架散"了！他从道沟滑到下一道沟。用脚刹车的时候，他感觉自己的靴子都要破了，还差点把枪弄丢了，随着颠簸，他觉得自己好像都要前胸贴后背了，肋骨都要震断了。最后终于过了那一段路，邦德吸了一口冷气。现在又是另一段直道！不过前面道路上的东西是什么？黑黑的，和一个柠檬差不多大，像小孩子的皮球一样欢快地在冰面上弹着。是布洛菲尔德掉的吗？毕竟他就在前方30码左右的地方。还是说那只是一个小零件？邦德忽然意识到一种可能，他感到一阵恐惧，这个念头让他有点想吐。他用脚磨着冰面想停下，但是没有效果！他渐渐接近那正在欢快地弹跳着的东西。最后雪橇快速从手榴弹上擦过。

邦德觉得胃有点不舒服，他抬起脚，让雪橇继续滑。布洛菲尔德在车槽上放的到底是什么手榴弹？把引线拉开后，他过了多久才把手榴弹扔了？现在只有祈祷，并快点往前滑了！

至于后来的事，邦德只记得整个车道都在他面前炸开了，之后，他和他的雪橇都被炸飞到空中。他最后掉到了软软的雪地上，雪橇落在了他的身上，他眼前一黑，晕了过去。

之后，邦德醒了过来，他估计自己应该就只在那躺了几分钟而已。山上传来了一声巨大的爆炸声，他摇摇晃晃地站起来，远远看了一眼发生爆炸的地方。爆炸声一定是从俱乐部的那栋房子传来的，那里现在处于一片火海之中，一股烟冉冉升向夜空。然后又有一声爆炸声，布洛菲尔德的那一栋大楼也瓦解了，被炸裂开的房子的大块碎石沿着山坡滚了下来，最后滚成了巨大的雪球，朝树林边滚去。它们会引发另一场雪崩的！邦德模糊地想。然后他意识到这次没关系,他现在在山的右边,几乎就在缆车轨道的下面。可是现在缆车站已经没了。巨大的缆绳被炸断了,它们正沿着山坡吱吱地朝邦德滑过来。邦德死死地盯着缆绳,他现在无能为力,只能站在那看着。如果这个巨大的缆绳打到他,他就只有死路一条了。不过最后缆绳打到了雪上,弹起来后,将树林区上方一座电缆塔绕了起来,电缆塔被折成两半,发出一声清脆的金属声响,之后就从山腰边消失了。

邦德虚弱地笑了,感到很开心,这时他也开始意识到身上的伤。他之前感觉到双肘擦破了,不过他的额头才真是疼得要命的。他小心地碰了一下,抓了一把雪,敷在伤口上。在月光下,血看上去是黑的。他全身都疼,不过似乎没摔断骨头。他晕乎乎地俯下身子,拿起撞得七零八落的雪橇。操纵杆不见了,可能是操纵杆保护了他的头部,两把冰刀都弯了。上面的铆钉还发出响声,可能这雪橇还能滑,必须得让它滑起来!他只能依靠这个方式下山了。他的枪呢?找不到了。邦德撑起身子,爬过车槽边的墙,牢牢抓着雪橇,小心地向下滑。他一进钻到车槽底下,就慢慢往下滑起来,雪橇一路都摇摇晃晃的。事实上,冰刀变弯了反而是件好事。雪橇慢慢地向下滑着,在冰上留下深深的车辙。一路上有很多急转弯,但由于时速只有 10 多英里,没有造成大问题。邦德进入树林,来到“天堂巷”,这是最后一段路了,在那里,他慢慢停了下来。他将雪橇就那么停在那里,自己翻过低低的冰墙。这里的雪被游客踩得很坚硬,他蹒跚地徐徐前行,为了处理伤口,他时不时地抓一把雪,敷在额头上。他会在雪山底下的缆车站旁发现什么呢?如果那里有布洛菲尔德,邦德就必死无疑了！不过车站里没有灯光，只有一辆缆车正慢慢驶进车站。天啊！前面那场爆炸太严重了。马克昂杰和他的手下不知道怎么样了？对了，那架直升机怎么样了？

似乎是在回应他的疑惑一般，这时他听到了山上直升机引擎的声音。它在月光下短暂出现了，接着又消失在山谷中。邦德笑了笑。看来他们这次经过瑞士领空的时候又要和瑞士控制塔的人进行一次艰辛的对话了！不过马克昂杰其实想好要从德国上空的航线飞。不过那也不会好受。他们肯定会和北大西洋公约组织的人争吵起来！算了！还是不必过于担心了，他们肯定能想办法安全飞过这200英里的，如果他们都不行的话，也不可能有别人做得到了。

路上忽然传来了地方消防队的警报声，声音是从萨马登的方向传来的。从车顶上的红色闪光来看，大概在1英里外。邦德小心地靠近漆黑的车站角落，在心里想着要怎么编理由。他爬上墙，往四周看了看。没人！门口只有新压的胎痕。在乘雪橇逃跑前，布洛菲尔德肯定给手下打了电话，然后和那人一起开车逃跑了。他走的是哪条路？邦德走到路上。车胎痕迹是往左边去的。布洛菲尔德应该位于伯尼纳山间隧道，或者已经通过了那里，正向意大利的方向逃去。现在消防队就在他附近，如果和消防队说他可能会导致火灾，还能让消防队在他通过边界线的时候把他抓住。不！那样就太蠢了。毕竟除非邦德那天晚上在格洛里亚峰，否则他不会知道这件事的。不行，他得装成一个普通的旅游者，要表现得蠢一点！

闪着红灯的车子停在缆车站前。里面的人跳下车,其中一些走进缆车站,一些人则盯着远处的格洛里亚峰,山峰笼罩在火光中。一个戴着遮檐帽的人来到邦德面前敬了个礼,可能是队长。他对着邦德说了一连串的瑞士德语。邦德摇了摇头,他于是又试着说了法语,邦德仍然表现出不懂的样子。另一个会点英语的人被叫了过来,他问邦德:“发生了什么?”

邦德茫然地摇了摇头说:“我不知道。我当时正从蓬特雷西纳往萨马登走去。我从苏黎世来这进行一天的短途旅行,不过我错过了公车。我打算在萨马登搭乘火车。然后我看见山上发生了爆炸,”他茫然地摆了摆手,“我走过车站到了那边,想看得更清楚些。突然我感觉头上被砸了一下,就被沿路拖过来了。”他指了指自己流血的头,还有破了的袖子里露出的肘部,“可能是缆线断了,打中了我的头,把我拖过来了。你们带急救箱了吗?”

“带了,带了。”那人朝着一大群人喊了声,他的一个同事从车子那儿拿了黑箱子,就走过来了,胳膊上还戴着红十字袖章。他一边检查邦德的伤口,一边不停地唠叨着,同时,刚刚问邦德问题的人把邦德的事汇报给他们的队长。那人让邦德跟他去车站的洗手间,借着手电筒的灯光,他替邦德清洗了伤口,并涂了碘酒,这使邦德疼得要命,然后他在伤口上包扎了宽绷带。邦德看着镜子里自己的脸,大笑出声。他这样一点都没有新郎的样子。那个红十字会的人发出同情的声音,从箱子里拿出一瓶白兰地给邦德。邦德感激地豪饮了一大口。翻译过来了,说道:“我们没什么办法出去。需要山区救援队派一架直升机来。我们必须回萨马登报告。

你想去吗?”

“我当然愿意。”邦德热情地回答。大家对他礼貌相待,也不问为什么他在寒冷刺骨的黑夜里宁愿走到萨马登也不乘的士。他舒适地到了萨马登,大家友好而依依不舍地和他挥别后,他最终在火车站下了车。

邦德乘慢车去了库尔,然后在那里换乘快车前往苏黎世。凌晨两点,邦德到达了邦豪夫大街,那里住着苏黎世情报站的头儿。之前在火车上时,邦德已经睡了一会儿,可他现在还是很困,有点飘飘然,感觉全身像是被木棍揍过一样。他疲惫地靠在门上,按下门铃,直到一个穿着睡衣、头发蓬松的人出现。那人把门打开一条小缝。“啊?你是谁?”他生气地问,透着一口英国口音。邦德回答:“是我,007。”

“天啊,是你,进来,快进来!”缪尔打开门,快速观察了一下空荡的大街,“有人跟踪你吗?”

“应该没有。”邦德说道,他欣然走进一间暖和的大厅。苏黎世情报站的头儿关上门,把门锁上。他转过身,看着邦德:“天啊,老伙计,发生了什么?你就像被人砍过好几刀一样。来,快过来,喝点东西。”他把邦德领进一间舒适的客厅。他指着一边的餐柜说:“你随便喝。我去和菲利斯说一声,让她别担心。对了,你要让她看一下伤吗?她对这方面比较在行。”

“不用,谢谢。来杯饮料就行了。这儿挺好的,也温暖。这一生我都不想再看见雪地了。”

缪尔走了出去,邦德听见他在过道上和一个人快速地聊了两句。他回来后,说道:“菲尔斯在收拾那间空房子。她会在浴室里放些干净的绷带和物品。现在,”他给自己倒了杯低度数的威士忌和苏打水,好陪着邦德喝,他坐在邦德对面,对他说,“把你能说的都告诉我吧。”

邦德说:“我很抱歉,我不能告诉你太多。就是之前和你说过的那事,不过是后续发展。我保证什么也不知道对你来说是最好的。要不是我需要给M局长本人发个电报,我是不会来这儿的。需要发只有M局长的接收员才能破译的三位X密码。你能帮我吗?”

“当然可以。”缪尔看了下表,“才凌晨2点半,现在把那老同志叫醒的话,是不是太早了?不过你自己看着办。那我先去暗室了。”他走向对面的墙,墙上的书架摆满了书。他取出一本,胡乱摸了两下。咔嗒一声,墙上忽然开了一扇小门。“小心碰头,”缪尔说,“这里本来是间洗手间。大小正好。就是来往车辆多的时候,稍微闷一点。不过可以让门开着,这样就没那么闷了。”他朝地上放着的保险柜弯下身,解开锁,打开柜子,取出一台便携式打字机一样的东西。那台笨重电报机的旁边有一个架子,他把它放在那里,然后坐了下来,迅速打出了抬头和地址。“好了,你讲吧!”

邦德靠在墙上。在来萨马登的路上,他就想好了电报的内容。既要准确地传达消息给M局长,又不能让缪尔知道情况,让他不牵连上此事。邦德说:“好吧,这样说行吗?‘据点已处理妥当,细节不详,因间谍擅自离队,据点主人逃脱,详尽报告会由M情报站发出,接受十天休假,007。’”

缪尔重复一遍内容,之后将其输入电报机。

邦德看着电报被发出后,马克昂杰所谓的“女王密令”的工作便告一段落。对这一连串以她的名义所犯下的罪行,女王又会怎么看待呢?天啊,小屋里太闷了!邦德摸了摸前额上冒出的冷汗。他用手捂住脸,嘟哝着“那座要命的雪山”后,缓缓倒在地上。

第二十六章　阴影下的幸福

在苏黎世机场的护照检查处门外见到邦德时，特蕾西惊讶得不得了，可她忍到他们坐进那辆小轿车里，才哭了出来。“他们对你做了什么？”她哭泣着，“你怎么弄成现在这个样子？”

邦德抱住她，说道：“没事的，特蕾西。我向你保证，只是擦伤而已，就和滑雪摔了一跤差不多。别哭了。这种事很正常。”他抚摸着她的头发，拿出手绢，擦去她的泪水。

她接过他的手绢，含着泪水笑着说：“你把我的眼影都给擦坏了。为了见你，我打扮了好久。”她拿出小镜子，小心地擦掉污迹，“我真是傻。我就知道你去那没什么好事。你一和我说要离开几天去清理一些东西不能来见我的时候，我就知道你又去找麻烦去了。之后爸爸打电话问我见到你没。他听上去又神秘又担心。我才说没见到你，他就挂了电话。”

“今天报纸上报道了格洛里亚峰的事情，今早你在电话里又那么谨慎。加上你是从苏黎世打来的，我就猜你跟这事脱不了干系。”她把小镜子放回包里，按了一下自动启动器，“好吧，我不问了。很抱歉我刚刚哭了。”她又生气地补充，“不过你真是大傻瓜，你没想过这会关系到别人，自顾自地去充当英雄的角色。真是非常、非常自私。”

邦德伸出手，握住她放在方向盘上的手。他讨厌别人这样哭闹的场景，但她说的是事实。他没想过她，只想着工作。他从未想到会有人真正地关心他的安危。如果他离世，朋友们不过是扼腕叹息，大不了《泰晤士报》的讣告栏里会有他的名字，几个姑娘伤心几天罢了。但现在不一样了，三天后，他将不再是一个人了。他将成为两个人中的一半。如果他受了伤回来，不单单只有梅和玛丽·古德奈特要对此叹气了。现在，倘若他离世，特蕾西将会难过得要命。

白色小轿车灵巧地行驶在公路上。邦德说：“我很抱歉，特蕾西。不过那件事必须得去完成。你是了解情况的。我没办法半途而废。如果这次退缩了，我现在肯定就没这么开心了。你能理解我的，对吗？”

她伸出手，轻轻抚摸他的脸庞，说道：“正因为你是这样，我才喜欢你，这可能是遗传。我会习惯的。不要因为我而改变自己。我不想像别的妻子婚后那样，处处约束你。我想和你生活在一起，而不是和别人生活。如果我有时候太过生气，对你大吼大叫。那也是因为爱你。”她温柔地对他一笑。

邦德笑了。“你这小坏蛋，特蕾西。”他伸手去拿报纸，他一直很好奇报上是怎么说的,又报道了哪些东西。

德国报纸上的头版头条自然是柏林的消息。同样道理,第二条也是目前德国最近颇高的出口额。这些消息的来源都写着“本报记者报道”。第三条消息来自圣莫里兹,写着:“格洛里亚峰上的神秘爆炸事故,通向百万富翁别墅的滑雪道遭毁。”之后几行正文重述了标题的内容,并说警方早上将乘坐直升机去调查。下一条标题引起了邦德的注意,标题是《脊髓灰质炎在英国引发恐慌》。接下来是来自路透社的简短报道,是前天从伦敦发来的:“九位姑娘在几个英国机场被拘留了,因为警方怀疑她们在苏黎世机场与一个疑似患有脊髓灰质炎的英国姑娘有过接触。她们现在正在接受隔离检疫。卫生部的一位发言人表示:‘这只是例行公事,目的是以防万一。’第十个姑娘是造成这件事的起因,名叫维奥莱特·奥尼尔。她现在在香农医院接受观察。她是爱尔兰人。”

邦德感到好笑。在紧急情况下,英国人能把这类事处理得很完满。这篇简短的报道后面需要多少的协调?首先是 M 局长,然后是刑事调查局、军事情报处、农业部、海关、护照检查处、卫生部还有爱尔兰政府。他们协力以超乎寻常的速度和效率解决此事。最后经由报刊新闻协会,由路透社将其公布于大众。邦德把报纸扔向身后,窗外是奶黄色的房屋建筑,这曾是欧洲最美的城镇之一,现在,战后的苏黎世正一步步进行重建,房屋基调依旧是陈旧的奶黄色。这次的任务终于结束了,邦德心想。

可惜罪魁祸首还是逃了!

他们大约三点钟到达旅馆。有人给特蕾西捎了一条口信,让她打个电话给人在斯特拉斯堡的马克昂杰。他们上楼到了她的房间，接通电话。特蕾西说:“他在这儿,爸爸,还活得好好的。”说着她让邦德接听电话。

马克昂杰问道:“抓到他没有?”

“没有,真倒霉。我猜他现在大概在意大利。他当时是往那个方向逃的。你们怎么样？我在山下看感觉你们做得不错。”

“大体上还算满意。”

“全解决了?”

“是,彻底解决了。从苏黎世来的那帮人都解决了。我这边损失了两人。谢尔什在开公文柜时被炸弹炸死了,另一个同伴在他身旁,没来得及跑开也被炸死了。情况差不多就是这样。返程挺顺利的。我明天再跟你细说。今晚我坐车过去,你了解了吗?”

“好。顺便问一句,那个叫宾特的女人怎么样了?”

“没有她的消息。这样也好。如果她在那儿,想送走她的话没有送走别的姑娘那么简单。”

“好的,马克昂杰,谢谢。英国那边的消息也很好。明天见。”

邦德放下电话。之前邦德接电话时,特蕾西主动避开去了浴室,锁上了门。现在她问道:“我能出来了吗?”

“再等两分钟,亲爱的。”邦德给 M 情报站打了电话,对方正在等他的电话。他打算去见那个站的领头,那人是一名海军少将,邦德曾见过他几次,他们之前约了一小时后见面。然后他告诉特蕾西可以出来了,他们一起计划了晚上的活动。最后他独自回到他的房间。

他的手提箱已经被打开了，床边放着一盆番红花。邦德笑了，他端起花盆将它稳稳地放在窗边。他快速洗了个澡。他小心翼翼地洗着，避免把绷带弄湿。他换下了那件气味难闻的滑雪衫，穿上他带来的一件深蓝色衣服，坐在写字台前，迅速写下，他准备用电报发给M局长的报告。然后他披上深蓝色雨衣，走下楼梯，独自前往音乐厅广场。

若不是他一路上都在认真思考一些事，他就会注意到街对面一个矮胖的身影。那是一个身着深绿色披风里的女子。当她看见邦德悠闲地往前走时，她吓坏了。于是她跟踪起邦德来，在跟踪人这方面，她可是个高手。当他走到音乐厅广场，登上一间八层楼的公寓时，她并没有靠近以便看清地址，而是躲在广场的另一头等着他出来。他出来后，她又跟着他回到四季酒店，最后叫了辆出租车回到自己的房子，打了个长途电话给意大利科摩湖边上的都市旅馆。

邦德回到房间后，发现写字台上有一大堆绷带和药品。他打给特蕾西，问道："这是什么情况？你怎么什么门都能打开，难道你有万能钥匙吗？"

特蕾西笑着说："我和这里的客服成了朋友，是她送去的。她很懂恋爱中的人是什么样，在这点上可比你强多了。你为什么要把那些花儿移开呢？"

"花很美。我想放在窗台上会更好看一些，还能晒到太阳。对了，我和你商量个事。假如你来我这帮我换一下绷带，我就带你下楼，给你买份饮料。你一份，我自己三份，按照男女胃口的正确比例。怎么样？"

“可以啊。”她挂断电话。

换绷带时,伤口疼得不得了,邦德疼得眼泪都出来了。

她脸色苍白,擦去他的泪水,心疼地看着他的伤口,问道:“你真的不用看一下医生吗?”

“我看过医生了。检查过了,没事,你放心。”

邦德深情地望着她,说道:“我们待会去瓦尔特饭店吃一顿丰盛的晚餐,顺便聊聊戒指的事儿,还有咱们卧室里的东西是不是齐全。”

他们就这样度过了傍晚时光。特蕾西认真地和他提了许多生活上的实际问题,邦德听了之后,头有点晕。不过他惊奇地发现,建造这个安乐窝给他一种奇妙的喜悦感,他终于要安顿下来了,生活会变得更充实,更有意义,因为他心爱的人将和他一起共度余生!这种感觉很神奇!

第二天,马克昂杰到达旅馆。他的车子体型庞大,占了旅馆后面的大半个停车场。邦德和特蕾西和他一起吃饭,之后两人还去首饰店买了订婚戒指和结婚戒指。后者很容易选,他们选了传统的平面金戒指。可是买订婚戒指时,特蕾西就比较犹豫了,最后她让邦德去买他觉得不错的款式,自己则去试穿度蜜月时要穿的衣服。邦德喊了辆出租车。司机在大战时担任过德国空军飞行员,他为此感到很自豪。他和邦德跑遍全城,最后在宁芬堡宫附近的一家古玩店里,邦德终于找到了自己满意的戒指:一只巴洛克式的白金戒指,上面还镶嵌着两小串钻石。戒指既简约又优雅,那个出租车司机也觉得十分不错,他就买下了。为此,两人还去了弗兰兹萨肯尔·凯勒酒店庆祝了一番。他们吃了许多香肠,每人都喝了四大杯啤酒,发誓两人再也不相互打架了。想着这是自己最后一次的单身聚会了,邦德怀着愉快的心情,摇晃着回了旅馆,他避开了司机的搀扶,直接来到特蕾西的房间,将戒指戴在她的手指上。

特蕾西感动得满脸泪水,她眼里泛着泪花,说这是世界上最美丽的戒指。不过当邦德抱着她时,她又忍不住笑了。"噢,詹姆斯。你身上难闻死了,就像一头喝了啤酒,吃了许多香肠的猪。你之前去哪里了?"

邦德于是和她说起来,她听了他的讲述,不禁笑了起来。然后她喜悦地在房间里走来走去,摆出各种优美的姿势,对着灯光下的不同角度,让手上的钻石折射出耀眼的光彩。这时马克昂杰打来了电话,表示想在酒吧和邦德单独聊一聊,让特蕾西先回避半个小时。

邦德下了楼梯,来到酒吧。仔细思考后,他点了份施泰因哈根酒,这能缓和他刚才喝的啤酒的酒劲。马克昂杰表情严肃地看着他,说道:"听我说,詹姆斯。我们目前为止还没有好好地谈过一次。这样可不行。我就要成为你的岳父了,我觉得我们有必要商量一下。几个月前,我认真地表示要资助你们一笔钱,你拒绝了。现在你必须得接受。你是在哪个银行开户的?"

邦德生气了,他说:"算了吧,马克昂杰。如果你以为我会接受一百万英镑的话,无论是你的或其他任何人的,那可就大错特错了。我不想毁掉我的生活。拥有太多的钱并不好。我的钱够花了,特蕾西的钱也够花。如果有什么想买的东西钱不够的话,我们攒钱去买。我们的钱够用了。"

马克昂杰生气地说:"你喝多了,已经醉了,你不知道自己在说什么胡话。我要给你们的只是我财产的五十分之一,你懂吗?对我来说,这没什么影响。特蕾西过惯了要什么就有什么的日子,我希望她以后的日子也轻松。我就只有她一个女儿。你只是个公务员,很难养活她。你必须得接受。”

“如果你给我那些钱,我肯定会把钱捐给慈善机构。你希望把你的钱送到那里吗?如果是,那我无所谓。”

“可是,詹姆斯,”马克昂杰现在几乎是在恳求了,“我能为你们做些什么呢?为你们未来的孩子建立一个托儿所基金,可以吗?”

“那就更不好了。如果我们有了孩子,我不想拿钱拴住他们。我以前没什么钱,也不需要太多钱。如果我继承了钱,我就和你们父女讨厌的那些花花公子差不多了。算了吧,马克昂杰。”邦德一口气喝完了杯子里的酒,“这样子不好。”

马克昂杰看起来像要哭了,邦德有点感动。他说:“你真善良,马克昂杰,我真的很感谢你。这样吧,如果我们以后需要你的帮助,一定来找你,怎么样?也许是生病,也可能是别的什么事。假如我们在乡间有所小别墅,应该很不错。等我们有了孩子,我们可能需要帮助。你看怎样?就这么说定了?”

马克昂杰转过身,瞪大眼睛看着邦德:“你保证?不会是骗我的吧?”

邦德伸出手,握住马克昂杰的右手,说道:“我保证。好了,打起精神来。特蕾西来了。她会以为我们刚刚吵架了。”

“的确,我们吵了一架,”马克昂杰忧郁地说,“不过这是我第一次失败。”

第二十七章　世界之永恒

“我愿意！”

新年伊始，天空澄静。上午十点半，在英国总领事的大厅里，詹姆斯·邦德回答。

他是真心的。

总领事办事一向注重效率，也通情达理。他今天本可以休息。由于除夕夜通宵了，他本该休息一天以恢复元气。和约好的时间比起来，他提前了好几天给他们办了手续。他解释说，这是因为邦德从事的工作太危险，双方都可能会发生意外伤亡。“你们现在看上去都健康多了。”总领事说，他回忆起第一次见到他们俩的场景，说，“邦德先生，那时你头上有道醒目的伤痕。伯爵夫人的脸色也有点苍白。我担心再出变故，就向外交部申请了特别豁免权。没想到他们很快同意了。干脆就定在元旦吧。来我家。我妻子一直很关心我的这些工作,她一定乐意见你们。”

邦德和特蕾西欣然在结婚文件上签了字。M情报站的头儿是邦德的伴郎,这会他正思考着之后就此事给他在伦敦的上司写一篇充满感情的报告。他将一把五彩纸屑撒在马克昂杰身上,后者穿着一件法式燕尾服,胸前别着两排勋章,最边上的那一枚竟是由国王颁发的抵抗外国人侵略的英雄奖章,邦德看到感到很吃惊。

邦德问他勋章是怎么来的。“亲爱的詹姆斯,有机会的话,我再告诉你这是怎么来的。”马克昂杰说,“十分有趣。”他用一根手指抵着自己灵敏的棕色鼻子,低声说,“我获奖是因为二战时拿到了德国反间谍机关的一份秘密资料。得到勋章不过是运气好。我虽然有做出贡献之处,但还没有为我这类英雄设立相应的勋章呢。”他在胸前挂勋章的地方画了几个十字,“这件衣服上再没有挂勋章的空间了。顺便说一句,这件衣服是在马赛一家奢华的服装店买的。衣服那么豪华,不挂几个勋章就可惜了。”

仪式结束后,人们相互道别。他们下楼来到等在下面的白色小轿车旁。挡风玻璃和水箱架间挂着几条白缎带。邦德猜是总领事的妻子挂的。旁观者和过路行人停在那里,想看看新郎、新娘是谁,长得怎么样,全世界的人似乎都有这个习惯。

总领事握着邦德的手,说:“恐怕我们这次婚礼办得不够隐秘,没达到你的要求。今天上午《慕尼黑图片报》的一个女记者跑到这儿来。她不愿告知详细身份,我猜大概是个闲话专栏记者。我只好简单告诉了她一些情况。她特别想知道典礼的时间,因为他们想派一个摄影师来。不过还好,没有看到记者。好了,就聊到这儿吧,祝你们幸福。”

今天，特蕾西穿了一件深灰色的衣服，带有传统的绿色花边和鹿角纽扣。她将登山帽扔到后座，钻进车里，按下启动按钮。引擎启动了，他们朝着空旷的大街驶去。他们俩都将一只手伸出车窗，轻轻挥动。邦德回头看见马克昂杰的汽车驶走了。路边有一群人还站在那，朝他们挥手示意。然后邦德他们拐过街角离开了。

当他们来到奥地利萨尔茨堡和库夫施泰因这两个城市间的交叉路口时，邦德说：“亲爱的，麻烦把车开到路边停一下，我有两件事要做。”

特蕾西把车停在草地边。冬天草枯黄了，上面覆着一层薄雪。邦德伸出双臂抱住她，他温柔地吻着她。“这是第一件事。还有第二件事，我只是想告诉你，我会照顾你，特蕾西。你愿意我照顾你吗?”

她轻轻推开他，望着他，笑了。她的眼里透着认真，说道：“人们之所以说‘夫妻’而不是‘妻夫’，不就是说丈夫要多照顾妻子吗?不过，你也需要我的照顾。让我们互相照顾吧。”

“好的。不过我宁愿充当你的角色。对了，我得下车一趟，把那些缎带摘掉。这看起来像是加冕仪式，太显眼了。你介意我取掉吗?”

特蕾西笑了起来，“你喜欢低调。我倒希望路上的人都给我们祝贺。我知道有机会的话，你会把这辆车漆成灰色或黑色。那也没关系。没有什么事能阻止我把你像旗帜一样挂在身上，你想不想把我像旗帜一样插在身上飘扬?”

“遵命,夫人,不过也要留给我一些权力。”他走下车,拿下缎带。他抬头看了看天空,万里无云。暖洋洋的阳光照在他脸上。他问:“如果我们放下车篷,会不会太冷?”

“不会的,放下吧,不然我们只能看见半个世界。从这里到奥地利的基茨比厄尔,一路的景色都很美。反正我们想的话,随时可以把车篷拉上去。”

邦德拧开两颗螺母,将帆布顶篷折到后座。他扫了扫高速公路两边。有路上很多车。在他们刚才路过了一个壳牌石油公司的大型加油站,他看见一辆红色的玛莎拉蒂在加油。这辆跑车前排坐着一男一女,穿着白色外套,严严实实地戴着亚麻色头盔。深绿色的挡风镜挡住了剩下的大半张脸,传统的德国运动员服装。由于离那车太远,无法看清他们的相貌。不过那女人的身材看上去没什么吸引力。邦德上了车,坐在特蕾西旁边,两人再次行驶在美丽的公路上。

他们没有聊太多。特蕾西把车速保持在 80 英里左右。寒风呼啸,这也是敞开车篷的弊处。邦德看了一眼手表:十一点四十五分,他们一点钟左右就能到达库夫施泰因。在通往宏伟城堡的蜿蜒道路上,有一家有名的旅馆。那儿有条有趣小巷子,巷道里飘扬着动人的琴声和哀婉的民歌。德国旅游者来到德国和奥地利边界的小镇玩一天后,往往最后会去那里享受一顿丰盛的奥地利美食和酒水。邦德凑近特蕾西的耳朵,告诉她这些事以及库夫施泰因的旅游景点,那里最著名的是一座为了纪念第一次世界大战而设立战争纪念碑。每天正午,宏伟城堡的窗户会被打开,可以听到里面巨大的管风琴演奏的曲子,哪怕在千米以外的山谷里,都能听到这音乐声。“不过我们可能要错过了,已经过了十二点了。”

“没关系,”特蕾西说,“当你大口地喝啤酒和荷兰杜松子酒时,我可以用齐特拉琴来给你演奏。”她左转弯,开进通向库夫施泰因的地下过道。他们很快就穿过了罗森海姆,然后他们的眼前出现了高耸的白色雪峰。

现在,路上的车辆已经很少了。一眼望去,白雪皑皑的草原和灌木林间只有他们的车。前方是雪峰,太阳下闪烁着光芒。邦德回头看了一眼,发现几英里外路的尽头有一个小红点。是那辆玛莎拉蒂?这辆小兰西亚时速仅80英里,那两人有一辆那么好的车,却似乎没有要超过这辆小轿车的打算。或许那两个人只是想要慢慢兜风,好好享受这一天的时光。

十分钟后,特蕾西说:“后面有一辆红色的车,很快就要追上来了。我们要甩开它吗?”“不用。”邦德说,“让它过去吧。我们享受时光就好。”

现在他可以听见那辆轿车八缸引擎的轰鸣声。邦德往左边一靠,往前跷起大拇指,示意那辆玛莎拉蒂过去。

引擎的呜呜声突然被东西破碎的声音盖住。他们兰西亚车的挡风玻璃忽然消失了,就像被怪物的拳头砸碎一般。邦德瞥见一张大张的嘴、一只梅毒鼻子、一张没有活力的脸和一支收回去的自动手枪,红色车子瞬间不见了。兰西亚车失去控制,冲进低矮的灌木林,最后被逼停。邦德撞上挡风玻璃架,失去了意识。

他醒来时,发现一个穿着制服的巡警正大力摇着他。巡警年轻的脸上满是惊恐,他问:“发生了什么事?”

邦德转头看向特蕾西。她身子前倾,头埋在撞坏了的方向盘里。她粉色的发带掉了下来,遮住了她的脸。邦德伸出胳膊,抱着她的肩膀,她的背上流着血,渐渐染红了后背的衣服。

邦德将她抱在怀中。他抬头看着那个年轻巡警,对他笑了一下,示意他放心。

“没事的,”他清楚地说着,仿佛在向一个孩子解释着问题,“真的没事,她在休息。我们待会就会离开了,我们不赶时间的。你看,”他的头垂着,贴着她的头,对着她低语,“你看,我们有的是时间。”

年轻的巡警感到很害怕,他最后看了一眼这对静止不动的情侣,然后匆忙地跑向自己的摩托车,拿起对讲机,着急地打给援救总部。